笑え、シャイロック

中山七里

角川文庫
22374

目次

一　わらしべ長者

1

「この世で一番大事なものはカネだ。異論は認めん」

山賀は、それが当然だという口調で言い放った。しかし人懐っこい表情を崩さないいまだったので、聞いていた結城はつい言葉を返してしまう。

「おカネは二番目で、一番はやっぱり命じゃないんですか」

「違うな。大抵のものはカネで買える。生命保険を見ろ。あれは命をカネに換算しているようなものじゃないか。数多の中にはカネで買えないものもあるというだけの話だ」

山賀の理屈は通っている。だが頭では理解できても心が納得しない。そもそも独善的な物言いも鼻につく。反論するようで気後れしたが、それでも訊ねずにはいられない。

「でも愛情はどうなんですか。全ての人が、心をおカネで売るとは思えません」

「それは金額の問題だ」

山賀は笑顔を崩さない。笑っているというよりも笑顔の仮面を張りつけたようだと思った。

「たとえばある女が意に沿わない男から十万円をもらって一夜をともにしたとしよう。まあ売春婦とか貞操観念のない女だとか誹謗中傷を受けるだろう。それこそ愛情を売りやがってなんて声が上がるかも知れん。だがその金額が百万円ならどうだ。一千万円なら？　いや一億円なら、一国の妃という身分と引き換えならどうだ。その女を蔑む者は誰もいなくなる。逆にヒロイン扱いされるだろう。要するに、みんな愛情を売ることを肯定しているんだ」

畳み掛けられ、結城は遂に返す言葉を失った。入行三年目の自分とこの道十年以上の山賀では行員としての経験値も違うだろうし、それ以前に全く別の資質を持っているような気がする。

「つまり俺たちの仕事は、命よりも心よりも大事なカネを取り戻すことだ。たかが回収業務だと高を括っているのなら、今のうちに認識を改めておけ。改められなければ、今すぐ辞表を書け」

着任直後の訓示としては大層刺激的な言葉だった。

帝都第一銀行に採用が決まり、最初の配属先が都内の大型店舗だと知らされた時、結城真悟は心の中でガッツポーズを取った。

新入社員といえども既に出世競争は始まっている。採用試験の点数と面接結果、そして出身大学によって将来の幹部候補生とそれ以外に分類される。都内の大型店舗に配属される者は、まず前者と考えて間違いなかったからだ。

二〇〇八年のリーマン・ショック以来金融界は長く暗いトンネルに入り、新卒の採用者数は激減した。結城が帝都第一銀行に入行する際も全盛期の四分の一だったというから、その低迷具合が分かろうというものだ。

だが採用者数が少ないということは競争相手が少ないということでもある。将来を見据えるなら決して損なことではない。入行の時点で良好な位置につけさえすれば、その後の出世も期待できる。大きな失敗もせずそつなくこなしていれば二年目で主任、四年目で係長。そこで転勤して課長代理といったところか。

実際、結城は二年目で主任に昇格した。同期入行の者も何人か同時に昇格したが、酒の席でそれとなく確認してみると自分の方が二千円だけ基本給が多い。たかが二千円と嗤（わら）うなかれ、はや二年目で基本給にそれだけ差が出れば、退職時には大きな格差に変わっているはずだ。

自分の人生は順風満帆だ——そう思っていた三年目に異動の内示を受けた。異動先はこれも都内の大型店舗。異動の理由については自分でも大方見当がついたのだが、所属部署を聞いて耳を疑った。

渉外部。

営業部が銀行の表道なら、渉外部は裏道だ。焦げつきそうな債権を回収し、そのカネをまた融資に回す。営業と管理は経営の両輪であるのは重々承知していても、それでも引かれ者の吹き溜まりのような印象は拭えない。

半ば呆然としている結城に対して、前の上長は慰めがてらこう言った。

『営業畑だけ歩いて支店長になったヤツは少ない。将来上に立つ行員は必ず両輪を知らなきゃならん。嘱望されているからこそ、こういう人事になったと思え』

この時も、頭では理解できたが心は納得していなかった。

そして今年四月の異動で、結城は正式に新宿支店の渉外部に配属された。配属初日、結城は上司となる樫山部長のところへ挨拶に赴いた。何事も第一印象が肝心だ。初対面で礼儀正しい部下と思われて損なことは一つもない。

「失礼します」

部長室に入るとひと組の男女が談笑しているところだった。

女性の方は樫山美奈子。自分の上司となる女性だが、男の方の素性は分からない。

「本日から渉外部に配属された結城です」

「わざわざ着任の挨拶に来てくれたのね。ご苦労様。こちらは前任の陣内渉外部長」

社内人事で名前だけは知っていたので慌てて頭を下げた。陣内三樹夫、三月末限りで勇退すると聞いていたので定年なのかと勝手に思っていたが、まだ髪も黒々として精悍な顔立ちをしている。

「去る者もいれば来る者もいる」

陣内は感慨深げに言う。

「組織というのはこんな風に新陳代謝を繰り返して永続していく。去り行く者には心強く、また一抹の寂しさを感じさせる光景だね」

「そんな。陣内部長にはちゃんとセカンドステージが待っているじゃありませんか」

「まあね。人間到るところ青山ありだよ」

業務引き継ぎの現場に出くわしたようだが、結城には白々しい虚礼の応酬にしか見えなかった。

渉外部は樫山渉外部長以下十数名の大所帯だが四つの班に分かれている。その一つを束ねるのが結城の上司となる山賀だった。

山賀雄平三十八歳。中背だが肉太りしており、ジャケットの上からでも体格がいいのが分かる。長い行員生活で柔らかな物腰が堂に入っているものの、問題は顔だ。目尻と頬肉がだぶついており仏顔をしているが、非情な理屈や辛辣な物言いをする時も笑っているので何となく気味が悪い。

異動する前から話題に上っていた人物でもある。強面という訳でもないのに債権回収に関しては抜群の成績で、首都圏どころか全国でも名を馳せていた。本来であれば入行年と実績から渉外部の部長でもおかしくないのに、課長代理に留まっているのはその能力を現場で発揮させたい上層部の意向だと囁かれている。
それが真実なら本人も不本意だろうと思いきや、意外に山賀は気にした風もなく、回収業務に邁進している。嬉々として回収に取り組んでいる姿は天職としか思えず、いつしか山賀は〈シャイロック山賀〉などという物騒な綽名を献上されるに至ったらしい。シャイロックというのは『ヴェニスの商人』に登場したユダヤ人の金貸しの名前だが、そこから連想されるのは情容赦ない取り立て屋の印象だ。

　そういう規格外の人間は外から眺めている分には面白いが、至近距離にいると危うさを感じる。ましてや直属の上司などとんでもない話だ。ところが、選りにも選って自分がその貧乏くじを引いてしまった。

　ただでさえ不慣れな回収業務で、おまけに上司兼トレーナーはひどく独善的ときた。いったい自分はこの部署で何日保つのだろうかと、結城は早くも不安に襲われる。だが山賀はこっちの気持ちを知ってか知らずか着任の挨拶もそこそこに、早速同行しろと言う。

「行内の挨拶回りですか」

「今から回収に出る」

「えっ。でもまだ他の部署への挨拶が」

「同僚や上司なら、行内にいればいつだって顔を合わせられる。だが債務者にはその日その時でないと会えないことがある。そんなもの後回しにしろ」

有無を言わせぬ口調であり、また抗える立場でもない。困惑と嫌悪を押し隠しながら、結城は山賀に引き摺られるようにして銀行を出る。

「お前、運転できるか」

「上手くはないですけど……」

「事故らなきゃいい。ナビもついているから、お前がハンドルを握れ」

新宿支店は大型店舗であるがゆえに、顧客も新宿界隈に限らず他府県に住まう者も多い。しかし、まさか駅からよほど遠いところに家があるというのか。

「行き先はひょっとして埼玉の山奥とかですか」

「東上野だ」

「それだったら電車を使った方がいいんじゃないですか」

「焦げついた客の小切手を渡されても信用できん。回収時に百万単位の現金を受け取ることがままある。時には一千万とか二千万だ。それだけのまとまったカネを抱えて人ごみの中を移動するのと、クルマ一本で目的地まで行き来するのと、どっちが安全だと思う」

利便性よりも安全性の問題ということか。

山賀は必要最低限のことしか口にするつもりがないのか、結城がハンドルを握っている最中もずっと押し黙っている。仏頂面を決め込んでくれるのならまだしも、笑顔を張りつかせたままなので居心地悪いことこの上ない。だからどうしても結城の方が気を遣って話し掛けるかたちになる。まだ知り合ったばかりなので、ここは仕事の話に特化するのが妥当だろう。

「債務者はどんな人物なんですか」

「わらしべ長者だ」

一瞬、聞き間違いかと思った。

「本人が自分でそう言っている。二束三文で買い叩いた株を少し高い値で売り、そこで得たカネでもう少し高い株を買う。更にそれを買った時よりも高く売り、もっと多くの株を買い、また儲ける。それを繰り返していくとやがて長者になれる……だから自分は現代のわらしべ長者なんだと言っている」

「どこかの相場師ですか」

「相場師なんて大したものじゃない。なけなしの退職金を元手に、株の売り買いと称して日がな一日パソコンの前に張りついているただの引き籠もりだ」

どうやらデイトレーダーのことらしい。

「柏田卓巳五十一歳。出版社勤務だったんだが四十八歳の時、早期退職を勧奨されて辞めた。その後は再就職もしていない。まあ、あんな調子ではどこも雇わんだろうが」

「退職金が支給されて、はや三年で焦げつきなんですか」

「最初は退職金だけでやりくりしていたが、そのうち決済に困るようになってウチの個人ローン契約を締結した。当初は二百万円の金消だったんだが、そのうち一桁増えた。

今焦げついているのは貸付額一千万円の残り五百万円ちょいだ」

　金消というのは金銭消費貸借契約の略だ。個人ローンでは主流になったリボルビング契約とは異なり、一度借りたら残高がゼロになるまで返済し続ける返済方式になっている。

「その五百万円というのは無担保債権なんですか」

「支店の審査が大甘だった。契約当時は本人の普通預金に一千万を置いていたから、いざとなれば即座に回収可能と踏んでいたらしい。そんなもの、窓口に行かなくてもあっと言う間に引き出せる。気づいた時には残高は六桁しかなかった」

　窓口も馬鹿ではないから、柏田に百万単位の借金を残したまま、おめおめと多額の出金を許すはずがない。出金はＡＴＭで行ったのだろう。

「でもウチの場合、一日にＡＴＭで引き出せる金額の上限は五十万円だったはずですよ」

「女房の口座に振り込んだ後、そっちから出金したんだ。引き出した数百万円は、二日で相場に吸い取られたって話だ」

「株を売らせればいいんじゃないですか」

「担保物件じゃないから強制的に売却させることはできん。それに持っている株の多くは仕手株らしくてな。今、売却したところでそれこそ二束三文」

　山賀はくすくすと笑い出した。

「つまりな、我らがわらしべ長者殿は元の貧乏人に戻ったという訳だ」

「家族からの援助は受けられませんか」

「本人は女房との二人暮らし。両親はとっくの昔に他界している。女房にしたところで保証人に名を連ねている訳でもなし、パート勤めで生活費を捻出するのにひと苦労だ。返済に回すような余分なカネはない。たった一人の息子は名古屋で派遣社員をしている。こちらも援助は見込めない」

どことなく、その息子を巻き込まずに済んだ、というニュアンスが聞き取れた。

「どうやって回収するつもりなんですか」

「本人と面談して決めるさ。今の段階でこちらには担保がないから何の強制力もない。全てはわらしべ長者殿の出方次第さ」

無担保で融資が可能な金額は、新宿支店の場合上限が一千万円だ。逆の言い方をすれば、それ以上の契約は有担保でない限りオーバーローンという判断になっている。しかもこれはどこの銀行でも同様だろうが、融資の審査には本部審査と支店審査の二種類がある。本部審査は上限額が跳ね上がる代わりに審査基準が厳しくなり、逆に支店審査では上限額が抑えられる代わりに、支店の目標到達が困難な時など審査基準は甘くなる。柏田の場合がまさにそれだった。

本来貸金業法では総量規制として年収の三分の一までしか借り入れができないことになっている。しかしこの規制は有担保融資や銀行での貸し付けが対象外だ。銀行カードローンも同様に対象外なので、時折銀行貸付だけでオーバーローンに陥る者が存在する。総量規制が多重債務者を発生させる原因になっているのは、皮肉としか言いようがない。

「結城。お前ならこの客からどうやって五百万円を回収する？」

いきなり話を振られたので、咄嗟に返事ができなかった。

「仮の話だから、たとえば百万円でもいい。この状況で、どうやって回収する」

結城がしばらく答えられずにいると、山賀は別に機嫌を損ねる様子もなく、こちらに向けてにやりと笑ってみせた。

「レッスン1。百万円貸すのはどんな馬鹿にでもできる。百万円回収できるかどうかが、真っ当な銀行マンと真っ当でない銀行マンの違いだ」

こんなところで茶目っ気を出されても反応のしようがない。

結城は適当に相槌を打って誤魔化すしかなかった。

柏田の自宅というのは、ひどく築年数の経過した平屋の一戸建てだった。雨樋は屋根の途中で割れ、壁は元の色が分からないほど褪色している。玄関脇から無秩序に繁茂した雑草が、すっかり庭を覆い隠してしまっている。

「レッスン2。カネ回りが悪くなると、家の中から散らかっていく。外がこうなったら危険水域だ」

山賀がインターフォンで何度か来意を告げたが応答はない。

「留守、ですね」

しかし山賀は結城の推測を無視して壁伝いに移動し始める。何をするのかとついていくと、壁際に設置された電気メーターを指差した。

「この円盤の回り方は留守なんかじゃない。消費電力の大きい電化製品を使用している証拠だ」

山賀は更に壁伝いに移動し、今度は裏口のドアを何度もノックする。声を上げるのも忘れない。

「柏田さあん、柏田さあん。帝都第一銀行の山賀です。いらっしゃるのなら早く出てきてくださあい。柏田さあん」

一緒にいるのが恥ずかしくなるような大声だった。だが山賀の気迫に押されて、結城は声を掛けることさえ躊躇(ためら)われた。

一分近くもノックを繰り返し、本当に在宅しているのかと不安になった頃にようやく反応があった。

『今、開けますから』

やがて裏口のドアが開き、五十がらみの男が顔を覗(のぞ)かせた。伸び放題の髪とひげ、よれよれのTシャツに下はスウェット。とてもデイトレーダーという出(い)で立ちではないが、わらしべ長者というのであればなるほどと頷(うなず)ける。

「やあ柏田さん。お忙しいところを申し訳ない。昨日もお話しした通り、契約の件で」

「近所に聞こえるから中に入ってくれ」

「では失礼しますよ」

遠慮なく山賀は家の中に入っていく。結城は黙ってその後についていく。

中に入って分かったのは、山賀の言葉が的中していたことだ。裏口から廊下にかけて、大小のゴミ袋が散乱している。碌に掃き掃除もしていないらしく、歩くと足の裏に異物感を覚える。カネ回りが悪くなると、やはり家の中から汚れていくものらしい。

「今、女房が留守なもんで……」

「それを知って、この時間に伺ったんです」

「何」

「銀行から督促される現場を奥さんに見られたくないでしょう。これでも気を遣っているつもりなんですよ」

表であれだけ大声を出して気を遣っているも何もないものだが、山賀は殊更に恩着せがましく言う。

返済の目処を問われた柏田は仕事場で話をしたいと二人を誘う。行ってみれば仕事場といってもそれは柏田の個室というだけで、机の上に三台のモニターが置かれていることと壁に特定の銘柄のチャートが貼られていることを除けば普通の居室と何ら変わるところがない。

いや、あった。柏田の部屋は廊下以上にゴミが散乱している。食べ終えた食器の山にチューハイの空き缶、ジャンクフードの袋や走り書きのメモ類、そして薄汚れた寝具などで、それこそ足の踏み場もない。見るからに不潔で異臭も漂っており、およそ人の住まう場所とは思えなかった。

ところが山賀は足元に纏わりつくゴミを蹴散らし、出来上がった半畳ほどの余白にどっかと腰を据えた。

「先日もお伝えした通り、柏田さんと弊行の間で交わされた金銭消費貸借契約は昨年九月末を以って解約になっています。従って現在の残高である五百二十四万円と六ヵ月分のお利息を頂戴しなければなりません。如何でしょうか」

「如何も何も、今は無理だよ。って言うか月に一度はちゃんと入金しているじゃないですか」

「あの、月に二万円足らずのご入金のことを仰っているのなら、あれは利息にも満たない金額ですから入金にはカウントされません。そもそも解約されていますから一部入金は認められませんし、手前どもがその金額を要求した憶えもありません」

「少しくらい待ってくれても」

「いいえ。柏田さんはとうに期限の利益を喪失していますので」

「何ですか、その、期限の利益というのは」

期限の利益というのは、大雑把に言うなら待ってもらえる権利のことだ。本来、借りたモノはその日のうちに返すのが道理なのだが、その返済を翌日以降に延長できるということで期限の利益が生じる。利息というのはその期限の長さに応じた手数料という考え方だ。

そういった噛み砕いた説明をした上で、山賀は柏田に返済を促す。

「従って、弊行は本契約においてこれ以上猶予を付与する訳にはいきません」

「いや、だからさ、その期限の利益を喪失した云々の説明は理解したけれど、それはあくまで帝都第一さん側の建前なんでしょ。俺以外にも延滞している客は何十人何百人もいる訳だし」

「他にお遅れのお客さまがいることと、柏田さんが延滞していることには何の関係もありません」

「五百万円なんて帝都第一にしてみれば目腐れ金みたいなものなんでしょ。俺なんかよりもっと巨額の焦げつきを出している客と交渉した方が、山賀さんの成績になりますって」

「わたしの成績がどうであろうと、それも柏田さんが延滞していい理由にはなりません。付け加えればこの契約は帝都第一と柏田さんとの契約であって、わたし個人に直接の利害がある訳でもありません」

「でも、でもですよ。そりゃあ不良債権かも知れないけど、帝都第一さんだって融資している口座がひと口あるんだから成績になっている訳じゃないですか。これってつまりお互い様っていうことですよね」

五十を過ぎているというのに、柏田の話し方は結城の耳にもひどく幼く聞こえる。甘えと自己憐憫(れんびん)の混じった弁明はひたすら耳障りで、責任感の欠片(かけら)も窺(うかが)えない。

「お言葉ですが柏田さんの口座は解約になっている上に延滞もされていますから、とても弊行の成績になっているとは言いかねます。今日はそんな実りのない話をしにきたのではありません。五百二十四万円とお利息。この返済方法について明確な計画もしくは説明がいただきたいのです」

「それは、その、今は底値だけど、持っている株が必ず反転攻勢に出るから……」

柏田は弁解しながらパソコンの画面を自分の所有株一覧表に移す。それぞれの銘柄につきローソク足とともに時価も明示されている。

「ほら、これなんかこの二日間で値を戻しているでしょ。これは反転する時には一番早く反応するんですよ。だからもう少しすればここの全銘柄が反転します。そうすれば五百万円も利息も一括で返済できます」

「もう少しというのはいつですか」

山賀は笑ったまま眉(まゆ)一つ動かそうとしない。

「その反転する日というのは、いったいいつなんでしょうか」

「そんなことは……」

「ええ。手持ちの株の最高値がどこで底値がどこなのか。そんなことはジョージ・ソロスにだって分かりはしません。しかし機関投資家や株だけで生計を立てているごくわずかな人たちは、独自に売り時というのを心得ています。柏田さんには釈迦に説法ですが、株を買うのはどんな素人でもできる。売り時を逃すか逃さないかが、素人とそうでない人の違いです。ちょっと失礼」

山賀はパソコン画面をスクロールしてチャートの高い部分を指し示す。

「ここここ。ああ、これも買った時よりは高値ですね。ところがあなたはこの絶好の売り時を逃している。それも三度。少なくともこの時に売却すれば損失もなかったはずです」

「いや、だからそれは」

「もっと上がるだろう、明日にはストップ高かも知れない、三日後には年初来最高値を更新するかも知れない。一瞬でもそう思ったのでは？」

「まあ、そうですけど」

「だろう、かも知れない、ひょっとしたら、多分。そういう希望的観測だけで然したる理由は何一つないのに夢だけを追う。そういう人間が株で成功した例を、寡聞にしてわたしは存じ上げません。見れば日がな一日ずっと部屋に籠もっていらっしゃるようですが」

「あなたも外に仕事を見つけろって言うんですか。親みたいなことを言わないでください」

「いえ、わたしは柏田さんの私生活について何ら干渉するつもりはありません。ただ残金とお利息を頂戴したいだけです。この部屋に籠もっているだけでそのおカネが調達できるとお考えですか。ここから一歩も足を踏み出さずに、目の前に迫った問題や危機を回避できると本当に信じておいでですか」

「うるさいな。そう言われたってこっちには株以外に売るものはない。女房だって保証人でも何でもない。仮にコンビニのバイトでもやったところで利息にもなりゃしないだろう。現状はどうすることもできない。だからさあ、おとなしく俺の株が反転するまで待ってくれないかなあ」

こちら側が強気に出られないのをいいことに、柏田は足元を見ているようだ。

不意に結城は、以前の上司が感慨深そうに呟いた言葉を思い出した。

『貸すまでは貸した方の立場が強いんだよな。客の方もどことなくびくびくしているし。ところが返せなくなった途端に客の立場が強くなる。担保も返済余力もない客に限ってそうなる。できるものならやってみろって態度でな。本来、そりゃあ逆だと思うんだがな』

聞いた時には実感が湧かなかったが、柏田の言動を目の当たりにして、ああこういうことなのかと合点がいった。

どんな交渉を展開するのかと見守っていたが、意外にも山賀は笑顔で頷いた後、「今日はこれで失礼します」と告げた。

柏田は露骨にほっとした顔を見せる。

「とにかくですね、僕も良識ある人間なので決して踏み倒すような真似はしません。どうか僕と株式市況を信じて待っていてください。絶対山賀さんを落胆させるようなことにはなりませんから」

「落胆だなんて、とんでもない」

山賀は丁寧に一礼して柏田の部屋を出る。結城も慌ててその後を追う。柏田は見送りにもこなかった。

「あの株、値上がりすればいいんですけどね」

何気なく洩らした言葉に山賀が反応した。

「そんなことは一切考えるな」

「えっ。だってあの株が売却できなかったら返済できませんよ」

「株の売却で返済させようなんて、柏田と同じ発想じゃないか。あんな仕手株がそうそう一斉に反転するものか。そんな機会が金輪際ないとは言わんが、近々起こることじゃない。待っているうちに延滞利息は増える一方だ。ウチの不良債権が減る訳でもない」

「じゃあ、どうするんですか」

「今からあの家の登記簿を調べる」

「家を担保にしようというんですか。しかし五百万円ぽっちの債権で土地建物を担保にするのは明らかに過剰担保ですよ」

「仮差押えの設定をする」

山賀は、にやにや笑いながら楽しそうに指を振る。これもところ構わない茶目っ気だと思ったが、口には出さずにおく。

「建物は無価値だが、土地は四十坪程度で売り易い広さだ。十中八九親からの相続で入手しただろうから、変な先順位もついていない。金消の契約を締結した際も他社からの借り入れがないのは確認してある。今のうちに仮差押えしておけば、後になって慌てることもあるまい」

結城は目から鱗が落ちる思いだった。仮差押えなら訴訟額が担保に見合わなくても設定できる。もし柏田がいよいよ不動産を売却しなければならなくなった時には、先順位である仮差押え登記を解除しないことには処分ができない。従って売却先より優先して帝都第一に返済金が回ってくるという寸法だ。

「ひょっとして、本人云々じゃなくて自宅が売却できるものかどうかを判断するために訪問したんですか」

「第一の目的はそうだが、もちろん本人と面談する目的もあった。あれはダメだな。正真正銘のロクデナシだ。自分の才覚を見誤ってデイトレーダーを気取っているが、要は地道に働くのを嫌っているだけで、手前がこしらえた借金を自分で返そうという気がない。以前の職場でどんな扱いを受けていたのか簡単に想像できる。きっと株で食っていることを周囲や昔の仲間に自慢したいんだろう。わらしべ長者どころか亡者だな、あれは」

クルマに乗り込んでも尚、山賀は思い出したように笑う。

「いつも思うが、ああやって不良債権化した時、融資担当者を同行させればいい。自分の浅はかな人間観察の末に融資した客の素顔を見たら、少しは人を見る目も養えるだろうに」

まるで自分に向けて言われているようで、結城は山賀の顔をまともに見られなかった。

2

「初日から山賀さんの回収に同行させられたんですって？」

結城が自分の席で報告書を作成していると、樫山部長から声を掛けられた。

「さぞかし営業とは勝手が違ったでしょう。特に山賀さんについていたら」

ええ、まあ、と適当に言葉を濁しておく。直属の上司を腐すことはご法度だが、さりとてあの手法を無条件で絶賛するのも気が引ける。相手が渉外部の責任者なら尚更だ。この部長が本音のところで山賀をどう評価しているかが定かでない限り、迂闊に己の意見を口に出すべきではない。

樫山美奈子三十六歳。女性でありながら渉外部の部長に任命され、人事が発表された時にはちょっとした評判になったものだ。

評判になった理由は主に二つある。一つは回収業務を一度も経験していない者が渉外部長に抜擢されたという椿事だ。樫山は総合職として入行し、今まで様々な部署に配置されたが、債権管理だけは未経験だった。年齢と賞罰を考慮すれば部長職も妥当と思えるが、配属先に纏わる違和感は拭えない。

二つ目の理由は一つ目のそれに付随することだが、帝都第一銀行も新店出店どころか支店の統廃合が相次ぎ、ポストに余裕がなくなってきたとの憶測だ。できるなら営業系のポストを用意したいところだが、それが望めない現状では資質や適性を二の次にして空いているポストに押し込めたい——本店人事部のそんな思惑が透けて見えるという観測だった。

本人も適性の違いは意識しているのだろう、回収実績で抜きん出ている山賀には、どこかしら遠慮しているような雰囲気が感じられた。

「柏田さん所有の不動産に仮差押えを設定したんですよね。その後、進展はどうですか」

進展も何もない。仮差押えの通知は柏田にも送達されているはずだが、本人からは異議申立の類いは提出されていない。申請内容自体は適正であったために、裁判所はすんなり仮差押えを決定してくれた経緯がある。

「柏田さんは、こういう法律に詳しくないのでしょうか。こちらにしてみれば、すんなり仮処分が設定できて問題はないのだけれど」

「株には詳しそうだったんですけどね。それも、山賀さんに言わせると限りなく素人に近いって評価でした。短期の株売買というのは自由になる資金の範囲内で運用するもので、虎の子を引き出すような代物じゃないって」

「ウチのグループ企業では少額投資やFX商品で懸命に旗を振っているのですけどね。どうも山賀さんの哲学というのは、営業畑の人間と相容れないものがあります」

「株式売買は所詮博打だと言ってました。証券会社は胴元、機関投資家はプロの博打打ち。そこに紛れ込んだ一般投資家はただのカモらしいです」

「山賀さんの言いそうなことですね」

樫山は苦笑いを浮かべる。言下に否定しないのは、樫山自身が山賀の言説に一部納得している証左なのか。

「渉外は銀行の最後の砦なので、顧客の信用についてシビアな見方をするのも仕方のないことだと思いますが……山賀さんの考え方は少し極端かも知れませんね。銀行は多種多様な顧客のニーズに応えなければなりませんから、そういう決めつけは一長一短でしょうね」

銀行員の言葉としては額に入れておきたいくらいだったが、柏田の体たらくを目撃した後ではそれも虚ろに響く。山賀の言葉ではないが、融資担当者が自宅込みで柏田の人となりを観察していたら果たして一千万円などというカネを貸していたのかどうか。

そこまで考えた時、結城はあっと思った。

柏田に対する一千万円融資の稟議書を確認したことがある。その右上には支店審査に関わった担当者の印鑑が三つ捺されていたが、真ん中の欄には〈樫山〉とあったのではなかったか。そう言えば三年前、樫山は審査部に所属していたはずだ。

自分が審査した債権がものの見事に焦げつき、その不良化した債権を今は自分の部下が管理している——いったいどんな気分かと想像してみる。まるで寝小便の跡が残る布団を、目の前に晒されているようなものではないか。しかもその処理をしているのは、行内でも指折りの凄腕回収マンなのだ。

回収に失敗して貸し倒れになれば、誰が着手しても無理だったのだと諦めもつく。銀行の損失にはなるが、融資にゴーサインを出した自分の判断込みで不可抗力だったと言い逃れができる。

しかし回収に成功したとしたら、銀行の損失は免れるものの審査担当者は陰口を叩かれることになる。しかも回収に成功したのが自分の部下なのだから、樫山の立場も微妙なものとなる。

ようやく結城は、樫山が自分を訪ねてきた理由に思い至った。慣れない部署に配属された社員を気遣ってのことではない。自分が審査をし、結果的に不良債権となった案件が〈シャイロック山賀〉の手でどう処理されるかを気にしていたのだ。

「結城くんはああいった手法をどう思いますか。たとえば柏田さんの件ですが、契約当初から付帯している根抵当権の設定とは違い、仮差押えには予納金等を含む相応の費用が必要です。回収できないまま塩漬けになれば、その少なからぬ費用も無駄になってしまいます」

まるで踏み絵だと思った。樫山は微笑を浮かべながら質問しているが、答えの如何(いかん)によって今後の処遇を決めようとしているのかも知れない。

「第一、どんなタイミングで不動産を抵当に入れるか、また売却するかは柏田さん本人にしか分からないことです。保全処理としては有効でしょうけど費用対効果を考慮すると、いささか過剰な手段にも思えます。さあ、あなたはどう考えますか」

山賀の下についてそろそろ二週間、未(いま)だに分かりませんを連発していたのでは、別の面からダメ行員の烙印(らくいん)を押されかねない。

さて、どう答えるべきか——まるで追い詰められたような状況に陥った時、ちょうどいい具合に山賀の卓上電話が着信を告げた。

山賀は不在なので電話を取るのは自分の役目だ。やれ助かったと思って受話器を上げると、受付からの内線だった。

『山賀課長代理ですか』

「課長代理は不在です。僕は部下の結城ですが、伝えられることでしたら」

『今、外線で能崎(のざき)という司法書士から課長代理宛てにお電話が入っています。お客さまの柏田卓巳さまの件でと仰っていますが……』

司法書士という単語で横っ面を叩かれた。

「回してください」

数秒の保留音が流れた後、不機嫌そうな男の声が聞こえた。

『山賀さん？』

「申し訳ありません。山賀は不在です。わたしは同じ部署の結城といいますが、よろしければ山賀に代わってお伺いします」

『わたしは司法書士の能崎ですが、東上野にある柏田さんの自宅売却に関して名義変更等々の手続きを依頼された者です。登記を確認すると権利関係に帝都第一さんの名前があったものですから連絡しました』

すぐには声が出なかった。

『もしもし？』

「はい。ちゃんと聞いています」

『連休明けの五月六日に実行します。当日までに仮差押え抹消の書類を用意しておいてください。決済を含む登記手続き諸々(もろもろ)は東西銀行の御徒町(おかちまち)支店で十一時。本日、決済に関する債務一覧表を送付しますので、何かご不明な点があればウチの事務所に連絡してください。それでは』

用件のみを告げると、能崎は一方的に電話を切ってしまった。

「柏田さんの件でどうかしたんですか」

「能崎という司法書士からでした。柏田さんの自宅、売却が決まったそうです」

今度は樫山が声を失う番だった。

「五月六日に残金を支払うので仮差押え抹消の用意をしておけと言われました」

「延滞利息も残らず、ですか」

「債務一覧表を送るとだけ言ってましたから、おそらくそうでしょう」

「それは……よかったですね」

樫山は気が抜けたような声を吐く。心なしか笑みもいささか強張っているように見える。安堵(あんど)と落胆を同時に抱えた表情だが、無理もない。銀行としては不良債権一件が解消される上に、利息も目一杯取れて文句のつけようがない。一方、審査を担当した一人である樫山にしてみれば部下に尻拭いをしてもらったどころか、回収能力の歴然たる違いを見せつけられたようなものだ。心中穏やかでないのは容易に想像がつく。

「それにしても仮差押えの手続きを取って、わずか二週間で本当に不動産が売却されるなんて……結城くん。課長代理の回収行動に何か逸脱した点はありませんでしたか。たとえば不動産売却の強要だとか、威迫行為だとか」

「いえ。回収にはいつも同行していますが、そういったことは一度もありませんでした。だからさっきは僕も驚いてしまって」

「そう、ですか」

樫山は尚も言いたいことがあるようだったが、やがて諦めた様子で力なく首を振った。

「さすがに〈シャイロック山賀〉の異名を取るだけのことはありますね。課長代理が戻ったら、わたしが感服していたと伝えてください」

そう言い残すと、樫山は顔を強張らせたまま部屋を出ていった。

数十分後、樫山と入れ違いのかたちで山賀が戻ってきた。

「山賀さん、ニュースです！」

結城が勢い込んで柏田の件を報告する。だが山賀の方はさして驚く風でもなく、「まあ潮時だったな」と洩らしただけだった。

「潮時？　まさか山賀さん、柏田が自宅を売却する時期まで見込んでいたんですか」

「自宅売却の理由は先方から聞いているか」

「いえ」

「十中八九、女房の方が三下り半を叩きつけたんだろうよ。虎の子の退職金を株に注ぎ込んで、女房を朝から晩まで働かせておきながら自分はハローワークに行こうともしない。離婚を申し立てられる根拠としては充分だ。健康な夫が仕事に就こうとしない場合、〈悪意の遺棄を受けた〉として相手側に慰謝料や財産分与を請求できる。そうなったら柏田がカネを工面する方法といえば自宅の売却以外にない」

「で、でも夫婦仲が悪くなっているなんて、本人はこれっぽっちも言ってなかったじゃないですか」

「薄汚れた寝具が柏田の部屋に置いてあった。食器もあったから、食うのも寝るのもあの部屋で済ませていた。要は家庭内別居だ。ゴミの散らかり具合から、女房の側にも夫婦関係を継続する気がないのは一目瞭然(りょうぜん)、だったら後は時間の問題だろう」

経験則からとはいえ、そこまで見越していたから自宅の仮差押えに踏み切ったのか――結城は心中で舌を巻かざるを得なかった。

「あれしきのことで何を驚いている。部屋を一瞥(いちべつ)しただけで家族関係を把握しなけりゃ訪問した意味がない。何のために手間暇かけたと思っているんだ」

笑いながら叱責(しっせき)されると、余計に蔑まれたようでこたえた。

「レッスン3。追い込まず、時には向こうから出てくるのを待ち構える。それも狩りの一つだ。憶えておけ」

実行予定の五月六日、山賀と結城は東西銀行御徒町支店を訪れた。受付で来意を告げるとすぐ応接室に通された。

応接室には当該不動産売却に関係する全員が既に集まっていた。買い手らしき初老の男性と仲介を請け負った不動産業者。電話を寄越した能崎司法書士。そして柏田本人。

不動産売買を銀行内で実行するのは保全上の問題があるからだ。売買には千万単位、時には億単位のカネが動く訳だが、そんな大金を任意の場所で、しかも現金でやり取りするのは危険だし手間もかかる。そこで売り手側が所有権移転の登記申請を整えるのと同時に、買い手側が売買代金をその場で売り手側の口座に振り込む。不動産業者と司法書士への報酬はその直前に差し引かれているという次第だ。

柏田は山賀たちの姿を認めた瞬間、表情を険しくした。何か言おうとしたところを、能崎司法書士が手で制する。

「早速ですが書類一式を確認させてもらえますか」

電話で受けた印象通り不機嫌そうな男だ。挨拶もないままで失礼だと思ったが、山賀は気にも留めない様子で、薄笑いを浮かべながら仮差押え抹消に関わる書類一式を手渡す。

書類一式といっても、抹消に関わる書類はそれほど多くない。

・取下書の正本と副本
・登記権利者義務者目録
・物件目録

この三種類と本日付の元利合計の計算書だけだから、ひどく呆気ないものだ。

「結構です」

内容を検めた能崎は他の関係者の許へ戻り、既に用意されていた別の書類と照合を始める。この確認作業こそが能崎がここに呼ばれた所以なのだが、まるで山賀たち帝都第一銀行の存在を無視するような振る舞いは、さすがに気に障る。ところが山賀はと見ると、能崎たちの仕事を面白そうに眺めている。

いったいこの男に自尊心は存在するのだろうかと疑問に思えてきた。

途中で一度だけ能崎がこちらを非難がましく睨んだ。

「それにしても帝都第一さんも大概ですね。わずか五百万円程度の債権保全に仮差押えを設定するとは」

嫌みたらたらの物言いだったが、対する山賀の返答は更にその上をいった。

「一万円の債権を回収するのに十万円の費用をかける。そういうのはざらにあることでしてね」

「本末転倒でしょう」

「いいえ。返していただくのはおカネだけじゃありませんから」

書類の照合が済むと、やがて決済の時が訪れた。通常であれば買い手から柏田と帝都第一、そして能崎司法書士と不動産業者の四方への振込依頼書が渡される。それぞれ金額に間違いがないかを確認した上で、東西銀行の行員に渡す。後は振込依頼書の控えが返ってくれば、手続きは全て終了したことになるのだ。

ところが、ここで柏田が異議を申し立てた。

「帝都第一への支払いは現金にしてくれませんか」

唐突な申し出に能崎が不審な顔をする。

「どうしてですか。通常は全員、振込で対処しますよ。その方が確実で安全ですよ」

「振込手数料は結局、俺の負担になるんでしょ。そんなものに一円だって使いたくない。支払いを現金にするか振込にするかは、債務者である俺の自由なんでしょ」

地味な嫌がらせだと結城は呆れる。たかだか千円程度の手数料さえ余分に払わず、加えて現金を勘定する手間をかけさせようというのだ。仮差押えを設定された意趣返しだとしても、了見が狭すぎる。

　能崎が困ったようにこちらを窺うと、山賀は鷹揚に頷いてみせた。

「いやあ、当方は一向に構いませんよ。カネ勘定は業務の一部ですから」

　山賀が快諾したので、早速二人の目の前には現金が用意された。元金五百二十四万円と二百十二日分の利息。山賀の言った通り、札勘定は入行当時徹底的に教え込まれた。もちろん札勘機という利器も存在するが、最後は行員の指先が一番信用できるとして入出金の際は必ず慣行とするようにしつけられている。山賀との二人確認でも、札勘定はものの五分で終了した。山賀は手早く領収書を作り、柏田に差し出す。

「確かに全額ご返済いただきました」

　山賀の口元を見ていると、続いて「またのご利用をお待ちしております」とでも言いそうな雰囲気だった。

　だが柏田は差し出された領収書を乱暴にはたき落とした。

「お、お前らのせいだ」

　声が震えていた。

「お前らへの支払いが増えたもんだから、手許にあった株は全部寄り付きで売らなきゃならない羽目になった。ど、どうしてくれる。親から継いだ家も人手に渡った。女房とも別れた」

「その上、借金もなくなった」

山賀は歌うように明るく返す。

「負債というのは本人だけに及ぶものじゃない。将来に亘る禍根が一つなくなったのだから、それだけでも感謝してほしいくらいですね」

「貴様」

さっと顔色を変えた柏田を、再び能崎が押し止める。剣呑な空気が張り詰める中、それでも山賀は知らん顔で悠々と席を立つ。

「それでは処理が終了した手前どもは、お先に失礼させていただきます」

慇懃無礼と思えるほど深々と一礼し、山賀は現金を詰めたカバンを手に颯爽と部屋を出ていく。結城も慌てて頭を下げ、その後を追う。

「何か、えらく恨まれちゃいましたね」

ハンドルを握る際、結城はそうぼやかずにはいられなかった。

「離婚も自宅の売却も全部身から出た錆だっていうのに、八つ当たりもいいところだ」

「八つ当たりくらいで済むんなら害はない。放っておけ」

「理不尽だとは思わないんですか」

「債権回収に感情は要らん。却って邪魔になる。必要なのは戦略とタイミングと実行力だけだ」

タイミングか。

それなら以前から聞きたくて堪らなかったことを聞こうと、結城は決めた。

「山賀さんは、どうしてそこまで回収に情熱を注ぐことができるんですか。あんな風にお門違いの恨みを買って債権回収したって給料が跳ね上がる訳じゃない。そりゃあ評価はされるかも知れないけれど、払った代償に見合うものだとは到底思えませんよ」

しばらく山賀は虚空を睨んでいたが、やがてぽつりと洩らした。

「強いて言えば、それが仕事だからだ」

「そんな単純な」

「結城。お前の齢だとバブル景気の頃は知らんだろう」

「ええ、崩壊直後の世代です」

「どうしてバブルが弾けたか知ってるか」

「習いましたよ。直接の原因は大蔵省から通達された総量規制と日銀による金融引き締めによって信用収縮が加速して」

「教科書に書かれた概要を説明しろと言ってるんじゃない。いいか。不動産や証券の担保価値がみるみるうちに目減りして、債権がどんどん不良化していった一番の原因は現場にあった。その時々の担当者が腹を括って回収に当たっていたら、少なくとも崩壊後の影響がこれほど長引くこともなかったんだ」

山賀の口調は過去を語るものに変わったが、それでも薄笑いは固定されている。

「担保価値が下がったから、債権保全に追加担保を要求する。ところが相手にそんな余裕はない。もう返せないんだと開き直られる。開き直られたら困るのは銀行側だ。十億単位の債権を不良債権として計上すれば決算内容が悪化する。損失を出したら、本部サイドの検査に引っ掛かって自分の経歴にも傷がつく。だが借り入れた方も十億円借りれば年利五パーセントで年間五千万円の利息だ。そんなもの払えるはずがない。それで多くの担当者、というか銀行は債務者に一億円を追い貸しして、うち五千万円を利息として返してもらった。銀行にしてみれば利息の入金で不良債権として計上するのは免れたものの、債務者にしてみれば借金が一億円増えただけの話だ。何のことはない。銀行が手前の不手際を表面化させたくないばかりに、不良債権を更に悪化させたんだ。フカシでも冗談でもなく、当時の大手から中堅に至るまで金融機関という金融機関は大抵こんなことをしていた。バブル崩壊の原因は色々あるが、担当者が責任逃れをしたのが間違いなくそのうちの一つだ」

　感情の起伏も乏しく平然と語っているが、言葉の端々からは昏い情念が立ち上っているように聞き取れる。

「それを、経済破綻は政府と日銀の政策ミスだとか当事者たちがたらたら恨み言を言い募りやがる。被害者面するなって話さ」

「つまり……銀行マンとしての使命感で仕事をしているって意味ですか」

「そんな大層なものでもないな。ただあの時代、責任逃れをした挙句に被害者面したようなチンケな金貸しどもと同じ穴のムジナにはなりたくないと思うだけだ。責任取れない仕事をのうのうと繰り返して給料もらっても、有難くも何ともないだろう」

薄笑いの軽い表情とは裏腹に、その言葉は結城の胸に重く伸し掛かった。

自分はこの男を見くびっていたのかも知れない。

樫山は山賀の考えを極端なものだと批判したが、実は樫山の見方こそが自己保身に歪んだものではなかったのか。

一切の感情を排し、笑顔を張りつけたまま債権を狩り続ける男。ただ独善なだけではない。山賀からは銀行マンとして吸収できるものが山ほどある。

渉外部に回されたのは想定外だったが、転んだのならただで起き上がるのはもったいない。

しばらくこの男についていこう、と結城は決意した。

3

山賀について回収業務を続けるうち、結城には債権回収の何たるかがうっすらと見え始めてきた。正攻法かどうかはともかく、そしていち銀行の収益以前に、この国の経済を循環させるために債権回収はなくてはならない仕事だと思えてきたのだ。

「経済にとって、カネは生物の血液と同じだ」

回収に向かう車中で、山賀はそんなことを言い出した。

「血液が身体の隅々にまで行き渡ってこそ、生物は活動が可能になる。血液が大量に、迅速に流れてこそ敏捷に走り、能力を発揮することができる。経済も同じだ。カネがどこかに滞留していたり、動きが止まっていたりすれば日本経済活性化の妨げになる」

日本経済とはまた大きく出たものだと内心噴き出しそうになったが、続く言葉が結城の認識を改めさせた。

「お前、今、大袈裟だと思ったろう」

「いえ……」

「お前はまだ知らないだろうが、ウチの銀行には回収不能に陥った債権が数百億ある。その大半は貸倒償却してしまう流れだが、もしその数百億を無事に回収できたとしたら、帝都第一はそのカネを成長の見込めるベンチャーに投資することができる。そのベンチャーが新エネルギーや医療分野でのパイオニアにでもなってみろ。ウチの融資したカネが何千倍何万倍にもなって、この国を潤すことになるんだぞ。帝都第一の、ただのいち銀行の融資したカネがこの国に多くの雇用と資産を生むんだ」

ハンドルを握っていた結城は、思わず横を盗み見る。

「……ちょっと意外です」

「何が」

「まさか山賀さんの口からそんな熱い言葉が出るとは想像もしていませんでした」

「こんなもの、熱くも何ともない。いやしくも銀行員なら誰でも持っている職業倫理だ」

山賀はつまらなそうに鼻を鳴らす。だが結城の方は新しいモチベーションを注入されたような気がして清新な気分だった。

折も折、今日の訪問先は大田区に工場を構える中小企業だ。現場で山賀が何を語り、何を顧客に提案するのか。それを考えるだけで胸が躍った。

大田区は古くからモノ作りの街として知られている。およそ四千もの町工場が軒を連ね、最先端技術を使った製造や精密部品の加工を請け負っている。『大田区に空から図面を投げ込むと、どんなものでも翌日には見事な製品となって出てくる』と言われる所以だ。普通に街中を歩いていると、もちろん防音対策はしているのだろうが、そこかしこでモーターの作動音が洩れ聞こえてくる。

山賀と結城が訪れたのはその一角にある〈インダストリア工業〉だ。

訪問する前から工場の概要には目を通してある。創業は一九九五年、資本金一億円、代表取締役社長は土屋公太郎七十歳。従業員は土屋を含め全部で六名。高級スピーカーのユニットを製造し、国内のオーディオメーカーに卸している。

時刻は午前十時。とっくに工場は稼働している時間だが、中からは何の機械音も聞こえてこない。結城が奇妙に思っているのをよそに、山賀は構わず工場脇の事務所に足を踏み入れる。何故か施錠もされていない。

「社長ーっ、いらっしゃいますかあ。帝都第一の山賀が参りましたあっ」

いったい何を食えばそんな元気が出るのか、山賀は例のごとく笑いながら声を上げる。この声量なら事務所はおろか工場まで筒抜けのはずだが、どれだけ待っても応答は一向にない。

「こっちだな」

「いいんですか、断りもなく」

「施錠されていないのは、どうぞお入りくださいって意味だ。なあに、咎(とが)められたらすぐに出ていきゃいい」

咎められても、それでおとなしく出ていくタマとは到底思えなかった。

事務所の奥を真っ直ぐに進むと、やがて作業場が視界に入ってきた。天井はさほど高くなく、壁際の棚には製品なのか試作品なのか大小のスピーカー・ユニットが所狭しと並べてある。音出し実験のためだろう、作業場の隅には試聴室のような小部屋が設(しつら)えられている。

従業員の姿はどこにも見当たらない。山賀は毛ほどの躊躇(ちゅうちょ)も見せずに、試聴室の扉を開ける。

開けた瞬間に思わずたじろぐような大音量が飛び出す。中では作業着姿の老人がクラシックを聴いていた。

「やあ、土屋社長。帝都第一の山賀です」

「またあんたか」

こちらに振り向いた土屋は不機嫌を隠そうともしない。よく言えば一徹、悪く言えば依怙地な老人の顔がそこにあった。

「再三の督促通知にもご返事をいただけないので、こうして参った次第です。お仕事中とは存じますが、音楽を止めてくれませんか」

山賀の声が聞こえているだろうに、土屋は音量を下げるどころか、ボリュームを更に右に回す。途端に管弦楽器の尖った音が天井に突き刺さる。打楽器の重低音がこちらの腹に響く。

山賀は笑顔を張りつかせたまま手を伸ばし、ボリュームを下げ切った。

「歌わせる、という隠語をご存じですか」

結城からは見えないが、よほど威圧感のある笑い方だったのだろう。土屋は一瞬怯えたように身じろぎ、渋々といった体で山賀に向き直る。

「督促状を何通送ろうが、ここに何度来ようが、一緒だ。払えんものは払えん。いいか、払わんのじゃなく、払えんのだ」

債務者特有の開き直りだが、支払い意思があることだけは強調している。いかにも督促慣れした人間の物言いだった。

土屋に対する債権額は貸付金が累計で一億四千万円、うち八千万円が満足な利息も支払われず延滞債権になっている。このまま二ヵ月も進展がなければ土屋の借財は不良債権としてカウントされてしまう。だが利息分だけでも数十万円、取引を更新するための元金分を含めれば更に上乗せして支払ってもらわなければならない。

いや、取引を更新すればいいという段階ではない。審査部の査定では土屋の与信は急激に悪化しており、過去にも延滞が続いたことも手伝って早期回収が必要な案件と指定されている。今日、山賀が訪れたのも今回の利息分を徴収するのではなく、速やかに債務自体を完済させるためだ。

「払わんのではなく、払えん。なるほどカネはなくても誠意はあるという意思表示ですね」

「底意地の悪い言い方をするんだな、客に向かって」

「どんな言い方をしても同じなら、簡潔明瞭な方が分かりやすいでしょう」

「ふん。返せなくなった途端に態度を変えよって」

それはお互い様だと思ったが、結城は黙っていた。自分が口に出さずとも、どうせ山賀がもっと皮肉の効いた言葉を返すに違いない。

ところが意外にも山賀は反論しなかった。

「態度は変わったかも知れませんが、弊行の姿勢にはいささかの変わりもありません。将来性のある企業さまを資金面でサポートし、ウィンウィンの良好な関係を築く。取引を円滑にするのも、全てはその目的を達成せんがためです」

「綺麗(きれい)ごとだな。汚いカネを扱うのに口先は綺麗にしているつもりか」

「融資したおカネが綺麗になるか汚くなるかは土屋社長次第なのですがね」

「そんなことは分かっとる！　だからこそ従業員が一致団結して高能率のユニット開発に心血を注いだ。あれがそうだ」

土屋の指差す方向に一基のユニットが鎮座している。家電量販店でよく見掛けるような黒いユニットではなく、中心部に白を残した焦げ茶色のものだった。

「駆動系に負担をかけないよう、十五インチ径のウーファーに二インチ径のツイーターを組み込んだ。一基分の電圧で二つのユニットを駆動できるから、小出力のアンプでも朗々とスピーカーを歌わせることができる。効果は絶大だ。特許も取った。だが売れなかった」

「自信のあった新製品だったんでしょう。メーカーの宣伝不足ですか」

「いいや。オーディオ雑誌だけでなくウェブでも広告を掲載したが駄目だった。認知度の問題じゃなく市場の変化だ。幅広いファンに訴求できるように価格をミドルクラスに設定したのが災いした」

「安くて高品質なら人気商品になるでしょうに」

「趣味の世界も二極分化しておるんだ」

土屋は吐き捨てるように言う。

「最近の若いヤツらは音楽をスマホやら携帯オーディオやらで済まそうとする。ミドルクラスのオーディオを購入する余裕もない。一方、趣味にカネをかけられるヤツはハイエンドにしか食指を動かさない。だから売れなかった」

これは結城にも理解できた。モノが売れるのは普及価格帯の品物が中間層に幅広く提供できた時だ。いくら単価が高くても数を捌けなければ開発費用にも届かない。せめてエントリークラスで販売実績を重ねられればいいのだが、土屋の言う通りメーカーが若年層にターゲットを絞っても、今の若者にカネを使った趣味は忌避される。手軽に、そして低価格でというのが彼らの掲げる最低条件だ。これはオーディオに限らず服でもクルマでも同様で、メーカーと名のつくところはどこも同じ悩みを抱えている。

「それで受注が止まった。メーカーも返品在庫を抱えているからどうしようもない。開発費用も回収できなかった」

土屋は作業場の中を見ろというように、指で大きく半円を描く。

「当分受注も見込めないから、従業員は自宅待機させた。どうだ、帝都第一の山賀さん。この状態を見れば払えんというのが理解できるだろう」

本来、支払い不能になれば担保物件を処分させるという手段が残っているが、土地家屋の抵当権は帝都第一に優先して他行が設定している。既に実勢価格は先順位の設定額を割り込んでおり、仮に処分したとしても帝都第一まで弁済されない。回収不能の無担保債権として残存するだけだ。

「聴いてくれ。本当にいい音がするんだ」

土屋は今まで座っていた椅子を山賀に譲り、再びボリュームに手を伸ばす。

「あのユニットを組み込んだスピーカーだ。CDなのにアナログレコードみたいな、丸くて温かい音が出る」

そして適正な音量で流れてきたのは、確かに居住まいを正したくなるような音だった。

曲名は知らないが、おそらくショパンのピアノ協奏曲だ。音像というのだろうか、打鍵の強さ、ペダルの強弱、屋根に撥ね返ってくる音までが手に取るように分かる。これほど分解能に優れているスピーカーからの音は今まで聴いたことがなかった。しかも高音と低音を同じユニットから出しているので、分解能があるのに音は一体化している。つまり生演奏の音に限りなく近い。

「駆動系に余裕があるから分解能が最大限まで発揮できる。小出力でも起動できるからバカ高い海外製のアンプを使わなくて済む。トータルで考えれば、結局はリーズナブルな買物になるはずなんだ」

「ショールームでの展開とか発表会とかは行ったんですか」

「やったさ。だがわざわざショールームや発表会に足を運んでくるのはハイエンドのマニアか業界人だけだ。結局アナウンスも小規模に止まった。こんなにいい音がするのに、中途半端に高いものだから、ユーザーにそっぽを向かれた。しかし広告展開はメーカーの仕事だ。ウチは口出しも何もできない。ただ性能のいいもの、音のいいユニットを作ることしかできん」

話を聞いてみると土屋本人は怠惰や無策で返済を滞らせた訳ではない。言うなれば市場環境の変化に対応できなかっただけのことだ。

渉外部の仕事は債権回収だけではない。時には顧客に対して適切なアドバイスをし、今後の返済計画を立案する。

さあ、今の話を聞いた山賀がどんな計画案を提示するのか。ベンチャーを大事にしたいと熱く語った練達の銀行マンがこの苦境からどうやって町工場の社長を救うのか――。

ところが山賀の台詞はあまりに予想外のものだった。

「本当に土屋社長は何もできなかったんですかね」

「何だと？」

「高性能のユニットをそこその予算に収まるような製品に仕上げる。なるほどそれはそれで大変な苦労もあったでしょうし、特許を申請できるような先端技術を投入したのも事実でしょう。しかし、つまるところあなたがしたことは技術の追究、職人技を究めるという目的遂行だけだ。少なくとも土屋社長のモチベーションに収益という概念は見出せません」

「俺はただの町工場の親爺であってだな」

「だから優れた製品の開発だけに心血を注いでいればよいと？　それは甘いですよ、土屋社長。作れば売れた、広告を打てば必ず売れた昔とは流通構造も消費行動も違っている。ただ高性能だ、ただ音がいいというだけで売れるのなら誰も苦労しない」

「知った風な口を利くな。高い性能を追究して何が悪い。お前はモノ作りの精神を馬鹿にするつもりかあっ」

土屋は激昂(げっこう)するが、山賀は気に留める風もなく笑っている。

「土屋社長もオーディオの世界に関わっていらっしゃるのなら聞いたことがあるでしょう。バブル華やかなりし頃、某大手メーカーが面白い新製品を発表しました。それは二年先まで予約録画ができるというビデオレコーダーで、当時としては画期的な技術でした。開発に携わった技術者も自信満々で、メーカーも力を入れて商品を市場に投入しました。とにかく出せば売れた時代です。その新製品がどこまで市場を席巻(せっけん)するのか、関係者は期待を込めて推移を見守った。ところが」

ここで山賀は大袈裟に両手を広げてみせる。

「あにはからんや新製品は全く売れませんでした。ええ、それはもう笑ってしまうくらいに。量販店からは返品が相次ぎ、メーカーの倉庫はその在庫だけでスペースが不足するほどでした。では、何故それほどまでに期待された製品が売れなかったのか？　答えは簡単です。消費者にとって二年先の予約録画なんて無用の長物だったからです。技術屋がどれだけ鼻を膨らませようが、企業がどんな広告を打とうが、消費者に不必要なものは売れません。何となれば消費者が求めるものは技術がもたらす快楽や利便性であって、決して技術そのものではないからです」

山賀はそこで言葉を切り、土屋の顔を覗き込んだ。

「これは技術屋の自己満足などには何の商品価値もないという好例です。そしてまた土屋社長、あなたのことでもある。そこそこ値は張るが、最新技術を投入したスピーカー・ユニット。根っからの技術屋であるあなたには満足のいく製品なのでしょうが、どの層のユーザーにも振り向いてもらえないのであれば、先に例を挙げた二年先の予約録画と同様、不必要な技術なんです。今の世の中、市場にどう受け入れられるかを考慮した上で商品開発するのは当然。それを怠った時点であなたは技術屋としてはともかく、経営者失格なんですよ」

　寸鉄人を刺すというのはこういうことを言うのだろうか。土屋は怒りでぶるぶると震えている。

「だからっていったい俺にどうしろってんだ。売れん限りはカネもできん。ここにある工作機械のほとんどはリースだから売却もできんぞ。いくらあんたが理路整然と俺の経営者としての不適格性を並べ立てようが、ない袖は振れん。ふん、ざまをみろ」

　再び土屋は開き直る。だが次に山賀が放った台詞は開き直った土屋を粉砕するに充分のものだった。

「明日の正午までに四カ月分のお利息と元金をお支払いください。履行できないというのであれば、帝都第一は債権者の一人として〈インダストリア工業〉および代表取締役社長である土屋公太郎に対し破産を申し立てます」

「何だとおっ」

　土屋は驚いて身を起こす。

驚いたのは結城も同じだった。ついさっきベンチャーの夢を語っていた男が、同じ口でベンチャーの芽を摘み取ろうと言っている。

「破産というのは債務者自らが申し立てるという印象が一般的ですが、本来の趣旨は、債務者の資産の散逸を怖れる債権者たちが、その時点での債務者資産を債権額や順位に応じて分配しようとするものです。従って申し立ては債権者なら誰でも可能で、今の〈インダストリア工業〉の資産と債務を対照させた場合、破産決定は容易に下されるはずです」

「ちょ、ちょっと待ってくれ」

「ええ、待ちますとも。ただし明日の正午までです」

「明日の正午だって！ あんまり馬鹿なことを言うない。この四カ月で金策に駆けずり回って工面できなかったものが、どうやったら一日で用意できるってんだ」

「わたしどもは工面の仕方までアドバイスするものではありません。下手をすれば強制と受け取られかねませんしね」

「いくら何でも横暴だ」

「それを仰る前に猶予はあったはずです。会社を経営していて、四カ月も銀行への支払いが滞れば最終的にどうなるか、社長だって知らないはずはないでしょう」

「だけど、だけど」

「技術屋の自己満足で経営が成り立つとお考えだったのなら、それこそ本末転倒でしょう。経営は技術開発のためにあるのではありません。経営のために技術開発があるんです」

土屋の顔がみるみる赤みを帯びていく。このまま口を開けば、おそらく出てくるのは罵倒か泣き言のどちらかしかない。

「とにかくお伝えしましたからね。期限は明日の正午。それまでに弊行にご来店、あるいはご連絡なき場合、弊行は速やかに破産申立の準備に移行します。ああ、念のために申し上げておきますが、破産申立の書類作成にさほどの時間は要しません。文書のひな形に当事者名と数字を打ち込むだけですから、まあ所要時間五分といったところでしょうか」

そう言って山賀は余裕たっぷりに席を立つ。この憎々しげな立ち居振る舞いも計算のうちに決まっている。

「待ってくれよ」

「社長もくどいですね。明日までは待つと、最前から何度も申し上げているじゃありませんか」

藁にも縋るような土屋の哀願を振り払い、山賀は作業場を後にする。結城は慌ててその後を追う。

「この人でなしめえっ。債鬼ってのは手前ェらみたいなヤツらのことを言うんだあっ」

土屋の絶叫が背中に突き刺さる。結城はいたたまれず、身体を丸めて逃げるように工場から抜け出てくる。

「じゃあ、破産の申立書、準備しておけよ」

クルマに乗り込む際、山賀は念を押すように言った。

「本気なんですか、山賀さん」

「うん？　何がだ」

「〈インダストリア工業〉を破産させちまおうって話ですよ」

「破産は債務整理のいち形態に過ぎない。そんなことは常識だろう」

「しかし明日の正午までなんて、いくら何でも」

「どうせ破産させるのなら早い方がいい。その分資産の減少を防ぐことができる」

「さっきはベンチャーを応援するみたいなことを言ってたじゃないですか」

「応援するのはあくまでも将来性が見込める企業に限られる。ベンチャーだからという理由だけで、あちこちにカネをばら撒いていたら帝都第一自体が破綻しちまうぞ」

「でも」

「さっき俺が言ったこととの意味をはき違えているのはお前だ。カネの円滑な流動が経済を活性化すると言ったはずだ。そのためには、流れを妨げている障害物を取り除かなきゃならない」

「それが〈インダストリア工業〉と土屋社長の破産申立ですか」

「あの社長は技術屋としては一流かも知れんが、経営者としちゃ三流だ。そういう手合いは一刻も早くリングから下りた方がいい。リングの上ばかりが闘う場所じゃないしな」

山賀の言うことは今度も正しいのだろう。しかし正しいからといって感情まで首肯できる訳ではない。

「まさか今日初めて会った債務者に肩入れしたくなったのか」

「そんなんじゃありません」

「それなら人でなしとか債鬼とかの言い草に腹が立ったか。いい響きじゃないか、人でなしも債鬼も。回収担当者はそう言われるようになって一人前だ」

この言説も間違ってはいない。債務者から好かれるのは債権者としての権利を行使しないからだ。だから優秀で真っ当な回収担当者ほど債務者から憎まれる。

山賀は圧倒的に正しい。だが結城の感情がそれを認めようとしない。さっき背後から罵倒された時ですら、山賀は満面に笑みを浮かべていたではないか。プロフェッショナルだからと言ってしまえばそれまでだが、自分はとてもあんな風に笑える自信がない。

「最近じゃあ破産の意味合いもずいぶん軽くなったが、あの世代の経営者にとっちゃあまだまだ神経にこたえる選択だ。土屋社長も必死になって考えるだろうな」

「しかしいくら考えたって、今から四ヵ月の滞納分を返済させるなんて、どだい無理な相談ですよ」

「ああ。無理だと分かっているから、そう要求したんだ。そうまでしなきゃ、あの頑固親爺はなかなか言うことを聞いてくれないからな」

山賀は楽しくて仕方がないという顔をした。

4

土屋に与えられた猶予はあっという間に過ぎ去った。たかが一日でできることなら、四ヵ月間も支払いが遅れるはずもない。

翌日の午前十一時四十分、焦燥と苦悩で顔をどす黒くさせた土屋が帝都第一新宿支店に現れた。早速渉外部に通されたものの、足元が覚束なかった。

「お前らは本当にひどいヤツらだ。銀行屋なんてのは全くヤクザと一緒だな」

山賀の前に座るなり、土屋は愚痴を垂れ始める。威勢の割に表情が優れないのは、やはり返済の目処が立たなかったからだろう。

山賀はいつもの笑いを浮かべながら泰然としてソファに座る。結城はこれから始まるであろう土屋の醜態を目の当たりにするのが辛かった。

猶予を願い出る者、利息減免を乞う者と条件やケースは様々だが、共通するのは諦めの悪さと醜悪さだ。目前に迫っている決定的な悲劇を回避するためなら、債務者は犬の真似さえする。靴を舐めろと言われたら半数以上は命令に従うのではないか。

「さて、土屋社長。あと二十分ほどでお約束の時間ですが、金策の方はいかがだったでしょうか」

「……駄目だったよ」

土屋は肩を落とす。虚勢を剝ぎ取られた土屋は、ただの弱々しい老人にしか見えない。

「無理を承知で親戚中に無心の電話を掛けまくったが、色よい返事をしてくれるヤツは一人もいなかった」

「そうでしょうね。そんな奇特な親族がいらっしゃるのなら、もっと早い時期に救援の手を差し伸べていたはずですから」

「抵当権第一順位の銀行にも相談を持ちかけた。追加融資はできないと言われた。工場のあるあの辺一帯の地価が急落しているそうだ。帝都第一から破産申立をすると言われたと説明したが、担当者の野郎め、お気の毒ですとしか言いやがらねえ」

「第一順位の同業さんにしてみれば破産手続きになったところで痛くも痒くもありませんからね。本音のところはやるなら早くやってくれ、でしょう」

いきなり土屋は椅子から離れると、山賀の前に跪く。

やめてくれ、と結城は叫びそうになる。たとえ誰であろうとも、人が人に屈服し哀願する姿など見たくもない。

「頼む、この通りだ」

声はかさついていた。

「会社を起こして二十年もやってきた。別に大それた野望があった訳じゃない。ただ、営利にとらわれず、自分が最高だと思うものを創りたかったんだ。それがあんたの言う技術者のエゴだと言うのならそうかも知れん。しかし、俺や従業員の心血を注いだものはいつか必ず評価される」

「いつか、ですか。土屋社長、いつか、というのは明確なビジョンを持たない者の繰り言ですよ。経営者が口にしていいことではないように思います。経営者に必要なものは計画性と損得勘定です」

「それじゃあ、技術者の夢はどうなる。この国が技術立国と呼ばれるようになったのは、俺たちみたいな町工場が世界水準に負けない技術を生み出してきたからだ。損得勘定じゃない。技術屋が額に汗して働いているのは、どんな分野であろうと一番上を目指す根性と探求心があるからだ。あんたの言うビジョンとは正反対のパッションだ。それがなきゃ技術屋はネジ一本だって作らない。この国が世界に対抗していくためには、技術屋の魂とパッションは不可欠だ」

「それもいい加減、マスターベーションの世界なんですけどね」

「今、破産宣告なんてされたら、折角ここまで積み上げてきたものがゼロになる。従業員たちも家族を抱えて路頭に迷うことになる。後生だ。もうしばらく猶予をくれ。三カ月、いや二カ月でいい。この通りだ」

土屋は深々と頭を下げる。額はあとわずかで床にくっつきそうだ。

結城は土屋から視線を逸らして山賀を見る。車中で彼が語ったベンチャーへの想いは本物と思いたかった。それならば、土屋に対してそれほど非情な態度を取ることは考えられなかった。

だが、このシャイロックの末裔は結城の想像を超えていた。

「土屋社長、どうぞ頭をお上げください。あなたに頭を下げられても、手前どもには一円の得にもなりません」

ゆっくりと上げられた土屋の顔は羞恥と憤怒の色で斑になっている。

「何だと……」

「恥を忍んで頭を下げるのもパッションのうちという訳ですか。技術屋魂を声高に叫ぶ割にはプライドが低すぎる」

三日月のように湾曲した唇から洩れる言葉は、ひどく冷淡に聞こえる。結城はこの場から逃げ出したくなる。ここにいれば人の弱さと残酷さを否応なく記憶に刻みつけられてしまう。

「俺のプライドなんてどうだっていい。破産は、破産だけは勘弁してくれ」

「お言葉を返すようですが、わたしもプライドなんてどうだっていいと考える手合いでしてね。ここで土屋社長に温情を見せれば、それはもうヒューマニズム溢れる対応と講談のネタくらいにはなるのでしょうが、銀行員としては失格の烙印を押されます」

そして見上げる土屋に顔を近づける。

「土屋社長、昨日も申し上げましたが、破産は債務者側が申し立てることもできます。あなたのちっぽけなプライドに免じて、どちらが申し立てるのかは選択させてあげますよ」

「貴様」

「この世にカネ以上に大事なものはありません。現にこうして技術屋魂とかいうものもプライドとかいうものも、カネの前ではひれ伏しているじゃありませんか。その事実は経営者たる者、いついかなる時でも自覚しなければならないのです。失礼ですが土屋社長、あなたは技術屋としては素晴らしい人物かも知れませんが、少なくとも社長の器じゃない。たとえ今回の危機をやり過ごせたとしても、早晩同じ羽目に陥る。悪いことは言いませんから破産しなさい。それが一番いい。このまま続けていたらあなたご本人だけじゃない。あなたについてきてくれた従業員とそのご家族も苦しみを継続することになる。あなたを信じるばかりに塗炭の苦しみを味わい続ける人たちのことを考えてみてはどうですか」

狡猾だと思った。

我が身はともかく、従業員とその家族を持ち出されたら抗弁のしようがない。どこか昔気質の職人を思わせる土屋には一番効果的な説得材料だろう。

すると予想通り、土屋は再び力なく頭を垂れた。退路を全て断たれた敗走兵の絶望そのものだった。だらしなく開いた唇から、畜生という怨嗟の声が洩れる。

山賀が別提案をしたのは、その時だった。

「土屋社長、破産を免れる途が一つだけあります」

「何だ。破産以外なら何でも言う通りにする」

「土地建物や設備以外に売却できるものがある。それを売って返済金に回したらいいんです」

「そんなものがあるのか」

「土屋社長唯一の財産である技術そのものですよ」

結城は驚いて山賀を見る。土屋も口を半開きにしている。

「新開発のスピーカー・ユニット、特許を取得されたんですよね。特許なら立派な売り物になる。実は昨日、海外のオーディオメーカー数社に打診したのですよ。すると〈インダストリア工業〉の技術に興味を示した企業がありました」

「そんな……昨日のうちに」

「もちろん特許だけではなく、付加価値をつけた方が高く売れるでしょうね。完成品の現物、それから開発に携わった技術者込みでというのはいかがですか。わたしの見積もりによれば、それで帝都第一への債務が消滅するどころか、かなりの余裕が生じます」

山賀は傍らに置いてあったファイルから何枚かの書類を取り出して、土屋に差し出す。

結城が覗き見ると、それは特許を売却した際の試算表だった。

安堵と無念さの入り混じったような顔で、土屋は書類に目を落とす。

「知的財産の取引には専門的な知識と駆け引きが必要です。幸い弊行にはそうした交渉に精通した顧問弁護士がおりますので、土屋社長さえその気がおありなら喜んで紹介させていただきますよ」

すっかり毒気を抜かれた様子の土屋は、何度も書類と山賀の笑い顔を見比べていた。

放心した体の土屋を見送ると、結城は早速山賀を摑まえた。

「山賀さん、謀りましたね」

「何が」

「あれからずっとついていましたけど、山賀さんが海外の企業と連絡を取ったことなんて一度もありませんでした。〈インダストリア工業〉を訪問する前から、スピーカー・ユニットの特許を売却することを考えていたんですね。それでなきゃ、あんな用意周到な真似ができる訳がない」

「まあ、そうだな」

「だったらどうして昨日の段階でその話を持ち出さなかったんですか。債権者からの破産申立とか、徒に土屋社長の恨みを買うような言動をして」

返済に苦しむ債務者の悲憤が見たかったのか――さすがにその疑念は口にできない。

「結城よ。あのタイミングで特許売却の話をして土屋社長がすんなり承諾したと思うか」

「えっ」

「技術者のプライドの権化でおまけに頑固者。ついでに被害者意識に凝り固まっている。あの段階で特許の話を持ち出してみろ。ヘソを曲げて交渉には一切応じなくなる可能性がある。それで最悪の選択肢を提示したんだ。帝都第一が申し立てをすれば、土屋社長はどうしようもなくなる。待っているのは財産の凍結と工場の閉鎖だ」

「でも追い詰められた社長は親戚中に頭を下げて、ひと晩中悩んで」

「そういう過程があったから、今日はおとなしく提案を聞き入れたんだ。言ってみれば通過儀礼だな。恥辱、希望、プライド。そういう退路を一つずつ潰されたから、最後に残った道を選んだ。本人も手を尽くしたという認識があるから、特許を売った罪悪感が最小限で済む」

結城に反論の余地はない。収益に寄与できなかった特許を国内メーカーが使用する可能性は低い。だが日本の先端技術を欲しがっている海外メーカーになら高く売れる。傍目には残酷に見える仕打ちだが、結果的には誰も損をせず、それどころか土屋と〈インダストリア工業〉は破産も免れる。

「それにあの負けず嫌いで、職人肌の人間だ。たった一つの特許を手放したところで技術屋魂が枯れるとも思えん。カップリングで売りに出される従業員たちだって、ただ技術を盗まれる一方じゃあるまい。下手したら売却した特許よりも価値ある技術を盗み返してくるんじゃないか」

ぐうの音も出なかった。

山賀は相変わらずの笑みを浮かべていたが、それはどこか悪戯っぽいものに見えた。

その夜、結城は当麻友紀を六本木のステーキ・ハウスに誘った。アメリカ資本の店で一ヵ月先まで予約が取れないことで巷の話題を呼んでいる。しばらく会えなかった詫びを兼ねての夕食だったが、幸い友紀は気に入ってくれたようだった。

「へえ、レジ係以外のスタッフはほとんどが外国人なのね」

友紀の指摘した通り、店内は外国人スタッフの言葉が飛び交っている。女性スタッフのラフな制服と相俟って、下卑た華やかさが目立つがこれも演出のうちだろう。場所が場所だけに、ディレクター巻きの男と派手なモデル然とした女でテーブルが埋め尽くされている。どこをどう見ても銀行員の結城とおとなしめのワンピースを着た友紀のカップルは却って異質に映る。

「こういう雰囲気の店も嫌いじゃないから。ありがとね、連れてきてくれて」

「礼は食べてからにしようよ。万が一地雷案件だったら、挽回のしようがない」

「へえ、彼女に申し訳ないって自覚はあるんだ」

「そう言うなよ。口で謝るより有効だと思ったから、わざわざ予約の難しいここを選んだんだ」

「だからさあ、そういうことを口に出さないの。有難味が半減しちゃうよ」

友紀にダメ出しされ、結城はここでも反論できない。今日は厄日かも知れなかった。

友紀とは大学の時からの付き合いで、もう三年以上になる。同棲やら結婚やらまだ具体的な話になったことは一度もないが、いずれそうした話に進展していくのは結城も意識していた。

「何だか男性客は年配の人が多い印象なんだけど」

「うん。知り合いにここの常連がいてさ。やっぱり五十過ぎの人なんだけど、このバブリーな雰囲気が郷愁を誘うんだってさ。バブリーな雰囲気がどんなものかは知らないけど、その時代がえらく派手好きだったのは想像がつくな」

「あたしたちには半ば都市伝説みたいなものよね。『二十四時間戦えますか』なんてコピーが堂々とテレビで流れてたっていうから」

「へえ。まるで覚醒剤のコマーシャルだ」

「だけど、確かにお高そうなお店よね。一介の一般事務職にはそうそう通える店じゃないから、これは銀行員さまさまってとこかな」

「言っとくけどな、銀行員の全部が全部この世の春を謳歌している訳じゃないぞ。若手は若手なりに給料以上の苦労があるんだ」

「ああ、例の〈シャイロック山賀〉さん？」

友紀は山賀の名前を出すなりけらけらと笑い出す。結城が以前に山賀の話をした時から、彼のファンだというのだ。

「まあ真悟とは全然タイプの違う人みたいだから、確かに気苦労はあるだろうなあ。ちょっとお疲れモードに見えるのは、やっぱり山賀さんのせい？」

「うーん、そのせいもありといえばありなんだけど……今日も色んなことがあってさ。

興味あるなら話すけど」

「聞きたい、聞きたい」

請われて結城は、土屋の一件を語り始める。もちろん個人情報は伏せるが、それでも話の面白さはいささかも減じないらしく、友紀は顔中を好奇心にして聞き入る。話が終わると今にも拍手せんばかりに目を輝かせる。

「すごい人」

「どこが」

嫉妬交じりなのは友紀も承知しているのだろう。しょうがないという顔で結城を見る。

「あたしが言うまでもないでしょ。剛腕で知略家、感情の一切を見せずにいつも笑っている。人格的には問題ありかも知れないけれど、数字を残しているから誰も文句は言えない。他人の評判を気にしない人みたいだから、ある意味最強よね」

「恐れる方の最恐だな。部長ですらあの人には一目置いているみたいだから」

「優秀な人間は出世するけど、優秀過ぎる人間は疎まれる、か。ねえ、真悟はそんな風になっちゃ駄目だよ」

「どうして。最恐はお気に召さないか」

「出世しないのが前提の人だと付き合い方も変えなきゃいけないかなーって」

「それはひどい」

「何がひどいのよ。銀行員って定時で仕事終わる方が珍しいんでしょ。大抵帰宅は深夜で、休みの日は寝るだけで」

「激務だからしょうがない。いや、それはこうして謝ってるじゃないか」

「一緒に住むようになっても、碌に会話もできないのよ。それで出世できないのなら、伴侶としての魅力なんてゼロじゃない」

「……全国の銀行員に、今すぐ手をついて謝れ」

「でも真悟だって、山賀さんのことカッコいいって思ってるんでしょ」

「まあね、今まで生きてきた中で初めて見るタイプだし、ああいう人が信賞必罰の行員の世界で存在感を示しているのはすごいと思う」

「ほら、真悟もすごいって言った」

友紀が得意げに燥いでみせると、怒る気にもなれなかった。

「真悟、憶えている？　営業から渉外に回されたって電話くれた時、この世の終わりみたいな声してたのよ」

「そうだっけ」

「自覚症状ないよね。でも、職場にこんな大変な先輩がいるって話を始めてから、すごく口調が明るくなったんだよ。何ていうか、探し物を見つけました！　みたいな感じで」

「そうだっけ」

友紀の前ではとぼけてみせたが、山賀の存在が新たな指針になったのは事実だった。

人間的に肯定できるかは分からないが、銀行マンとしては間違いなく尊敬できる。手段が阿漕に映るのは、思考の経過が一切知らされないからだ。葛藤も躊躇もなくいきなり現実的な判断だけを示されれば、誰でも冷徹な印象を受けてしまう。山賀の場合はそれが標準仕様になっているのだ。

「だけど心配じゃない?」

「僕が山賀化することとがか」

「ううん。山賀さんが色んな人に恨まれているってことが」

「本人は全然気にしていないみたいだけど」

「そりゃそうよ。殴った人間は忘れても、殴られた人間はそれを決して忘れない」

「道理だな」

「結果的によくても、山賀さんのせいで家を手放したり特許を売ったりする羽目に陥った人は、とことん山賀さんを恨むでしょうね。それこそ殺してしまいたいくらいに」

「おいおい、よせよ。いくら何でも物騒過ぎるだろ」

「そう思う? 山賀さんの弁によれば、おカネって命より大事なものなんでしょ。そのおカネを無理やり奪われたと思ったなら、正気でいられない人が出てくるかもよ」

反論しようとしたが言葉が見つからなかった。探しているうちに食事が運ばれてきたので、それきりになった。

サイドメニューのマッシュポテトは驚くほど滑らかだった。メインのTボーンステーキは一頭の牛について四パーセントしか取れない部位で、希少価値と相俟ってひと嚙みする度に肉の旨みが堪能できた。

それでも漠然とした不安が完全に払拭されることはなく、結城は得体の知れない不快感にしばらく悩まされた。

二日後、結城が出勤すると朝一番で土屋から電話が掛かってきた。未だ山賀の姿が見えないので、代わりに応対する。

『山賀さんかい』

一昨日に比べると、悲愴感めいた響きは影を潜めていた。

「いえ。一緒に工場に伺った結城という者です。山賀はまだ来ておりませんが」

『そうかい。それなら俺からだって伝えておいてくれ。特許売却の件は承諾するって』

「左様ですか」

答えながら結城は安堵する。土屋は山賀を恨むかも知れないが、これで〈インダストリア工業〉と従業員の延命は保障できる。

『それから山賀さんには礼と恨み言の両方伝えておいてくれ。礼の方は見積もり通りの額面で特許が売れそうなことだ。候補に挙げてくれていたのは堅実さが評価されているメーカーだ。国内じゃないのが引っ掛かるが、日本支社の担当者が山賀さんのことを言っていた。あの男、どうやら相当下調べしていたみたいで、お蔭で話がとんとん拍子に進む。そっちの下調べがちょうどいい具合に露払いになってくれた』

「それはどうも。山賀が聞いたら喜びます」

『どうだかな。あの男がそんなありきたりなことで喜ぶとは思えんのだが』

言われてみればその通りなので、結城は思わず苦笑しそうになる。

『おっと、それから次は恨み言の番だ。破産は免れたが、虎の子の技術をみすみす毛唐の国に売り渡すのはやっぱり業腹だ。経営者としてのプライドをずたずたにされたのは一生忘れない』

「しかし土屋さん。お言葉ですが、山賀もよかれと思っての提案でした。お腹立ちはごもっともと存じますが……」

『勘違いするな。恨んでいるとは言ったが、それで感謝もしている。何も帝都第一の回収が悪辣だと触れ回るつもりはない。俺に経営者意識が欠落しているのはその通りだ。前々から知り合いには忠告されてたんだが、今度のことがなかったらこれからもずっと聞き流していただろう』

電話の声を聞いているうちに、胸の底から熱い塊がせり上がってきた。

くそ、山賀さん。これは反則だぞ。

『勤め人の頃から技術畑一本でやってきたから、そっちの勉強はつい疎(おろそ)かになっていた。いいモノ作りゃあ、それでいいんだと思っていた。きっと鬱陶(うっとう)しいこととか不安になることから逃げてたんだな。これからはあの男のクソ憎たらしい笑い顔を思い出して経営学に励むことにする』

「陰ながら応援させていただきます」

『ふん。当分帝都第一との取引はなくなるだろうから、近況は伝えられないがな』

会話を終えると、胸の痞えが下りるような気がした。

借財がなくなってカネが回れば、必ず経済は循環していく。そして人もまた前へ前へと進むことができる。今回の一件は、図らずもそれを結城に証明してみせたのだ。

一刻も早く伝えなければ——結城は山賀を待ち続けたが、その日に限って本人はなかなか姿を現さない。今までも取引先の自宅に朝駆けしていたこともあったので不審には思わなかったが、それでも事前に連絡がないのは奇妙だった。

やがて開店時間が過ぎ、正午を過ぎても連絡がないので上長に伺いを立てようとしたその時、ちょうど渉外部長の樫山がオフィスに飛び込んできた。

「大変よ、結城くん」

樫山の声はひどく上擦っていた。

「今朝、山賀さんが死体で見つかった」

二　後継者

1

出来の悪い冗談かと思ったが、樫山の顔はそうは言っていなかった。

「本当、なんですか」

自分で喋っていても、ひどく間の抜けた声に聞こえる。

「冗談なら、もっと気の利いたことを言います。今、警察の人が事情聴取にきているんです」

聞いていると、どんどん胃の辺りが重たくなってくる。樫山の話を信じる頭と、山賀の死が信じられない気持ちが相反して、結城の身体は硬直する。

「山賀さんとコンビを組んでいた結城くんからも話を訊きたいって応接室で待っているの。すぐきて」

指示されてもなかなか立ち上がれない。結城は自分を叱咤して、ようやく腰を上げた。

応接室に待っていたのは二人の刑事だった。一人は年嵩でキツネ目が印象的な諏訪公次という刑事、丸顔のもう一人は自分と同年代で時沢と名乗った。

どうやら聞き手は諏訪が担当するようで、時沢はもっぱら記録係らしい。懐から手帳を取り出すが、警察が今どきそんなアナログな道具だけに頼るはずもなく、どこかにICレコーダーでも仕込んでいるに違いない。

「山賀さんが死んだと聞きました。事故か何かですか」

「今日の朝刊には間に合わなかったか。テレビやネットのニュースをご覧になりませんでしたか」

「いいえ。朝は忙しくて」

諏訪は時沢と顔を見合わせ、意味ありげに首を振る。

「マスコミが報道したことをお伝えしますとね、昨夜、と言っても日付は本日五月二十九日ですが、午前五時ごろ新宿公園で山賀雄平さんの死体が発見されました。背後から脇腹を刺されていまして、新宿署では事件性が強いと判断しています」

刺された、つまり殺害されたという事実にまだ感覚がついてこない。それでも山賀が死ぬのであれば事故や自殺ではなく、誰かから殺されるのだろうという見当をつけていたのを思い出す。あれだけ人の心を自在に操った男だ。どうせ畳の上では死ねないだろうと、本人も言っていたくらいだ。

「まず形式的な質問ですが、昨夜十時から今朝にかけての、結城さんの行動を教えてください」

「行動って……まず、銀行は午後十一時に退社しました。道すがら行きつけのコンビニで夜食を買って、マンションに帰りました。はっきりした時間は憶えていませんけど、床に就いたのは日付が変わってからだと思います」

「ご家族と同居されていますか」

「生憎と独り暮らしですよ。だから証言してくれる者はいません」

「しかし十一時に退社とは。残業でしたか」

「いつもこんなものですよ。部署によって多少の差はありますけど、渉外部の連中は十一時退社が当たり前です」

結城がそう答えると、諏訪は細い目を少し開いてみせる。

「山賀さんも十一時退社でしたか」

「いえ、確か三十分くらい早く出たと思います。退出時間は社員証に埋め込まれたＩＣチップが記録していますから、総務にでも確認していただければ」

「山賀さんを恨んでいるような人に心当たりはありませんか」

結城は言葉に詰まった。

「山賀さんは独身で、両親は遠く離れた山形に居住。別れた元奥さんとは没交渉。個人的にお付き合いされていた方とかはいましたか」

山賀がバツイチだというのは初耳だった。

「いえ、山賀さんはプライベートなことはあまり、というか全然口にしない人だったので……結婚歴があったのも、今初めて聞きました」

「初めて。ほほう。同僚にも私生活を見せなかった訳ですか。さぞかし優秀な行員さんだったのですね」

まるで死者を揶揄するような物言いが鼻についた。だから、つい尖った返事になる。

「ええ、とてもとても有能でした。仕事の話に耳を傾けるのに忙しくて、とてもプライベートを聞く余裕なんてありませんでした」

「なるほど。では仕事方面で彼を恨んでいる人は多かったのではないですか。仕事で抜きん出る人というのは、どこかで人の恨みを買うことが多い」

再び言葉に詰まる。仕事上での恨みというなら、たちどころに何人か債務者の顔が浮かんでくる。柏田や土屋もその中に含まれるが、自分の知らない債務者も含めればもっとだろう。

「銀行さんの仕事は融資と回収でしょう。融資したおカネを返済してもらうのは当然としても、中には度を越した督促で逆恨みされることもあったんじゃないですか」

記憶にありません、と回答するのが精一杯だった。

「山賀さんを恨んでいたかどうかなんて、心の問題でしょう。人の気持ちは悪魔にだって分かりゃしませんよ」

諏訪はキツネ目を更に細くし、結城を吟味するように睨め回す。ひどく粘着質な視線で、身体中に纏わりつくような気になる。

「ああ、そういうことも言えるでしょう。どのみち、後で山賀さんが担当した顧客のリストを拝見しますから同じですけどね」

「あの、お願いがあるんですが。山賀さんの遺体に会わせてもらえませんでしょうか」

「何故ですか」

「どうにも、山賀さんが死んだなんて実感が湧かなくて」

「ああ、それは構いませんよ。山形のご両親が到着するのは午後になりますから、それまであなたに確認してもらうのもいいでしょう」

腰を上げかけた時、最後にこう話し掛けられた。

「いずれにしてもこれで終わりということはありませんから」

聴取を終えた後、山賀の亡骸（なきがら）を確認しにいく旨を報告すると樫山も同行すると言う。結城の方に否はない。

引き継ぎ後に新宿署に赴くと、既に諏訪が待機していた。

「こちらです」

諏訪を先頭に結城と樫山は霊安室へ連れていかれた。青白い蛍光灯の瞬く廊下を歩いていると、樫山がひどく心細げな顔をしていた。上司である前に女性だ。部下の死亡を確認する義務があるとはいえ、やはり死体を見るとなれば心が挫（くじ）けても仕方がない。

一方、結城の方も心穏やかではない。まさか警察がかつぐはずもないが、それでもあの山賀が死んでしまったとはどうしても思えない。エネルギーの塊であり、およそ切っても突いても死なないような男だった。

「どうぞ」

諏訪の誘導で霊安室に入る。死体保存のためだろうか、ひんやりとした空気が肌を刺す。霊安室とは名ばかりの倉庫を転用したような殺風景な部屋で、とても死者の霊を安堵させる内装とは思えない。情けないことには隅に段ボール箱まで放置されている。

中央にはシーツの被せられたストレッチャーが置いてあり、そこからは冷気以外にも人を撥ねつけるものが発散している。異臭も漂っていた。

手慣れた仕草で諏訪がシーツを捲ると、山賀の顔が現れた。すっかり色を失い、作り物のように表情がない。いつも笑った顔ばかり見ていたので違和感も増す。

だが間違いなかった。

「山賀さん、です」

そう告げた途端、身体中から力が抜けた。

「山賀さんに、間違い、ありません」

背後で樫山が、区切るようにそう告げた。

頭の中をいくつもの感情が去来するが、脳が処理しきれない。ただし不思議と涙は出てこない。

「致命傷は脇腹を刺されたことですが、即死という訳じゃなかった」

冷徹な諏訪の言葉に樫山が反応する。

「何度も刺されたというんですか」

「いや、一撃では死にきれなかったという意味ですよ」

捜査情報らしくあからさまには言わないものの、山賀がその一撃で苦しみ抜いたということが分かる。きっと出血の具合やら死体の状態やらで見当がついたのだろうが、ひどい話だと思った。

確かに山賀は顧客から恨まれることが多かった。それが仕事だし、法律を遵守しての行動だから誰から何を言われる筋合いもないが、債務者からはよく筋違いな憎しみを浴びる。元々因果な商売と分かっているが、それでも殺されていい理屈にはならない。

不意に視界が暗くなる。怒りで目の前が真っ暗になるというのはこういうことかと思った。

両手が自然に合わさる。結城は合掌したまま、山賀に向けて頭を垂れる。

結城と樫山は促されて霊安室を出る。廊下を歩いている際も、諏訪は感慨に浸らせてくれなかった。

「本当に心当たりはないんですか、結城さん」

「ないと言ったはずです」

「山賀さんのようにプライベートの情報が少ない人間は、仕事方面で動機を探すより他にない。また話を伺うかも知れませんので、その際はよろしく」

これで終わりにならないというのは、そういう意味か。

銀行に戻り、そのまま渉外室へ向かおうとした寸前、樫山から呼び止められた。

「折り入って話があります」

妙に改まった言い方に引っ掛かりを覚えたものの、部下に断る理由はない。何事かと詮索(せんさく)する間もなく、空いていた小会議室に引き摺(ず)り込まれた。

長机を挟んで対面に座った樫山は、ここまできて話すべきかどうかを逡巡(しゅんじゅん)しているようだった。

「部長。お話というのは何なんですか」

結城からの催促で肚(はら)を決めたのだろう。樫山は意を決したようにようやく口を開く。

「惜しい人を亡くしました」

ええ、としか答えられなかった。ついさっき山賀の遺体を目にしたばかりだというのに、まだ意識のどこかで彼の死を否定したがっている自分がいる。

「山賀さんの回収手法は結城くんにとって有益でしたか」

過去形なのが気に障った。

「僕にとってというより、渉外部にとって有益でしょう。山賀さんのお蔭(かげ)で確実に不良債権は減少しています。山賀さん一人の働きが帝都第一の自己資本比率を上げていると言っても過言じゃありません」

一般に回収率の評価とそれに伴う正常化率等修正は自己資本比率に大きく関与してくる。ひどく単純に言ってしまえば貸倒率が低く、良質な債権が多いほど財務諸表は見栄えのいいものになる。

「それは否定できません。渉外部延いては帝都第一は山賀さんの獅子奮迅の働きで、ずいぶん助けられていたと思います。実際、山賀さん亡き後、どうやって目標を管理していくのか途方に暮れているのが正直なところです」

男勝りの樫山にしては意外な告白だったので、少し驚いた。

「回収チームは複数ありますけど、山賀さんと結城くんのチームに牽引されていたのが実状です。そういう人材を失った管理職の焦燥を、あなたは想像したことがありますか」

「いえ」

「悲しいのはあなただけではないということです」

樫山の思い詰めた顔を見て、結城はますます言葉を失う。

「とにかく、今のわたしたちにできることは山賀さんのいなくなった穴を埋めることです。そしてわたしの見る限り、結城くんの回収能力はこの数カ月で飛躍的に伸びています。山賀さんとのコンビで目立ちにくいですが、単独の評価でも山賀さんに次ぐものです」

「それはどうも……でも、それは僕の手柄じゃなくて、山賀さんのお蔭だと思います。あの人の下についていたら、誰だって回収能力が身に付きますよ」

「しかしね、山賀さんの担当していた債権を誰と誰に振り分けるか、それを考えると憂鬱になりますよ。回収スピードが遅れるのはもちろん、保全率も低下するでしょうし……

…」

その瞬間、頭に血が上った。

「山賀さんの担当する債権は僕が受け持つ債権でもあります。それを他の担当者に振り分けるのは勘弁してくれませんか」

「しかし」

「山賀さんの担当は僕だって知っています。そんなに部長が評価しているんでしたら、僕一人に任せてくれてもいいじゃないですか」

直属の上司に向かって言う台詞ではない。評価が高いのを笠に着て居丈高になるには、結城の実績ではまだ足りない。分かっていながら山賀を突然失ってしまった驚きと焦燥がそれを言わせた。少なくとも結城への評価が下方修正される程度には暴言だった。

頭に上った血が一気に逆流する。

今更、前言撤回するのも恥ずかしく、どうしようかと思案していると、樫山が密談を求めるようにして顔を近づけてきた。

「結城くんは当行の債権状態についてどこまで把握していますか」

「資金回収率と各種債権残高くらいはもちろん把握していますよ。毎月順調に推移していると認識していますけど」

「正しい認識です。ただし全てではありません」

まだ動顚していているせいで充分理解できない。

「全ては……ない？」

「簿外処理という名称になっていますが、当行が抱えている債権のうち、表に出ているものは貸し倒れにしろ不良債権にしろまだ軽微と言って差し支えのないものです。本当に屋台骨を揺るがしかねない債権は資産の中に隠れているだけです」

「意味が、よく分かりません」

「不良債権というのは利息または元金の支払いが六ヵ月滞るというものです。そこには債権の担保率が反映されていません。言い換えれば、利息分の支払いさえ続けていれば、仮に担保価値が債権額を下回っていたとしても取引自体に問題はないので表面化しないのです」

ようやく樫山の話が腑に落ちた。

取引が継続しているから首の皮一枚で繋がっているものの、もし支払いが滞ったら最後、担保割れとして表面化する債権のことだ。

当然担保率が低下しているので追証などの必要があるが、正常な取引さえ継続していれば元金が縮小していくので担保率も上がっていく。

「所謂隠れ不良債権ですが、これは渉外部の中でも限られた人間しか担当していません。そのうちの一人が山賀さんでした。ここまで説明すればもう察しはつくでしょう。山賀さんは隠れ不良債権の中でも、特に問題のあるものを扱っていました。他の担当者では二進も三進もいかないような案件です」

生前の山賀の業務内容を顧みれば思い当たるフシがある。結城も山賀の抱えている案件全てを知っている訳ではなく、目を通していないファイルも相当ある。おそらく結城が回収に慣れるに従って、そちらの担当も共有させる心積もりだったのではないか。

「他の担当者でどうしようもできないのなら、支払いが不可能になった時点で貸倒処理するしかないじゃないですか」

　樫山は険しい目で結城を見る。

「それができれば悩んだりしませんよ」

「これもオフレコです。実は今、水面下で東西銀行との合併話が進んでいます」

　樫山はオフレコと言ったが、こちらの方はあまり衝撃がない。帝都第一の規模と業界の潮流を考えれば、どこかの同業と合併するのは時間の問題と思っていたからだ。

　バブル景気が崩壊した一九九〇年代以降、邦銀は不良債権の増大で力を失っていた。収益の悪化は業務体質の悪化をも促し、それまで護送船団方式に護(まも)られて国際競争力を低下させていたことも手伝い、みるみるうちに窮地に追い込まれた。北海道拓殖銀行や日本長期信用銀行の破綻(はたん)はその象徴的な事件だ。

　国際競争力の復活と経営体質の改善に迫られた銀行は業界再編へ舵(かじ)を切る。規模が拡大すれば競争力は高まり、逆に店舗統合などでコスト削減が期待できるからだ。

　二〇〇〇年代はこうした銀行合併の時期だった。以前は都銀十三行、大手二十行の体制だったのだが、二〇〇六年には四大銀行、三大メガバンクに落ち着く。世界でも有数の規模となった邦銀は国際競争力も回復させ、次第に往年の栄華を取り戻しつつあった。

だが業界が安寧のまま続くことはなかった。二〇〇八年のリーマン・ショックは日本の銀行業界にも飛び火し、邦銀は再び債権の悪化とコスト高に苦しめられるようになった。四大銀行と三大メガバンクはその規模ゆえに命脈を保っていられたが、帝都第一をはじめとした他行はその限りではない。またリーマン・ショックの影響のみならず、この二十年で起きたミニバブルの後始末も残っている。帝都第一単独で問題を解決するのが不可能なことは、結城にも薄々分かっていたのだ。

「東西と合併ですか。東西なら店舗数も預金総残高もウチと同じ規模だから対等合併ですか」

銀行に限らず、企業合併の際には対等合併なのか吸収合併なのかが肝要になる。元より社風も違えばマニュアルも異なる企業の合併は、主導権を握った方が新設企業の行く末を左右する。特に銀行が吸収合併される場合、下手をすればシステムと店舗と人事権を乗っ取られ、消滅する銀行の行員は軒並みリストラなどという悲惨な例が過去にいくつもある。

「表面上は対等合併ですが、内訳となると未知数です。今言ったように、ウチには表に出ていない不良債権が百億の単位で内在していますから」

百億と聞いて一瞬息が止まった。

その全額が不良債権や貸し倒れになれば、自己資本比率が一気に低下する金額ではないか。

「しかも具合の悪いことにウチの隠れ不良債権については、東西銀行が情報を握っているんですよ」

「どうしてそんなことが。ウチの行員ですら全員は知らないことなのに」

「前任の渉外部長の陣内さん。配属日にあなたも会ったでしょ。彼は帝都第一を辞めてから子会社のサービサーに再就職しましたが、先月東西の渉外部に引き抜かれています。もちろん東西がウチとの合併を控えて、彼のバンカーとしての能力よりも情報を買ったのでしょう。いずれにしろウチの債権内容について最悪だった時期を細大漏らさず知っていた人間の一人です。情報が東西側に筒抜けになっていると考えた方が賢明でしょう」

「そんなもの、情報を全部訊き出された時点でお払い箱になるのが目に見えてるじゃないですか」

「それでも陣内さんは東西を選んだのです。新天地で巻き返しを図るのか、それとも古巣である帝都第一を道連れにして玉砕するつもりなのかは知りませんけど」

言葉の端々に、陣内に対する侮蔑と嫌悪が顔を覗かせる。融資担当と回収担当は銀行の両輪であるとともに、緩やかに敵対視する相手でもある。樫山と陣内の間にある種の確執があったことは想像に難くない。

「東西銀行の思惑は透けて見えます。合併前に当行の債権実態について把握し、それを材料に主導権を握るつもりです。資本が同等でも債権の質で大きく水をあけられていては優劣が発生します。おまけにこちらは今まで都合の悪い情報を隠蔽していたという弱味もあります」

「それは……そうでしょうね」

「そしてこれもオフレコですが、九月の中間決算に向けて各支店の渉外部は一つに統合され、その本部はここ新宿支店に置かれます。これが何を意味するかは、もう分かりますよね」

つまり新宿支店の渉外部がその中心を担うということだ。

「いささか不名誉な話ですが、ここ新宿支店は劣悪な債権の吹き溜まりとなっています。そして当然、そうした債権を担当するのだから、担当者にはスペシャリストが揃えられています。山賀さんが新宿支店にいたのはそれが一番の理由です。もちろん結城くんがここに配属されたのも。合併話が絡んでいるので全てを説明することはできなかったんですけどね」

事情を聞いて少しだけ気が晴れた。営業部から渉外部に回されて腐っていた時期もあったが、そういう背景があるのなら却って自分の能力が評価されたことになる。

「渉外部を一本化する目的は、債権回収における効率化とコスト削減です。山賀さんには当然スペシャリストとして現場での指揮を執ってもらうつもりでした。人材育成と回収ノウハウの共有化にはうってつけの人物でしたから」

はあ、と言葉を濁して結城は真逆ではないかと考える。山賀という男は確かに債権回収のスペシャリストだったが、その手法は決して教科書通りではなく、むしろ人の意表を突くものだ。山賀の知略と天性の勘をもって成立する方法もあり、必ずしも万人向きではない。

セオリー無視の回収手法は、唯我独尊を地でいくようなあの態度と無関係では有り得ない。山賀でなければ不可能なことが厳然と存在する。短い期間ではあったが、自分はそれを目の当たりにしてきたのだ。仮にその後継者になり得る人材を養成しようとしても、そんな人物は存在しない。

そう、自分以外には。

「九月に渉外本部を起ち上げ、新宿支店ほか各地に散在する不良債権を効率的且つ徹底的に解消。そして二年後に予定される合併では向こうに付け入る隙を与えない。そのためにも山賀さんは必要不可欠な人材でした」

樫山は合掌し、深く溜息を吐く。

「今度の事件はその矢先でした。新宿支店の債権割り振りだけでも頭が痛いというのに、渉外本部起ち上げ後のことを考えると……」

合併時点で債権状況に好転が見られなければ、帝都第一は決算粉飾の事実を理由に劣後に回される。人事は東西銀行の専管となり好き勝手に弄られ、旧帝都第一渉外部は元々赤字部門なので、子会社として本体から切り離される可能性も否定しきれない。そしていったん子会社になってしまえば、本体への復帰は絶望的になる。

「山賀さんの担当は僕が引き継ぐと言ったじゃありませんか」

頭の中でもう一人の自分が警告を発していたが、口は勝手に動いていた。

「担保割れだろうが無担保だろうが、あの人の残した債権なら僕が全部後始末をつけますよ。どうせ進んで手を挙げる人間もいないんでしょう？」

「それはそうですけれど……」

「僕が全部やります。他の人間には振り分けないでください」

言ってしまってから自分の浅慮に嫌気が差した。まだ回収の仕事を覚えてから半年も経たないというのに、この増長ぶりはどうだろう。樫山も内心では呆れ果てているに違いない。

だが、ここは退く訳にはいかなかった。

依然として山賀を失った喪失感が胸を塞いでいるが、それ以上に彼の抜けた穴を己が埋めなくては到底顔向けできないという気持ちがある。

気がつくと結城は樫山を半ば強引に説得し、山賀が担当していた全債権の引き継ぎを約束させていた。

最後に樫山が疑り深く聞いてきた。

「ここまで大見得を切ったからには逃げないでくださいよ」

その言葉でまたかっとなった。

「責任は取りますよ」

2

　樫山との密談を終えた直後、結城は山賀の担当した債権を正式に引き継いだ。担当債権といっても顧客のプロフィールや取引状況などは渉外部のデータとして共有されている。問題はデータ化されておらず、文書だけで残されている報告書だった。

　各々の債権は一件ごとにファイルに収められており、初見の結城にも分かり易い体裁だった。債権と担保価値の推移が時系列に纏められ、折々に歴代の担当者がどんな保全処理を施してきたのかが一目瞭然になっている。

　そして一目瞭然だからこそ、一瞥しただけで心胆を寒からしめる内容であるのが分かる。

　何だ、これは。

　貸付先は個人であったり団体であったりと様々だが、やはり債権額として目を引くのは法人向け貸付だった。比較的少額なものでも五億、ファイルを繰っていくと十億超の案件が散見される。

　顧客の名前も刺激的だった。誰もが知る大手企業の名前もあれば、何やら宗教団体めいたものや反社会的勢力らしき臭いを醸し出しているものさえある。

更に担保物件の保全状況は壊滅的なものが多かった。なるほど樫山の説明は要を得たもので、取引だけを見ていれば気づかないがその基盤は崩壊状態にある。不動産や株式に相応の知識と経験を持っている者がこのデータを見れば、帝都第一の財務体質に疑念を抱くこと請け合いだ。

　担保率が下落した原因は外部要因によるものがほとんどだった。たとえば土地の場合なら離れた地域で再開発が始まったために相対的に値崩れし、たとえば株式の場合は国際情勢や機関投資家の動きで急落に歯止めが利かなくなっていた。

　しかし一番の原因は歴代の担当者並びに責任者たちが、担保価値の下落を目の当たりにしても抜本的な対策を取ってこなかったことにある。よくて追加担保、悪ければ追い貸し。本来であれば傷の浅いうちに担保を処分して債権額の圧縮に努めなければならなかったはずなのに、もっぱら対症療法に依存する一方だ。渉外部としては無闇やたらに担保物件を処分して無担保債権が発生するのを防ぎたかったのかも知れないが、結果的にはその判断が甘すぎた。

　ファイルを繰れば繰るほど暗澹たる気持ちになる。樫山の内に抱えていた危惧の大きさと深さがようやく理解できた。このデータを公表したが最後、帝都第一の格付けは間違いなく下がる。

　癪に障るのが、担当者印の横に捺された〈陣内〉の印だ。各々の担当者が担保率の下落を報告し対症療法で済ましているにも拘わらず、陣内はそれを了承し決裁している。

多分に厳しい言い方になるが、ここまで状況を悪化させたのは陣内だと言っても過言ではない。

山賀の箴言が不意に甦る。

『バブル崩壊の原因は色々あるが、担当者が責任逃れをしたのが間違いなくそのうちの一つだ』

山賀の年齢ならバブル崩壊時は行員ではなかったはずなのにと、唐突な印象を受けたものだったが、今なら真意が分かる。

山賀はこの債権ファイルから歴代の担当者と渉外部長の責任回避を知ったのだ。知った上で、後始末をつける意思表明としてあんな台詞を吐いたのだ。

それが山賀の回収マンとしての自負だったのか、それとも帝都第一に対する忠誠心だったのか、今となっては知る由もない。おそらくは前者だったと思うが、山賀に対する畏敬の念が変わるものではない。

ひと通り債権の概要を把握すると、結城は自分の机に突っ伏して大きく溜息を吐く。

樫山の吐いた溜息に酷似しているのに気づいたのはその直後だった。

回収の現場経験もない女性行員であるにも拘わらず就任した渉外部長――周囲のやっかみは当然として、本人が感じるプレッシャーも相当なものだろうと今更ながらに同情を覚えたのは、一部なりとも山賀に対する称賛を共有できたからだ。

大切なもの、かけがえのないものほど失った後に気づく。ちょうど山賀の存在がそうだ。回収マンとしての生きた教科書。折角与えられた機会なので、可能な限り回収のノウハウを吸収してやろうと一念発起した直後の訃報だった。

羅針盤を失った船乗りの不安とはこんなにも切ないものなのか。

進路を失った登山者の恐慌とはこんなにも寒々しいものなのか。

呆然とファイルの山を見ていると、山賀の不敵な笑みが目の前に浮かんできた。

決して相対する者を安堵させるものではなく、逆に不安を掻き立てる種類の笑みだった。それが今となっては何よりも頼もしく感じられる。行員なら誰でも尻込みするような債権を前にしても、山賀はずっと笑っていた。あの強靭な精神力はいったい何に起因するものだったのだろう。

こんなことなら、もっと早くに聞いておけばよかったのに。いや、もっと早くに出逢っていればよかったのに。

結城はしばらくの間、天井を眺め続けていた。

六月二日、新宿署の諏訪から連絡が入った。

『今日の午後一時、山形のご両親が山賀さんの遺骨を引き取るそうです』

「どうして僕にそれを?」

『葬儀はあっちで、身内だけで行うらしい。そうなればもう会うことも叶わないだろうと思いましてね』

キツネ目が恩着せがましく笑っているのが目に浮かぶようでいらっいたが、山賀の薫陶を受けた人間として挨拶するのも道理と思えたので、結城は新宿署へ赴くことにした。

予定の時間に訪れると、既に山賀の両親が到着して諏訪と話をしていた。ふた親とも頭髪はまだ黒々としていたが、ひどく小さく見える。どうにも笑った顔が想像しにくい面立ちに見える。

結城が山賀の後輩と名乗ると、父親は少し驚いた様子だった。

「いや、失礼。雄平の遺骨に会ってくれるような同僚さんがいるとは思ってなかったので」

横で遺骨箱を抱えた母親も同意するように頷いている。もう区内の火葬場で荼毘に付したらしい。見ていると取り乱しそうになるので、慌てて視線を逸らした。

「尊敬できる銀行マンでした」

「そう言っていただければ雄平も喜ぶでしょう……後輩と仰るからには、あなたも取り立ての仕事ですか」

取り立てというのはいささか時代錯誤な物言いだと思ったが、敢えて否定はしなかった。

「アレが渉外部とやらに配属されたと聞いた時には因果な話だと思うとりましたが、あなたみたいに慕ってくれる人がいたのなら、まあそれなりに仕事をしておったんでしょうなあ」

父親の話を聞いていると、結城の知る山賀像とぶれがあるようだった。

「それなりどころか。山賀さんはその道のスペシャリストでした」

「取り立てのスペシャリストですか」

父親は皮肉に唇を歪ませてみせる。笑顔は想像しにくいのに、こうした捻くれた顔だと自然に見える。

「アレが帝都第一さんへの就職を決めた時、わしや婆さんは到底長続きするもんじゃないと思うとりました。必ず途中で音を上げるだろうと。よもやこんなかたちで終わるとは想像もしとりませんでした。いや、銀行勤めを続ける限り、人の恨みを買って殺されるという予感はどこかでしていたのかも知れん」

他人の家の事情に深入りするものではないと思いながら、父親の物言いには抵抗を感じてならない。

「失礼ですけど、山賀さんが銀行員の道を選んだのが、そんなに意外だったんですか」

「そうだね。まかり間違っても銀行員にだけはなるまいと思っていた」

「何故ですか」

「わしら夫婦もアレも銀行員というのを憎んでおったからです。ああ、気を悪くなさらんでくださいよ。あなた個人や帝都第一さんに対して言うとる訳ではないので」

一階フロア片隅の長椅子に老いた夫婦が腰を下ろす。結城は二人に断罪されるようなかたちで、その前に立つ。

「雄平から子供時分のことをお聞きになっていませんか」

「仕事以外の話題はあまり口にしない方でした」

「わしはずっと前に煎餅屋を営んでおりましてね。それほど手広くやっていた訳ではないが、従業員を三人雇う程度には繁盛しとりました。それがね、例のバブル景気の頃、地元の銀行から土地を買わんかと誘われたのが運のつきでした」

自嘲するような口調だったが、目も口も笑っていない。

「当時は山形の市街地も高騰しておって、三年後には必ず買値の倍近くで売却できる。資金なら銀行でいくらでも貸すと言いよる。こっちは年がら年中煎餅焼くばっかだったし、まさか銀行が詐欺師みたいな真似するはずないと信じておったから、資産が殖えるのなら商売にも益になると話に乗った。四億ほど借りて土地の値上がりを楽しみにしていたら、何とわしが購入した時が天井だった。翌年から土地の値段は急落、担保不足だちゅうて銀行は手の平を返したように返済を迫る。四億なんて現金あるはずもないから、店を担保に追加で借りた。ところがそれからも地価は下落する一方で、売却しようと売値を下げ続けても一向に売れん。とうとう店を売らにゃならん羽目になった。雄平が小学生の頃だ。当時は親子三人で銀行を恨んだもんさ」

父親は結城の反応を愉しむかのように下から睨めつける。

「こっちは死ぬような思いで築いた店を手放した上に着の身着のままで追い出されるのに、銀行は利息分まで回収してきっちり儲けよった。何のこたあない。まだ詐欺師の方がマシだった。商売仲間と話したことがあるが、およそ金貸しの中で一等あくどいのは銀行だ。質屋やサラ金だってもう少し人情味や引き際を知っとるのに、銀行ときた日にはこっちのケツの毛まで抜いていきよる。当時わしら夫婦は小学生の息子に、どんなことがあっても銀行だけは信用するなと口が酸っぱくなるほど言い聞かせたもんだ。それが何の因果かあの極道息子め、苦労して大学を卒業したと思ったら、おたくの銀行に入行したと知らせてきよった。いったいどんな心変わりがあったのかは知らんが、ひどく裏切られたような気がして、当分帰ってくるなと勘当したくらいだった」

「今は……今はどうなんですか」

「最近はようやっと雄平の気持ちが分かるようになりました。本人に直接訊いた訳じゃないがね」

父親はふっと疲れたような顔になり、母親が抱えた遺骨箱に視線を移す。

「きっとアレなりの復讐だったと思いますよ」

「どうして銀行に勤めることが復讐になるんですか」

「大分疎遠になっていたが、それでも電話でふた言み言は交わしたことがある。その時に一度だけこんなことを言うておりました。『真っ当な貸し方をすれば真っ当に返済される。真っ当に返済できないのは、最初に真っ当な貸し方をしなかったせいだ』とね。アレはきっと真っ当な銀行員になって、昔阿漕な商売をしてわしらを苦しめた銀行員に意趣返しをしたかったんじゃないでしょうかね」

父親の視線は結城を捉えて離さない。

「だから若い同僚さん。あなたが雄平のことを尊敬してくれとると言うなら、是非真っ当な銀行員さんになってやってください。今アレがあなたに何かを望んでいるとしたら、おそらくそれくらいのことだろう」

結城はひと言も返せず、ただ頭を下げることしかできなかった。

山賀の両親から逃げるようにしてフロアを出ようとすると、玄関前に諏訪が待ち構えていた。

「最後のお別れは済みましたか」

にやにや笑いを浮かべているのを見て、先刻の両親とのやり取りを観察していたのではないかと邪推する。

「ひょっとしてご両親と鉢合わせするのを狙っていたんですか」

「狙っていたというほどのものじゃありません」

「期待はしていたということですか」

「まあ、そんなにつんけんなさらずに。少なくともわたしとあなたは敵同士じゃない。むしろ目的を同じくする者同士です。山賀さんを殺した犯人を吊るし上げたいと思うでしょう？」

「あんたは信用がならない」

「なるほど銀行員さんらしい言い方だ。カネを貸すのも借りるのも、まずお互いに信用あっての物種ですからね。ただそういうことなら何もわたし自身を信用してくれなくても構わない。警察の捜査能力と法律さえ信用してくれればいい」

「わたしへの事情聴取はもう終わったはずです」

「お願いしたいのは捜査協力です。聞きましたよ。山賀さんの仕事、全部あなたが引き継いだそうじゃないですか」

不意打ちに近かったので隠し立てする余裕もなかった。情報元は銀行関係者だろうが、いったいいつの間に訊き出したのか。

「あれから山賀さんの周辺を隈なく洗ってみたが、やはりプライベートの部分で彼に恨みを抱いていそうな人物にはぶち当たらなかった。と言うよりも、恨みを買うほどの付き合いをしていた者が見当たらない。まるで私生活まで仕事に費やしていたような体で、正直困惑している次第です。長年色んな人間の交友関係を調べてきたが、こんな人物は初めてだ」

「それは奇遇ですね。わたしもあなたみたいないけ好かない人は初めてですよ」

せいぜい皮肉を効かせたつもりだったが、諏訪には不発に終わったようだ。キツネ目の刑事はいささかも気分を害した様子もなく、結城に近づいてくる。

「いけ好かないのは結構。そう感じるのはあなたがわたしと同じ種類の人間だからです。いや、刑事と銀行員という職業自体が似ているのかも知れませんね」

「どこが似てるっていうんですか」

「敢えて言えば、人を信用しないところです」

「何ですって」

「刑事は人を疑うのが仕事みたいなものです。そして銀行員さんも同じです。客を信用している前提でおカネを貸しているというものの、ちゃんと保全のために担保を取っている。それって要は客よりも担保を信用しているからでしょう」

「仕事を残しているので……」

「山賀さんもそんな風に仕事熱心な人だったようです。熱心にやればやるほど人から恨まれる仕事が存在する。山賀さんの仕事がちょうどそうだった。同僚の評判を聞けば聞くほど、山賀さんの回収は熾烈を極めていた。追い詰められたネズミは猫を咬む。山賀さんを殺害した犯人は彼の顧客である可能性がますます強まったという次第です」

「じゃあ勝手に調べてください。顧客を疑われるのは不本意ですが、わたしが警察に言う筋合いのものではありません」

「ところがそう上手くもいかない。何故なら容疑者は常に嘘を吐くからです。それを見破るのが我々の仕事でもあるんですが、一方結城さんの方はその点で有利だ。カネを借りる時は己を虚偽で固めた人間も、いざ支払いが滞ると本音をこぼすようになる。債務を負った人間というのはまあ情けないものだ。警察よりも借金取りの方が怖いときている」

それは多分にあるかも知れない、とぼんやり思う。金融の世界にも格というものがあり、最下層の業者の督促行為は時として犯罪になり得る。遵法を強いられる警察より怖いのは当然だろう。

「結城さん、改めて訊く。あなたは山賀さんを殺した犯人を罰してやりたいと思わないのか」

「そりゃあ思いますよ」

「だが一般人のあなたには犯人を尋問する権限も逮捕する権限もない。一方我々はあなたほど正確な情報を持っていない」

「それが交換条件ということですか。銀行員がそんな単純な理屈に誤魔化されると思ったら……」

「あなたが妙な意地を張っても、犯人の利益になるだけだ」

諏訪の腕が結城の手首を捉える。見掛けによらず強い握力だ。

「あなたはわたしを好かんだろうが、こういう時のために呉越同舟という言葉がある。いいか、山賀さんの無念を晴らせるのは結城さんとわたしだけなんだ」

この男の口から初めて聞く、熱い言葉だった。

結城は振り向いて諏訪の目を凝視する。信用のならないキツネ目だが、その奥には仄(ほの)かな熾火(おきび)が見える。それだけで人を信用するつもりもないが、警察官の使命感だけは認めてやってもいいと思った。

「……具体的に何をすればいいんですか」

「これから山賀さんの担当した顧客たちに会うのでしょう。今までの経緯と相手の反応で、少しでも犯人の可能性があれば教えてほしい。ついでに当日のアリバイが確認できれば尚いい」

「わたしが犯人だという可能性は無視するんですか」

「あなたはとっくに容疑者から除外している」

「どうして」

「山賀さんがいなくなった結果、あなたはえらく難儀な仕事を受け持つことになった。しかも渉外部のエースと謳われた男の引き継ぎだから比較されやすく評価されにくい。そんな鬱陶しい話を自分で引き寄せるような真似をする馬鹿はいない」

なるほど、それも道理か。

しかし世の中には、難儀だから敢えて首を突っ込む馬鹿もいる。かく言う自分がその一人だ。

「言っておきますが、弊行の機密に属する情報は正式なルートを経由してもらわないとお伝えできませんよ」

「その点はご心配なく」

諏訪はひらひらと手を振ってみせる。

「そっち方面の情報については他に提供者がいますから」

内心で毒づく。自分と同等に口の軽い行員がいるということか。

いったい誰が提供者なのか考えてみたが、途中で馬鹿らしくなってやめた。銀行の機密を洩らすのも顧客の情報を洩らすのも大した違いはない。それこそ目クソ鼻クソの範疇だ。

銀行に戻る道すがら、山賀の残した債権について思いを巡らせる。知れば知るほど袋小路に向かっていくような案件ばかりで、山賀以外の担当者が逃げに終始したのも無理はない。信管に触れた途端に爆発する地雷のようなものだ。言い換えるならあのファイルの山はそのまま地雷原になる。

だがその地雷原を突破した時、自分は間違いなく回収マンとして一つ上のステージに移ることができるだろう。

見ていてくれ、山賀さん。

地雷は一つ残らず撤去してやる。

3

その日、結城は丸の内のオフィス街に足を向けていた。行き先は東京国際フォーラムにほど近い七階建てビル。その最上階に目指す海江田物産の本社オフィスがある。

海江田物産は国内で物流とショッピングセンターの開発を手掛けており、創業者は立志伝中の傑物海江田新太郎、現社長の海江田大二郎はその長男にあたる。

この海江田大二郎こそが山賀が担当していた顧客だった。

債権ファイルを繰りながらずっと優先順位を考えていた。債権額の大きいものから片付けるのか、それとも担保率の悪いものから片付けるのか、あるいは東西銀行との二年後の合併を見据えて解消できるものから着手していくのか。熟考した挙句、結城は操縦しやすそうな顧客から手をつけることにした。

山賀が残していた報告書を読む限り、海江田という男は典型的な二代目社長という印象を受ける。偉大な父親の影に怯えながら何とか超えようとするものの創業者ほどの才覚も人間的魅力もなく、それでも先代よりも秀でたところを見せたいがあまりに墓穴を掘るタイプだ。

海江田の場合、土地投機がその墓穴だった。昨今通販業が活況を見せる中、当然のごとく従来の物流も過当競争に晒される。機を見るに敏な経営者はすぐさま市況に対応したのだが、生憎海江田の経営手腕は敏捷さにも確実さにも欠けた。同業他社によって足を掬われるのをただ傍観し、いよいよ業績が悪化しかけた際に打った手段がその場しのぎの人件費削減だった。これが同社で慢性化していた人手不足に拍車をかける結果となり、海江田物産は更なる泥沼に呑み込まれていく。

そして海江田が次に採った手段こそ最悪だった。当時高速道路の開通予定で高騰が確実視されていた土地を買い漁り、土地投機に舵を切ったのだ。内部留保された自己資本では資金が不足し、その際に融資を請け負ったのが帝都第一銀行だった。

だが他人の成功譚に踊らされる者が成功するはずもなく、この土地投機は喜劇的とも言える外部要因で致命傷を受ける。長らく栄華を誇っていた国民党が下野し、野党第一党であった民生党が政権を握るや否や公共工事の見直しが始まり、計画されていた高速道路の工事は中止された。そのため一時高騰していた周辺地域の地価は値上がり前よりも落ち込み、哀れ海江田の許には塩漬けの土地と借金だけが残ったという次第だ。市街地の、それもかなり広い更地であるため、固定資産税も馬鹿にならない。海江田の目論見では濡れ手で粟だったものが今や弱り目に祟り目、一日ごとに累積する赤字が会社の屋台骨をシロアリのように食い荒らしていた。

現在、帝都第一の抱える海江田への債権残高は約二十億円。担保物件である土地の評価額は五億円足らず。しかも保証会社がついていないので代位弁済も期待できない。本来、不動産を担保として融資する場合には信用保証協会の保証をつけるが、これは中小企業に限ったことであり、海江田物産の場合はこの限りではなかった。

結城は受付で来意を告げる際、前任者が死亡した旨も併せて伝えた。普段であれば回収担当者に会いたがらない債務者も、それを聞けば必ず面会するだろうと見当をつけたからだ。

装飾がやたらに華美な応接室で待たされること五分、案の定海江田が神妙な顔つきで部屋に入ってきた。

これが二代目社長か。

実物はファイルで見るよりもいくぶん頬肉が削げ落ちていた。

「やあ、帝都第一さん。何でも山賀さんが亡くなられたそうで……ご愁傷様です」

「恐れ入ります。新しく担当になったご挨拶がてら伺いました、結城と申します」

結城は頭を下げつつ、決して相手の顔から目を離さない。海江田は顔色の分かりやすい男で、その目はすっかり安堵している。大方、豪腕の山賀が消えてくれたので安心しているのだろう。言い換えれば初対面の結城を与し易しと見くびっているのだ。

「それにしても急な話で驚いています。何故、お亡くなりに？」

「まだ警察が捜査中なのですが、何者かに襲われた可能性が高いとのことです」

「ははあ、では殺害されたということですか。いや、それはますますご愁傷様でしたね。まっ、お掛けになって」

悔やみの言葉を口にする一方で相好を崩しているのは嫌みとしか思えない。嫌みでないとしたら、ただの馬鹿だ。

「しかし山賀さんくらいの回収マンになると大変ですね」

「何がでしょうか」

「優秀な回収マンほど債務者に憎まれる。山賀さんが殺害されたというのも、大方人の恨みを買ってのことでしょう？　他人事ながら金融業というのは因果な商売ですね」

皮肉を聞き流しながら、結城は抜かりなく応接室の中を見回す。壁に掲げられた絵画はモネのレプリカ、鉢植えの観葉植物はパキラと装飾の趣味は凡庸で、それより目立つのは煩いほど飾られた記念写真だ。政治家・スポーツ選手・俳優・タレントと、いずれも海江田が親しげに握手したり肩に手を回したりと親密さを強調したショットがずらりと並んでいる。メンバーには著名人という以外に共通項はなく、それだけで海江田の俗物性が見てとれた。

「おや、さすがに目敏いですね」

目敏いも何もあるか。これだけ大っぴらに飾り立ててあるのに気づかないはずがないだろう。

「皆さん、斯界の第一人者ですね」

メンバーの中には演技力が乏しいことで有名な俳優や音痴のアイドル、失言で名を馳せた議員もいるが、海江田は結城の皮肉には気づかないのか、得意そうに鼻を膨らませる。

「類は友を呼ぶのでしょうねえ。パーティーで挨拶しただけの方が、次にお会いする時には十年来の親友のようになっている。不遜な言い方かも知れませんが、セレブリティというのは得てしてそういうものなのですよ」

自分には人間的魅力が備わっていると言いたいらしいが、結城はせいぜい懐の中身にしか魅力を見出せない。おそらく隣に写っているメンバーたちもそうなのではないか。著名人との交友関係を誇示しているのは、先代のカリスマ性に対するせめてもの抵抗なのだろう。そう考えると、海江田が更に愚かしい男に思えてきた。

それでも結城は観察を怠らない。以前、山賀から、こんな風に教えられたからだ。

『将来役に立つ情報というのは、大抵現時点では無駄に思えるものだ。有益な情報は必ず回収に寄与する。だから、どんなにつまらないと思うものでも見逃すな』

具(つぶさ)に見ていくと、ひときわ目立つ写真があった。まるで子供がプロレスごっこに興じているかのように海江田がヘッドロックをしているショットで、何と相手はロック・シンガーの住良木(すみらぎ)シンイチだ。

他の写真はともかく、このツーショットには嫉妬(しっと)を覚えた。住良木シンイチは息の長い歌手で、デビューしたのは結城がまだ高校生の頃だった。結城自身も彼のアルバムは全部揃えている。

「ああ、住良木くんとは一発で意気投合しましてね。今では兄弟同然の仲なんですよ。ひょっとして結城さん、彼のファンですか。もしよかったらサインもらってあげますよ」

「いえ。それより山賀から引き継いだ仕事を進めたいと思います。海江田社長、現在残っている二十億ですが、支払いが滞って既に七カ月。契約上は解約手続きを取らなければなりません」

「遅れながらでも払っているじゃないですか」

海江田は薄笑いを浮かべて言う。

「ひと月分の支払い額にも満たない入金は取引にカウントされません。そんなことはとっくにご承知でしょう」

「いや、逆に帝都第一も物流業界については詳しいでしょ。今は競争が激しくなる一方で。ただウチも指を咥えて傍観している訳じゃなくて、色々と手は打っている」

怪しいものだ、と結城は思う。山賀が残してくれていた三期分の決算報告書を読む限り、海江田物産は慢性的な収益減にも拘わらず、抜本的な対策は何も立てていない。なるほどこれ以上社員を減らすことはできないにせよ、リストラ以外にも人件費を圧縮する方法はいくらでもある。一例を挙げれば店舗統合による省力化だが、海江田は業容の縮小が気に食わないらしく旧態依然だ。業容を縮小できず徒に赤字を増やし続けているから投資もできない。お蔭で収益は三期連続で減少の憂き目に遭っている。

「しかし現実にまともな元利分を頂戴しておりません」

「そんなに入金に拘るんならさ。また前みたいに追加融資してくれればいいじゃない。延滞している元利分だけでいいからさ」

「決算書を拝見する限り、今の御社の状態では本部は融資を決裁しないと思います」

「それはあなたの個人的な判断でしょ」

「釈迦に説法ですが、追加融資はカンフル剤みたいなものです。その場はやり過ごせても、その後にはもっと大きな苦しみが待っています」

「今更だなあ、帝都第一さんも。貸す時には保証も要らないからって言ってた癖に、ちょっと支払いが滞ると手の平返してくるんだからさ。参っちゃうよ」

結城は思わず顔を顰める。この点に関しては海江田の言う通りだからだ。土地投機を計画していた際、海江田が借入先を物色していたのは事実だが、それ以上に融資担当者ががっつき過ぎていた。海江田が他行の金利とを両天秤に掛けていたこともあり、融資実行を急ぐあまり保証も取らなかったのだ。

加えて担保物件の評価を依頼した不動産鑑定士が、この融資担当者とべったりだった。高速道路が通るという条件があったにせよ、元々は商業地にも住宅地にも適さない土地だ。外部要因を除外すれば今一つの坪単価であるにも拘わらず、融資実行を容易に進めるため本来の評価額よりも高い数値を出していたのだ。

現在から見れば融資担当者も不動産鑑定士も到底真っ当とは言えないが、情けないことに結城は二者の立場も理解できる。まず融資担当者にしてみれば、支店ごと個人ごとにノルマがあり、これを達成しなければおよそ人間扱いされないという帝都第一の土壌がある。しかもノルマは支店どころかエリア単位での目標も課せられ、達成するか否かでボーナス査定が決まるから、いざ未達となった場合には犯人捜しが始まる。連帯責任を取らされる訳だから、いきおい融資担当者は目先の数字しか追えなくなるのだ。また都合のいいことに一支店には三年在籍が慣習になっており、無茶な融資をしたとしても不良債権として顕在化する頃には当時の担当者はとっくに転勤している。査定はその時点の担当者について行われるので、要はその時の数字さえ上げておけば、後は逃げ得という訳だ。前の支店で融資を担当した結城にも身に覚えがあるので、一方的に責めることもできない。

また評価額を水増しした不動産鑑定士にも言い分がある。そもそも融資担当者と不動産鑑定士は持ちつ持たれつの関係にあり、担当者が融資を実行したい案件では不動産鑑定士に数字の調整を要請することはしばしばある。何も不動産鑑定士自身の恣意(しい)的な評価額を算出しているのではない。加えて融資の稟議(りんぎ)書を上げる際に意図的な改竄(かいざん)をするのは背任行為だが、記入洩れや誇張はミスとして扱われる。そもそも不動産は実勢価格・公示価格・相続税評価額（路線価）・固定資産税評価額の一物四価であり、安くても買わない者は買わないし高くても買いたい者は言い値で払う。証券のように客観的な数値が出せない代物なので、評価額に多少の上下があっても虚偽記載に問われる訳ではない。

債務が焦げついているはずの海江田に不遜さがあるのは、そういった諸々(もろもろ)の事情を見透かしているからだ。不良債権になったのは双方に責任があると、暗にこちらを脅しているのだ。

「せめて追加担保をお願いできませんか」

「やっぱり山賀さんに比べると、話がすっきりしないなあ。会社名義の不動産は全部他の銀行さんの担保になっているの、知らない訳じゃないでしょ。四番抵当五番抵当でもいいっていうのなら話は別だけど、そんなもの抵当権設定する費用が無駄になるだけだし」

「では逆にお伺いします。社長に明確なご返済プランはありますか」

「だからさ、それはわたしの手腕を信用してもらってさ、経営努力が花開くのをじっと見守ってほしい訳だよ、うん」

経営努力が聞いて呆れる。

結城は思わず悪態をつきたくなった。血も汗も流さず、この二代目社長のしていることと言えば著名人との交遊を鼻にかけ、会社経営が傾いた原因を他人のせいにしているだけではないか。

いっそのこと、山賀が〈インダストリア工業〉に仕掛けたように帝都第一から破産申立をしてやろうかと考えてみる。

いや、駄目だ。

あの場合は債権の額も小さく、債務者側に技術という資産があったから成功したケースに過ぎない。海江田物産のように規模も債権額も大きい相手に行使したら、それこそ藪蛇になりかねない。債権回収は債務者の収入があって初めて成立する。担保の保全がされないまま倒産してしまえば、たちまち回収が困難になる。

「こんなこと、わたしが言うのも何だけどさ、いくらあなたが頑張ったところで、ない袖は振れないんだから。帽子の中からウサギを取り出すようにカネが工面できればいいんだけど、そんな奇術が使えるのなら、とっくに返済している。いやいや、この金額を返済できるなら奇術と言うよりイリュージョンだね」

洒落たことを言ったつもりなのだろう。海江田は口元を押さえて笑いを堪えていた。

「まあ、慰めにもならないけど、ウチが迷惑かけているのは帝都第一さんだけじゃないからね。メインバンクからはおたく以上に借りているし、金利だってそっちが高いし」

金利が高かろうが低かろうが、払わなければ同じではないか。

「結城さん、入社当時からずっと回収担当だった？」

「いえ……営業でした」

「じゃあ、ウチみたいに歴史があって、且つ大勢の社員を抱えている企業の大変さは分かってもらえるよね。殊に僕なんて景気が右肩下がりの最中に社長になった訳だから、楽な時期なんて一瞬もなかったんだよ」

海江田は同情を求めるような口調に変わる。

「世間はさ、ふた言目には決まって親父にはカリスマ性があったとか、立志伝中の人物だったとか、昭和の傑物だったとか口にするんだけどさ。ウチの会社が規模を拡大したのはちょうど日本が高度成長の時代で、最高益を出したのが例のバブル経済まっただ中の時期だったんだよ。そんなアゲアゲの時代だったら、何をやったって成功するに決まってるじゃないか。バブルが弾けると、案の定会社の業績は坂道を転がり出して、いよいよ二進も三進もいかなくなってから親父が死んで僕にバトンタッチだよ。それをだよ、業績が下がったのも経営が悪化したのも一切合財僕の責任にするってどうよ」

海江田は切々と訴えるが、聞いているこちらはどんどん白けていく。

バブル崩壊後に創業者から会社を受け継いだ者などいくらでもいるが、彼ら全員が討ち死にしたとは聞いたことがない。経営者としての度量が備わっていれば会社は存続するし、その器でなければ会社も泥舟に変わるだけの話だ。営業で多くの会社を回っていたから、逆にそれが分かる。

結局、この海江田大二郎という男は三つ揃いのスーツを着た子供なのだ。己の才覚と度量を問われる局面で逃げ、父親の幻影から逃げ、そして借金から逃げて、挙句の果てには開き直っている。その癖、与えられた地位に安穏とし、自分に著名人が群がるのを己の人間的魅力のお蔭と勘違いしている。苦笑を通り越して爆笑ものだ。

だが第三者なら爆笑して済むが、部下や従業員は堪ったものではない。債権者である帝都第一も同様だ。いくら担保があったにせよ、こんな浅薄な人間によくも数十億などという大金を貸したものだと思う。もしその時の融資担当者が分かれば、耳を引っ摑んでこの場に正座させてやりたい。

「僕に限らず、こんな時代に会社を任された者は悲劇だよ。最初っから消耗戦というか撤退戦を強いられている訳だからさ。そういう苦労を銀行さんにも理解してほしいと思う訳です。やっぱり会社にとって資金というのは生き物で言う血液に等しい訳だから、貸しはがしだとか、そういう無茶なことはやめてほしいと思う次第。そんなこととして会社が潰れたら、路頭に迷った社員はきっと結城さんを恨むだろうね」

聞くだに憤りよりも空しさが胸を過る。

こんな男が舵を握る舟は、天気晴朗であってもやがて海に沈む。そして船員の救助など放ったらかしにして、いち早く自分だけ助かろうとするに違いない。

結城が口答えしないのをいいことに、海江田は尚も勝手な理屈をこね続ける。

「追加融資はさ、前にも融資担当者さんの方から持ち込んできたんだよね。取引先が倒産しちゃったら、メインバンクを含めた取引銀行全部がジョーカー引くようなもんだからね。改めて申し入れるけど、もう一度追加融資してくれないかなあ。本当におたくに滞っている返済金の分でいいから」

「それはおそらく無理だと最前もご説明したはずです」

「だからそれはあんた個人の判断なんだって。一回試しに打診してみてくださいよ。案外、帝都第一さんの上層部はウチの重要性を理解してくれているかも知れないし」

結城は溜息を吐きたいのを必死で堪えていた。

海江田との面談を終えても尚、不快さが身体中に纏わりついた。

返済が滞り、自尊心も恥も外聞も脱ぎ捨てると債務者は本来の姿を曝け出す——山賀の言っていたことは呆れるほどの真理だったと思い知らされる。

『本来の姿は色々だ。小心者であったり、生真面目であったり、ただの馬鹿だったりする。債権回収はそういう素の部分を把握した上で計画を立てろ』

いくら担保で保全されているといっても、最終的にカネを出すのは債務者本人だ。担保の処分よりも本人の返済意思を引き出さないことには、取りっぱぐれになりかねない。山賀はそう強調していた。

債務者には四つのタイプがある。担保に余裕のある勤勉家、担保に余裕のない勤勉家、そして担保に余裕のある怠け者と担保に余裕のない怠け者だ。タイプが異なれば、当然回収の手法も違ってくる。山賀の教えはそれを見誤るなという意味に相違ない。

その分類に従えば、海江田は間違いなく四番目のタイプで、しかも一番タチが悪い。おそらく経営自身に経営手腕がないのを知っているから悪足掻き(あが)きすらしようとしない。おそらく経営や経理は他の役員に任せっきりで、その都度指示だけ出しているのだろう。三期分の決算報告が右肩下がりを続けてもどこか他人事のように嘯(うそぶ)いていたのはそのせいだ。海江田のしていることは何かの拍子に担保物件が高騰してくれないかという夢想だけだが、夢想だけなら小学生でもできる。

このままずるずると取引を続けていても本人は深みに嵌(は)まるだけ、債権者である帝都第一も徒に債権内容を悪化させるだけだ。まず本部の了承は得られないだろうが、損失を最小限に食い止めるために、早々と倒産させてしまう手ももちろんある。メインバンクではない帝都第一の取り分は極端に少なくなるだろうが、少なくとも担保分の五億円は確保できる。

しかし、やはり本部はそんな計画を許さないだろう。第一、本部に大きく損切りする覚悟があるのなら、山賀が手をこまねいていたはずはない。

では、いったい山賀はこの債権をどう料理するつもりだったのか——渉外部に戻って頭を捻ってみたが、海江田の薄笑いが目に浮かぶ一方で、なかなか考えは纏まらない。

デスクの前で小一時間も呻吟していると、携帯端末が着信を告げた。

友紀からのLINEだった。

『今晩、ディナーご馳走してくれる？　エリート行員さん』

そう言えば忙しさにかまけ、ここしばらく彼女と会っていない。文面からも静かな怒りが沸き上がっている。要求に応じなければ、これこそ取り返しのつかない損失になるかも知れない。

機嫌を伺う意味も込めて、銀座で少し値の張る寿司屋を予約しておいた。

「大変だったよね、色々」

山賀が他殺体で発見された事実はともかく、その後に起こった諸々については特に教えていない。それでも察してくれるのが、友紀の友紀たる所以だった。

「連絡できずに悪かった」

「いいよ、気にしなくて。あたしもトレーナーがいきなり寿退社でいなくなった時、しばらくテンパってたもの。何て言うの、シップードトーってヤツ？　仕事覚えるだけでも大変なのに、やり手の先輩の後を引き継ぐんだから二重に大変。しかも理不尽」

「敢えて訊くけど、理不尽な理由は何だよ」

「『できる先輩の仕事を引き継いだだけだから上手くできて当たり前。失敗したらお前が無能な証拠だ』ってよく言われた」

「心当たりがあり過ぎて身につまされる」

「まっ、山賀さんの仕事を押しつけられたのなら、それも当然かもね。ベンチウォーマーが何の予告もなしにエースナンバーつけてピッチに立たされるようなものかな」

「その喩えで多分、的を射ていると思う。倒さなきゃならない相手はバケモノみたいな連中ばかりだしね」

　幸い個室に案内されたので他の客を気にする必要もない。弱音を吐いてもいい相手には吐くのが健康の秘訣だ。

　唐突に山賀を想う。山賀はいったい誰に弱音を吐いていたのか。いや、そもそも山賀に弱音などあったのだろうか。

「プレッシャー、キツい？」

「キツくなきゃプレッシャーとは言わないだろ」

「それだけ言えれば大丈夫、か」

「強がりだとは思わないのか」

「そこから逃げ出していないのなら、大してビビっていない証拠」

　それもそうか、と腑に落ちる。

好奇心を少し覗かせて、友紀は食前の発泡日本酒に口をつける。自分の彼女であることを差し引いても、これほど自然に相手を勇気づける才能は評価してやるべきだろう。

「でも、本当はちょっと心配してた。真悟にとって、山賀さんて越えなきゃいけない山みたいなものだったんでしょ」

「……その喩えも的を射ている」

「目の前の山が急になくなっちゃったら、クライマーは大変だものね」

「呆然としていられたらいいんだけどさ。現実は猶予を与えてくれないよ。あの人の残した遺産、マジでエグいのばっかりだからさ。ファイル眺めているだけで鬱になりそうだ」

「あたし、部外者でしょ」

「うん」

「無関係の人間に愚痴ると楽だよ」

「……だろうね」

お言葉に甘えて、結城は海江田の債権について話し始める。もちろん恋人相手であっても個人情報を洩らさないくらいの常識は弁えているので、個人名や企業名は伏せたまま

だ。

二代目社長の立ち居振る舞いと手前勝手な理屈を再現してみせると、友紀はたちまち不機嫌そうな顔になった。

「何、それ」

　まるで目の前に海江田が立っているかのように凄んでみせる。

「そんなのが社長やってるの」

「先代についていた専務やら常務やらがまだ健在だからね。何とか若様をサポートしているみたいだけど、本人にどこまで自覚があるのか」

「そういうのってどこにでもいるんだよねえ。苦労知らず挫折知らずだから、成功は全部自分の手柄、失敗は他人のせいにするロクデナシ。だから難題山積でも放っておいたら何とかなると本気で思っている」

「きっと、大人になるために必要なものを忘れたまま年を食ったんだろうな。話しているうちに怒りよりは空しさっていうか、段々哀れに思えてきてさ」

「真悟、どうするの。その二代目社長の要求に従って追加融資を打診するの」

「する訳ないだろ。第一、そういうことをして銀行は駄目になったんだって山賀さんに教えられている」

「でも、放っておいたら債権が悪化する一方なんでしょ」

「ああ。それで困ってる」

「今の段階で担保になっている土地を売ってしまえば、損失も最小限で済むんでしょ。どうして損切りしないの」

　結城はやむなく説明する。

どこの銀行も同じだろうが、支店なり部署なりの査定を行う際、損失の額はそれほど重要視されない。重要なのは損失を出したという事実だ。バブル経済が弾けた時、銀行や証券といった金融機関が何としてでも損失隠しをしようとしていたのも、一つには経営陣の指示があったからだが、もう一つには支店側が査定を怖れて損失を隠蔽していた側面がある。

「……呆れた。それだったら二代目社長と同じくらい責任感も解決能力もないってことじゃないの」

「銀行の査定っていうのは基本的に減点方式だからね。つつがなく無事に支店業務を熟して当たり前、何か問題を発生させたらその時点で出世コースから外される。だから皆、火中の栗を拾うような真似はしない。今度の案件も、損失が出ると分かっているような担保処分は回避する。担当者はもちろん、決裁した人間の経歴にも傷がつくしね」

「銀行って想像以上にブラックなのね」

「いっそ債務超過を理由に倒産させるって手もあるんだけど、これはこれで気が進まない」

「どうして？　倒産させちゃえば否応なく担保処分して損失が出るんだから、言い訳が立つじゃない」

「倒産させるってのは、その会社に勤めている人間とその家族を路頭に迷わすことだ。銀行の都合だけで簡単に決めていい話じゃない」

少しの間、沈黙が流れた。

「その人の良さは学生時代から進歩ないよねー」

「うるさいな」

「真悟のそういうとこ嫌いじゃないけどさ、銀行員としてやっていくにはしんどくなるんじゃないのかな」

「甘いのは分かってる。でもなあ、いくらこの目に触れないといっても、自分のしたことで大勢の人間の生活をメチャクチャにするなんて寝覚めが悪いじゃないか」

「……あのさ、前言撤回。自分の法律に背かなきゃならないくらいだったら逃げてもいいと思うよ」

「逃げるって」

「その債権さ、他の人に丸投げして知らん顔するの。他人の尻拭（ぬぐ）いで真悟が心を病んだりしたら、それこそ馬鹿らしいじゃない」

その瞬間、頭の中を電光が走った。

丸投げ。

その手があった。

どうして、こんな単純なことに気づかなかったのだろう。

結城は口まで運びかけていたグラスを止めて、猛烈に頭を回転させる。

「どうしたの、真悟」

だが海江田にどうやって納得させればいいのか。よほど好条件を提示しなければ、あの男が承知するはずがない。

「真悟ったら」

海江田だけではない。この回収計画には他に協力者が必要になる。いや、協力してくれなくてもいいが一枚嚙んでほしい。それには別の好条件を出さなければならない。果たして二者を巻き込むような画を描けるのか。

「ちょっと、聞いてる？」

「ああ、ごめん。考え事してた」

「見れば分かるよ。あたしのご機嫌取りで予約してくれたんでしょ。これ以上機嫌損ねてどうするの」

友紀に謝るものの、頭の中では閃きの周りをぐるぐると思惑が交錯している。正直、高級寿司の味も分からなかったが、さすがに酒を口に運んでいると思考もいい具合に麻痺してきた。

ひと通りコースを終えて精算を待っていると、メールチェックをしていた友紀があっと短く叫んだ。

「真悟、昔っから住良木シンイチのファンだったよね」

「うん」

「大ニュース。さっき配信されたばかりみたい」

どれと友紀に頭を近づけて液晶画面を見つめる。

〈住良木シンイチ、覚せい剤取締法違反で逮捕〉

ああ、遂にやっちまったか。

酔った頭にまず去来したのはそんな思いだった。今まで何度となく怪しいと疑われていたが、いつも噂の段階で自然消滅していた。今回はようやく所持なり使用なりの決定的証拠が出てしまったのだろう。

残念ではあるが、それで住良木シンイチの音楽界に果たした功績が全否定される訳ではない。罪を償うのは当然として、音楽界が彼の才能を最初からなかったものとして片付けることも有り得ない。できれば早く社会復帰してほしいものだが——。

次の瞬間、再び先刻の電光が結城の脳髄を貫いた。

4

天啓のように閃いた思いつきを形にするには、丸一日が必要だった。

無論、形にしただけではなく、計画を実行するには渉外部長である樫山の承認を得なければならない。そこで結城が部長室で青写真を説明すると、樫山はひどく意表を突かれた様子だった。

「確かにその方法なら帝都第一は損失を出さずに済むけれど……それには海江田本人の

承諾が要ります。果たして彼はうんと言うかしら」

「言ってもらわないと困ります。だから、こいつは賭けですよ」

「成功率は五分五分でしょう」

「外れても、手法の一つが失敗するだけの話です。帝都第一がこれ以上損失を増やすことはありません。ノーリスク・ハイリターンですよ」

「リスクはあります。空振りしたら、君個人が訴えられるかも知れません」

「訴えられるようなカードの出し方はしません。その辺は渉外部に配属されて鍛えられましたから」

樫山はじっと結城の顔を覗き込む。

「部長。何か」

「こんな方法、どうやって思いついたのですか」

「まあ、何となく、ですね。それがどうかしましたか」

「発想が山賀さんそのものです」

どこか気味悪そうな目をしていた。

「合法的だけど、そこに落とし込む段階がギャンブルになっています。まさか山賀さんが指南書みたいなものを君に託したんじゃないのですか」

それだったら、どんなに楽なことか。

ただ、山賀と同じ発想と言われて悪い気はしない。

「そんなテキストがあれば、今すぐ全支店の回収担当者に配布するんですけどね」

「配布しても無駄だと思いますよ」

「何故ですか」

「あんな回収方法は山賀さんのキャラクターあってのものです。他の担当者が真似しようとしてもできるものじゃない……と思っていたのだけど、どうやら例外が一人いたみたいですね」

「恐縮です」

「半分は褒めているけど、半分は非難しているんですよ。万人が行使できない手法はどれだけ見栄えがよくても、やっぱり邪道には違いありません。渉外本部起ち上げを計画している立場としては、諸手を挙げて称賛することに戸惑いを感じます」

称賛という言葉を耳にした時、不思議にときめきを覚えなかった。

以前であれば査定や評価、称賛・罵倒という言葉には敏感に反応した。だが渉外部に配属され、山賀の下で働くようになってから、次第にそれらの言葉が胡乱なものに思えてきたのだ。

本部や上司から評価されれば出世の道は開かれる。男子の本懐は出世だというのが、あながち間違いだとも思っていない。

しかし、それが全てではないはずだ。査定や評価ばかり気にして、見るべきところを見ず、手を入れるべきところを放置していたから、海江田のような債権が発生したのではなかったか。目先の評価重視の風潮が、不良債権を塩漬けにした元凶ではなかったのか。

海江田の債権に携わってからというもの、ますます山賀の言葉を思い出す時が増えた。

そして言わずもがなが、つい口から出た。

「構いません。称賛されようとは思っていませんから」

「それはちょっと聞き捨てなりませんね」

さすがに樫山は唇を尖らせた。意外に魅力的に見えた。

「承知していると思いますが、銀行員ほど評価がシビアな職業はありません。査定の数字が昇給と将来を決めてしまう。東西銀行との合併が視野に入っている今、そういったネガティヴな考え方は君だけではなく、渉外部全体の空気を乱すことになりかねないのですよ」

決してネガティヴなどではないと思ったが、どうやら樫山の共感を得られる考えではないらしいので黙っていた。

「山賀さんがいなくなった今、あたら優秀な人材を不本意な理由で失いたくありません。くれぐれも自重してください」

オフィスを再訪すると、海江田が例の軽薄そうな笑いを張りつけて姿を現した。

「やあ、帝都第一さん。僕からの提案、真剣に考えてくれましたか」

こちらの神経を逆なでするような物言いは何らかの効果を狙ってのものなのか、それとも天性のものなのか。いずれにしても、こんな些末事にいちいち腹を立ててはいられない。

「本日はそれも含めて、お話しに上がりました」

「おお、そうですか」

海江田は何を勘違いしたのか相好を崩して対面に座る。

「では何おうじゃありませんか」

「弊行が海江田さまに提案するのは借り換えです」

結城がそう切り出すと、海江田はきょとんとしていた。

「現在、海江田さまの債務残高は二十億二千三百万円。これを担保物件ともども他社に乗り換えていただきます。もちろんこれは私どもからの提案ですので抵当権の解除ならびに設定についての諸費用につきましては弊行が負担させていただきます」

「ちょ、ちょっと待って」

「借換先については既に何社かの候補をリストアップしております。金利に関してはなるべく弊行の商品に近いものをと考えていたのですが、ご存じの通り現在は基準割引率および基準貸付利率が上昇傾向であるため、各行ともなかなか条件の合致したものが見当たりません。しかし」

「ねえ、ちょっと待てったら」

「担保となる物件の実勢価格が下がっている現状では、債権保全の観点から多少の高金利はやむを得ないと判断し」

「人の話を聞けよっ」

海江田は怒りも露わに結城の言葉を遮る。取り乱した海江田を見るのは新鮮だったが、いずれにしても取引銀行の担当者を相手に晒す表情ではない。

「要は帝都第一の借金を肩代わりさせて、今よりも高い金利を払えってことなのか」

「有り体に言えばそういうことになります」

「ふざけるな。そんなもの、一方的に帝都第一に都合がいいだけじゃないか」

「一方的にと言われるといささか心外です」

結城は努めて冷静な口調を維持する。

「このまま担保不足の状況が続けば、弊行の渉外部が海江田さまに対して破産申立をする可能性も否めないからです」

「破産申立だって」

「もちろんその前に担保物件の強制執行を行い、不動産の実勢価格分を回収した後の手続きになります。物件を処分しても十五億円強の無担保債権が残るので、これを回収するには海江田さまの破産によって個人名義の資産を分配していただくより他に回収の方法はありませんからね」

「待てよ。たかだか十五億を回収するのに、僕の資産全部を組上に載せようっていうのか。会社の共有名義も足したら、いったい何十億になると思ってるんだ」

「海江田さま個人名義にしても、海江田物産名義にしても、失礼ですが資産と負債の洗い出しは終わっています。弊行以外での借入金を考え合わせれば、いつ破綻してもおかしくない財務内容です。そのくらいのことは社長も経理部から報告されているはずです」

「そんな法外な要求、こちらが呑むとでも思っているのか」

「確かに金利負担は今より重くなりますが、破産や倒産の憂き目に遭うよりは有益でしょう」

　しかし実際には、海江田は利息に満たない入金でずるずると取引を延ばしているだけだ。金利が上がったとしても払えないのは同じだろう。つまりは帝都第一が不良債権から解放されるだけという指摘は間違いではなく、海江田が怒り出すのも当然だった。

「勝手なことばかり言いやがって」

「勝手だとは思っていません。銀行が不良債権を解消させようというのは、ごく当然の行為です」

「よその銀行に丸投げしているだけじゃないか。第一、担保割れの債権をそのまま引き取る、そんな奇特な銀行があるっていうのか」

「ありますよ」

　あっさりとした返事に海江田が目を剝いた。

「弊行の関連企業で〈ミカドＭ＆Ａ〉という会社があります。銀行業ではありませんが、こうした場合、担保物件とともに債権を額面で買い取ってくれます」

「待てよ、社名がM&Aといったな」

「ええ、お察しの通り mergers and acquisitions、合併と買収を意味するM&Aです。ただし今回はあくまでも肩代わりなので、〈ミカドM&A〉との契約締結後に正常な取引が継続すれば債権保全の必要もありません。ただし先ほど申し上げました通り、金利は弊行よりもやや高めで、尚且つ契約者は海江田物産、社長は保証人になっていただくという内容ですが」

現状の金利支払いさえ滞っている海江田が、それより高い金利など払えるはずもない。もちろん、そんなことは承知の上で肩代わりをさせようとしている。

「正常な取引ができなくなったら、どうなるんだ」

「これも弊行、というか大方の金融機関と変わりありません。六カ月間正常な取引が滞った場合には解約手続きに移行します。ただし〈ミカドM&A〉の場合は最初の契約時に、契約の履行が不可能な場合には社長が議決権を有する株式を譲渡しなければならない旨が約款に謳われています」

「じゃあ六ヵ月の滞納で僕は議決権を失うっていうのか!」

「議決権は失うかも知れませんが、それで即座に代表取締役の座を追われることを意味するものではないと思います」

「議決権を手にしたら、その後はどうするつもりなんだ」

「これは一般論ですが、元より事業不振で債務超過に陥っている企業の業態をそのまま維持していくのは困難でしょう。まず考えられるのは採算部門と不採算部門を分割した上で不採算部門を事業譲渡することです」

「ふざけるな。僕の会社をばらばらに切り刻むつもりか」

お前の会社じゃない——本人に叩きつけてやりたい言葉を呑み込む。

「不採算部門の切り捨てはどこの企業でもやっていることです。それにこの方法なら会社が満身創痍になって自主廃業するよりはずっとマシです。〈ミカドM&A〉の基本方針は『人も資産なり』と聞いています。つまり事業譲渡であっても会社分割であっても、従業員が職を失うことはないんです」

職を失わせない。それこそが一番重要な条件だった。貸し手の帝都第一に問題がなかったといえば嘘になるが、債権が悪化した原因は一にも二にも海江田自身の資質にある。海江田の至らなさに海江田物産の役員や社員を巻き込むことには、どうしても抵抗があったのだ。もちろん事業譲渡した後々まで社員が安泰かどうかまでは保証できないが、少なくともいきなりの倒産とともに投げ出されるのに比べればずいぶんマシだ。

だが海江田に社員を慮る気持ちは希薄なようだった。彼は結城を睨みつけたまま、見苦しく歯を剥き出しにした。

「ふん。それも僕が借り換えに同意しなければ絵に描いた餅と同じだ。誰が言いなりになるか」

そして、形勢有利とみたのか例の薄笑いを浮かべた。

「結城さん。あなたもそこそこ優秀かも知れないが、やはり山賀さんの足元にも及ばないな。そういう要求は優位に立ってから持ち出さなきゃ。自分で言うのも何だが、借金というのは返せなくなった時点で借りている方の立場が強くなるんだよ。山賀さんにそう教わらなかったかな」

「教わりましたよ。仰る通り、わたしはあまり優秀な生徒ではなかったんですけどね」

「自分で認めるとは謙虚だ」

「でも、割にいい大学は出ているんですよ」

「ほっ、自分に能力がないのを指摘されたら今度は学歴自慢ですか。まあ、それはそうでしょう。天下の帝都第一の行員になったくらいですからね」

「同窓生たちの中には、官僚になった者も大勢います」

「ヒラ行員の身では、そうした友人が羨ましくてしょうがないのかな」

「更に親しかったヤツは厚労省の厚生局麻薬取締部に配属されました」

その途端、海江田は表情を硬くした。

「先日、あの住良木シンイチが逮捕された時も、現場で指揮を執っていたのは彼だったようです。後で得意そうに戦果を教えてくれました」

「それはまた……大したご友人をお持ちで」

語尾は消え入りそうになっていた。

「ところで社長は、住良木シンイチとは兄弟同然のお付き合いをしていらしたんですよね」

「いや、それはずいぶん昔の話で、最近はあまり会ってなくて……」

結城はいったん腰を上げ、壁に並んでいた海江田と住良木のツーショット写真を指差す。

「そうですか？　この写真の日付はまだ三ヵ月前なんですけどね。そう言えば海江田さん、ここに写っている時よりも、今はひどく痩せていらっしゃるんですね」

「ジムに通っていてね」

「社長、ひょっとしたら住良木シンイチに誘われてやしませんか」

「何を言い出す」

結城は相手との間合いを詰める。

決して恫喝せずに。

しかし静かな言葉と丁寧な物腰で追い詰めろ。

「今頃、住良木シンイチは覚醒剤を入手した経路はおろか、一緒に楽しんだ仲間についても根掘り葉掘り尋問されているはずです。こういうことを自白すると裏切り者のレッテルを貼られ、外に出たらキツい報復が待っているので、ヤクザでなくてもなかなか口を割らないそうです。しかし彼が口を割らずとも、マトリが情報を入手するなり覚醒剤使用の証拠を手にしてしまえば同じです。ご存じですか。覚醒剤使用は尿検査だけじゃない。髪の毛一本からでも検出できるんですってね」

海江田の手が、まるで脊髄反射のように頭髪へ伸びる。

「あ、あなたは僕を脅かそうっていうのか」

「脅かすなんてとんでもない。わたしは海江田社長が根も葉もない噂に巻き込まれるのを心配しているんです。しかしまさか社長、そういった類いのモノを所持したり使用したり、なんてことは」

「いやっ。いやいや、いや。そんなことはない。うん、絶対に有り得ませんよ」

「よかった。万が一そんなことで逮捕されでもしたら、社長の社会的信用は地に堕ちてしまいますからね。実際、前任の山賀の件が捜査中なものですから、警視庁の刑事が四六時中社内を歩き回っているんです」

「まさか、結城さん」

「ですから、事件の渦中にある住良木シンイチと社長が交友関係にあったことは、誰にも洩らしません。そんなことをすれば、疑り深いマトリや警視庁の組織犯罪対策部辺りが妙な目で社長を見ないとも限りませんしね」

「……その厚意を信じていいんですね」

「もちろんですとも。海江田社長には今後も、関連会社がお世話になるのですから」

それが結城の最後通牒だった。

不意に海江田は押し黙り、結城を睨みつける。物言わぬ中にも保身とプライドのせめぎ合いが見てとれる。

結城も視線を一瞬たりとも外さない。結城が示したのはたった一つの逃げ道だ。追い込んで追い込んだ末に、その退路まで誘導した。ここで脇目をすれば、この男は往生際悪く別の退路を探し始めるに違いない。

二人の睨み合いは一分だったか、それとも五分だったか。

やがて海江田の唇から長い溜息が洩れた。

「前言は撤回するよ。あなたも山賀さんと同じくいいタマだ」

「社長。一つだけ教えていただけませんか」

「何だい」

「不躾ですが、五月二十八日の夜から翌朝にかけてどこで何をされておりましたか」

海江田はスマートフォンを取り出すと、憑き物が落ちたような顔でパネルを弄り出した。どうやら過去のスケジュールを確認しているらしい。

そして皮肉っぽく笑った。

「偶然だな。その日は久しぶりに住良木くんと朝まで遊んでいたよ」

海江田が無事に〈ミカドM&A〉の肩代わり契約を締結するのを確認すると、結城は渉外部へ戻ってきた。抵当権の解除書類は司法書士に渡し、帝都第一の口座に債権残額が送金されるのも確認した。これで海江田関連の債権は一件落着と相成った。

おそらく海江田は〈ミカドM&A〉でも取引は二ヵ月と続けられない。早晩株式譲渡の上、海江田物産の経営陣は半数以上が入れ替わり、後は粛々と分割が進んでいくのだろう。

これで帝都第一は一円の損失も出さず、海江田個人はともかく従業員がしばらく路頭に迷うこともないだろう。解雇通告が数年延びただけという意地悪い見方をする者も行内にはいるが、執行猶予期間が延びれば生き残る確率も高くなってくる。

実際、あれは大博打だった。海江田が覚醒剤を使用しているなど想像の域を出るものではなかったのだ。しかし、結城は住良木の事件と海江田のこけた頰からアタリをつけた。外れたらカス札、当たればジョーカーという切り札だ。

それでも結城は賭けに勝った。相手の顔色が変わった瞬間、一気に攻め立てた。ブラフであるのを見破られる前に、息の根を止めなければならなかった。そして何とか海江田を組み伏せることができたのだ。

単独での初仕事にしては上出来だった。

かつてないほどの充足感が胸を満たす。

山賀も一つ不良債権を片付ける度に、こうした愉悦を味わっていたのだろうか。

背もたれに上半身を預けると、いきなり両肩が重たく感じられた。何気なく片方の肩に触れて驚いた。まるで鎧を着込んでいるかのように強張っている。

元より肩凝りの性分ではない。そう言えば先刻の肩代わり実行の際、書類のやり取りを確認しているだけなのに頬が緩まなかった。おそらく自分でも気づかぬうちに、極度の緊張を自らに強いていたのだろう。

今日くらいは早めに退社するか——そんな風に考えていると携帯端末が着信を告げた。発信者を見て自然に表情筋が硬くなる。相手は諏訪だった。

「はい、結城です」

『聞きましたよ。山賀さんの案件、無事に解決したらしいですね』

思わず目を剝いた。

「どうして、そんなことを」

『以前、山賀さんの顧客リストを拝見したこと、もうお忘れですか』

では、あれからずっとリストに載っていた顧客を監視していたというのか。

『海江田大二郎は何故か当日のアリバイについて答えをはぐらかしていましてね。それで追っていました』

確かに堂々と主張できるアリバイではないから、刑事たちの質問にも答えられなかったのだろう。

「あの夜、海江田社長は住良木シンイチと行動を共にしていました」

『あの、シャブで捕まった住良木とですか』

「ええ、二十八日の夜から翌朝までずっと一緒だったそうです」

『なるほど、クスリ仲間でしたか。アリバイをはぐらかしていた訳だ』

「社長も逮捕しますか」

『生憎、部署が違うものでしてね。興味がないではないが、取りあえず彼を容疑者から除外できただけで有難い。彼の処遇は組織犯罪対策部に一任しますよ。どうせ住良木からも裏を取らなきゃいけませんしね』

胸の奥がちくりと痛む。

諏訪との約束が先だったとはいえ、交渉の際には海江田とも他言しないとの口約束をした。海江田と住良木が交友関係にあること、海江田自身も覚醒剤の常用者らしいことは明言していないが、匂わせているなら同じだ。少なくとも自分は、海江田の信用を裏切った。

『とにかくお疲れ様でした。ご協力に感謝します。それではまたよろしく』

それが引き続き協力を要請する台詞と分かっていても拒絶できなかった。

山賀の無念を晴らすという大義名分のため、自分は二重の意味で債務者を追い詰めていることになる。

正誤の問題ではなく、個人としての倫理と職業的倫理の相克だった。

三　振興衆狂

1

街中の建造物として、これほど異様なものはないだろう。

目黒(めぐろ)区大橋(おおはし)の一角。この辺りは大小のビルが建ち並んでいるが大橋地区第二種市街地再開発事業（仮称）が進行しており、さながらスクラップ・アンド・ビルドを体現しているかのように見える。その中にあって奨道館(しょうどうかん)本部は、まるで前時代の遺物だった。朱塗りの柱に小さな窓の古めかしい外観、そのくせ正門は東南アジア風の極彩色に飾られ不調和極まりない建物だった。

束の間結城は逡巡(しゅんじゅん)を覚えたが、これでは〈猛犬注意〉の張り紙に恐れ戦(おのの)くのと同じだ。意を決して正門を潜る。

敷地に入ると、早くも信者たちらしき大勢による読経が聞こえてきた。

「龍魚諸鬼難　念彼観音力　波浪不能没　或在須彌峯　為人所推堕　念彼観音力　如日虚空住　或被悪人逐　堕落金剛山　念彼観音力　不能損一毛　或値怨賊繞」

奨道館は神農帯刀(じんのうたてわき)を教祖と崇(あが)める新興の宗教法人で、二〇〇〇年創立というから今年で十五年目になる。山賀の遺していた資料では信者は現在八万人、業界では中堅どころと言っていいだろう。

この奨道館もまた山賀の顧客だった。債権額自体は二十億円で先の海江田大二郎と同額なのだが、回収の困難さはこちらが上ではないか。

元より結城は新興宗教に懐疑を抱いている者の一人だ。実家が代々続く神道であったせいもあるが、他宗を邪教呼ばわりしてまで信者を勧誘しようとするのが真っ当な宗教活動だとは思えない。入信もしていない宗教団体を胡散臭く見るのは偏見だと分かっていても、認識を改めようなどとは思わない。そもそも真っ当な宗教団体なら、何故二十億円もの借金を抱える必要があるのか。

資料によれば二十億円の借入使途は支部の建設費用だった。土地を信者の寄進で手に入れたものの民家をそのまま祈禱所や集会場の類いに転用することはできず、本部同様の建物を築造するのにそれだけ掛かったらしい。宗教団体を一つの企業体として捉えれば先行投資なのだろうが、その後の信者の数が伸びないことに鑑みれば見通しが甘かったと言わざるを得ない。そしてまた、信仰を広めるのに莫大な費用や立派な建物を必要とするのは、果たして真っ当な宗教なのかと勘繰ってしまう。

まだ営業畑にいた頃、〈めくり〉という業務がルーチンだった。新規の顧客を獲得するために不動産登記簿を閲覧し、これはと思う物件にあたりをつける作業だ。登記簿の閲覧は一筆につきいくらだが、閲覧室に入ってしまえば監視の目はない。そこで目ぼしい物件の登記簿を片っ端から閲覧し、抵当権の有無を調べる。自分の会社より金利の高い業者が先順位についていたらめっけものだ。すぐに実勢価格を調査し、担保価値があるとなったら借り換えを勧める。

ところが結城がこの作業をしていると、とんでもない事実に出くわした。都内の候補物件を漁っていたところ、ほとんどの物件が宗教法人の所有になっているのだ。しかもその多くは建物の種類が〈居宅〉になっているので、上物つきで寄進されたものと見て間違いなかった。結城の想像以上に、新興宗教は信者たちの資産を奪っていたという次第だ。

その中でも目立ったのが国内最大の新興宗教団体である統価協会だった。言わずと知れた公民党の支持母体であり、かの党は政権与党国民党に秋波を送り続けている。いずれ政権を握ろうとしているのは見え見えで、憲法に定められた政教分離など最初から無視している。

信者の私有財産を寄進という名で巻き上げ、その資産を足がかりに政権の奪取を狙う――考えてみればこれほど生臭い話はなく、その事実だけでも結城の新興宗教に対する偏見を助長するには充分だった。

「各執刀加害　念彼観音力　咸即起慈心　或遭王難苦　臨刑欲壽終　念彼観音力　刀尋段段壊　或囚禁枷鎖　手足被杻械　念彼観音力　釋然得解脱　咒詛諸毒薬　所欲害身者　念彼観音力　還著於本人」

本殿へ近づくに従って読経の声はますます大きくなる。経文というのは多かれ少なかれ人心を平穏にするものと思っていたが、聞けば聞くほど威圧感を覚える。

貸付先は法人名義だが、教祖の神農帯刀は奨道館の象徴という位置づけであり、実質的な交渉相手は館長の稲尾忠道ということになる。本殿脇の事務所で来意を告げて待たされること二十分、ようやく姿を現した稲尾は白装束に袴を穿いていた。信者の唱えていたのが妙法蓮華経で、教団幹部が神職のような出で立ちという統一性のなさが既に噴飯ものだ。

　稲尾の第一印象は不遜だった。物腰こそ慇懃だが、こちらに向ける視線が侮蔑に染まっている。少なくとも返済不能に陥った債務者が債権者に向ける目ではないだろうと思った。

「はじめまして。帝都第一銀行渉外部の結城と申します」

「館長の稲尾です。何でも前任の山賀さんがお亡くなりになったそうで……お気の毒でしたな。新聞やテレビの報道では何者かに殺害されたとか」

「現在、警察が捜査中です。早く犯人が逮捕されればと思っています」

「手前どものご担当になった頃から熱心に入信を勧めていたのですが」

「あの山賀に入信をですか」

「ええ。奨道館に入信し、教祖さまのご加護さえあれば山賀さんも殺されずに済んだでしょうに。それを思うと残念至極ですよ。何度もお誘いしたのに、あの人ときたら耳を貸そうともしなかった」

「耳よりもおカネを貸すのが仕事ですからね」

冗談のつもりで言ってみたのだが、稲尾はにこりともしなかった。

しかしこれは稲尾の見込み違いと断じるしかない。本来、信仰とは道に迷ったり障壁を越えられなかったりする者を救済するためのものだが、あの山賀に限って迷いや絶望があったとは考え難い。山賀が信じていたのは神や仏以外の、何か別のものだ。

「悔やみよりも交渉を進めた方が山賀は喜ぶと思います。早速ですが借入金の返済計画についてお伺いします。奨道館さまの方で具体的な返済案はございますか」

「これは山賀さんにも度々説明させてもらったのですがね。帝都第一さんがお得意さんにしている一般企業と私ども宗教団体では業態が全く異質であることを理解していただかなくては。企業は営利を追求するものだから頑張れば返済の目処も立つのでしょうが、宗教は人の心を救うのが使命です。億単位の金子を右から左に用意できるものではありません。たかが数度の支払いが遅延しているだけで残額二十億円耳を揃えて返せというのは、あまりに無体というものです。それでも私どもはなけなしの運営費からやりくりして、何としてでも利息分だけは納めようと刻苦の日々を過ごしています。いったい帝都第一さんには惻隠の情というものがないのですか」

聞いているうちに呆れてきたが、ここで感情を面に出すつもりはない。

「なるほど、信仰心がそのままビジネスになるものではないというご主旨ですね。しかし拡大のため地方に支部を増設する。その費用を銀行からの借り入れで賄うというのは、立派なビジネスなのではありませんか」

「あなたもそうやって理詰めで話をされるのか。山賀さんといいあなたといい、銀行屋さんは同じことを言いなさる」

山賀が自分と同じ物言いだったと聞き、少し嬉しくなった。

それにしても重ね重ね呆れるのは稲尾の対応だ。支払いの遅延を信仰心で誤魔化そうとし、それが無効だと知るなり別方向に話を逸らす。宗教家どころか大したタヌキ親爺ではないか。

だから、つい言葉を返したくなった。

「山賀ならただ督促をするだけではなく、弊行の意向もお伝えしたはずです。山賀はどんな提案をしましたか」

すると稲尾は不機嫌さを隠そうともせずに黙り込んだ。

結城は内心でほくそ笑む。山賀が奨道館に対して何を要求したのかは、債権管理票に明記してある。

奨道館に融資する際、帝都第一は支部となる物件、具体的には名古屋市熱田区の土地に抵当権を設定した。ここまでは通常の融資条件だ。だが本案件を決裁した審査部長は用心深い男で、支部の敷地のみならず本部の土地・建物も追加担保にするように指示した。

　当時は隆盛期でもあり、奨道館側もいったんは難色を示したものの最終的には条件を呑んだ。

　奨道館の返済が滞りがちになったのは二年ほど前からだった。相次ぐ天災を背景に多くの教団が信者を増やす中、これといって特徴のなかった奨道館は逆に信者の流出を防げず、自ずと教団の収入は先細りになっていく。ついにまともな元利金も払えなくなり、既に五ヵ月が過ぎようとしていた。

「稲尾さまが山賀をどう見ていたのかは存じませんが、真っ当な回収担当者であれば延滞三ヵ月目の段階で担保権実行の予告をしているはずです。弊行としては債権保全のためにその権利を行使せざるを得ません」

「名古屋の支部と本部の担保価値を合わせれば、明らかに債務額を超えていますよ」

「もちろん余剰分は返還することになりますが、現状の担保価値から計算すると、ここが担保権実行を免れる可能性は低いと思われます」

「債鬼というのは、まるであなたたちのためにあるような言葉だ」

　稲尾はいかにも見下げ果てたという調子で言い放つ。

　今度は鬼呼ばわりときたか。

「名古屋支部にしろこの本部にしろ、奨道館の敷地内は迷い人たちの避難所です。それをあなた方は無慈悲にも、借金のカタに取り上げようとする。それが天下の帝都第一のすることですか」

実質的な責任者である館長にしてこの体たらくなら、教祖以下幹部連中の対応も推して知るべしだろう。そう考えると、彼らに唯々諾々と従属している八万人の信者たちが哀れに思えてくる。

いい加減に愛想が尽きてきたが、ふと結城は疑問を抱いた。

証券ほどではないが、不動産もその資産価値は流動的だ。それなら担保物件の実勢価格が債権額を上回っている今、早期に処分してしまえば帝都第一の焦げつきは発生しない。それどころか奨道館への返金すら期待できる。言い換えれば容易に回収が見込める債権だ。

そんな案件を、何故山賀が担当しなければならなかったのか。山賀には回収困難な案件が集中していたのではなかったか。

何か報告書には記載していない、あるいは記載できない事情があるのかも知れない。

「お伺いしますがこの五カ月間、返済のための資金繰りはどうされていたんですか」

「もちろん何の手立ても講じなかった訳ではありません」

稲尾は忌々しそうに唇を歪(ゆが)める。

「ご承知かと思いますが信者には在家と出家の二通りがあります。出家した信者は既にご自身の財産を寄進されてここに住まい、在家信者にはその都度いくばくかの浄財を教団に納めていただいています」

つまり出家信者の私的財産はあらかた奪い取った後であり、在家信者から継続して金品を搾り取っているという意味だろう。

「それでも八万人の信者を擁する教団を運営するのが精一杯で、とても金利分の余剰は出ません。信者もぎりぎりのところで協力してくれており、とてもこれ以上は」

「新規に信者を獲得するのが最も効果的に思えるのですけれど」

「それは重々承知しています。しかし色々と試してみたのですが、なかなか実を結びません」

「たとえばどんな試みをされたのですか」

「奨道館の教義と教祖さまのお言葉を書籍化し、布教活動の一助にしようとしました」

なかなかいいアイデアだと結城は思った。宗教団体の出版物は大抵ベストセラーになる。一般読者はともかく、信者たちが必ず購入するからだ。

「四六判というのでしょうか、あの表紙の硬い本ですが、今は五万部も売れたらベストセラーなんだとか。統価協会さんとか至福の論理さんなんかは何十万部も出している訳で、しかもそれが一般の書店ででかでかと広告つきで売られているのですよ。まさに広告宣伝と収益活動の一挙両得な訳です」

「確かに合理的で収益性の見込める手段ですね」

敢えて稲尾には告げないが、宗教法人が出版事業で収益活動を行っても軽減税率が適用される。しかも信者は一人当たり数冊を購入させられるから、信者数の何倍も本が売れる。その上教団の中に出版部門を持つのなら、書籍価格のほとんどが教団の懐に入ることになる。下手に布施を集めるよりも、よほど効果が大きい。しかも複数冊買わされた信者は親戚(しんせき)や知人に転売するか無償で配るしかないので、一軒一軒を訪問して無理やり有難い話を聞かせるよりはずっと効果が期待できる。

「アイデアだけお聞きしても、非常に有効な手段だと思います。しかし実行できなかったということですか」

「いや、実行はしたのですが……言い出したのは副館長を務めていた男でした。今はもうおりませんが。この男が教祖さまのお言葉をテープ起こしして原稿にまとめました。急ごしらえではありましたが教団内に出版部を作り、八十万部ほど刷ったんです」

「八十万部。それはすごい。完売させれば大ベストセラーじゃないですか」

「ところが刷り上がった現物がですね、教団への誹謗(ひぼう)中傷に満ちておりまして……予(かね)て教団の運営方針に不満を抱いていた副館長が校了間際に原稿を差し替えたのですよ。そんなものを出版する訳にいかず、印刷と製本にかかった費用は全て無駄になりました」

あまりにも馬鹿げた話なので俄(にわか)には信じられなかったが、稲尾の顔は嘘を言っているようには見えない。支払い不能の言い訳をでっちあげるならもう少し上手(うま)い嘘を吐くはずだから、おそらく真実なのだろう。

「ひょっとしたら、それが支払い延滞の原因ですか」

「ええ、お恥ずかしい話ですが。それまでは辛うじて入金できていたのですが、八十万部分の損失で二進(にっち)も三進(さっち)もいかなくなりました」

口惜しそうに顔を歪める稲尾を見て、結城は第一印象を若干修正した。

この男は商才も慎重さもない、ただの間抜けだ。出鱈目な教義で八万人もの信者を従わせているのだからもっと知略に長けた詐欺師かと思ったが、とんでもない見込み違いだった。不遜なのは賢いからではなく、威張ることが常態になっているからだ。

賢い債務者は決して冒険をしない。着実にできることをして、着実に借財を減らそうとする。愚かな債務者は真逆だ。一発逆転を狙って墓穴を掘り、ますます傷を深くしていく。稲尾は典型的な後者だった。

こういう債務者は危険だ。まだ不良債権と分類されるまでには一ヵ月の猶予があるが、それを待っていたら確実に回収不能になる。さては担保保全が充分見込まれるのに山賀が担当したのは、これが理由だったか。

追加担保は解決を遅らせるだけだ。一刻も早く担保物件を処分させて解約に向かわせるべきだろう。

結城はこれ見よがしに溜息を吐いてみせる。同情とも諦めとも取れる雰囲気で、相手の理解を求めるためだ。

「悔しいお気持ちは察しますが、手前どもも債権の保全はしなくてはいけません。契約上はあとひと月で解約手続きに移行しなくてはなりません。そうすると担保となっている名古屋とここの物件は、担保権実行として競売にかけられることになります」

最後通牒であるのが分かっているのか、稲尾は身じろぎ一つせずに耳を傾けている。

「慣例上、競売価格は売買が成立しやすいように市場価格の七割程度に抑えられてしまいます。しかも無事に売却できたとしても現況調査や評価、そして中立費用が優先的に差し引かれるので実質的な価格は更に目減りします。ですが、担保権実行以前であれば任意売却なので実勢価格での売却が可能になります。よろしいですか、稲尾さま。今なら同じ担保物件を処分するのでも、ずっと傷が浅くて済むんです。教団に返還される余剰金もより多く確保できます」

「そんなことは以前、山賀さんから嫌というほど聞きましたよ」

稲尾の目が陰険な光を放ち始める。

「山賀さんはここいら一帯の不動産売買事例のデータまで持ってきた。熱心さと丁寧さはあなたの比じゃなかった。もちろん執拗さと頑迷さもだ。八万人の信者の拠り所を奪われる訳にはいきません。わたしが何度も平身低頭しても、山賀さんは頑として返済猶予を与えてくれなかった。それも支払いが遅れて、たったの二ヵ月目からですよ。いくら何でも早過ぎるとは思いませんか」

それはそうだろう、と思う。この案件は担保価値云々よりも債権自体に問題がある。結城でさえそう思うのだから、山賀なら尚更だったに違いない。

「いずれにしても来月末がタイムリミットです。それまでに滞納している五ヵ月分もまとめてお支払いいただかなければ、弊社は担保権を実行する以外にありません。それまでに奨道館さんの態度を明確にしてください。僭越ながら、良心的な不動産業者には何社か心当たりがあります」

「それは、自分の首を斬る刀を選ばせてやる、という物言いですね」

今や稲尾の目は敵意を剝き出しにしていた。

「山賀さん以外の担当者になら、少しは信仰する者の気持ちを理解してもらえると期待したわたしが馬鹿だった。あなたも山賀さん同様、血も涙もない銀行屋だ」

さすがに腹が立った。

もはや稲尾を宗教家などとは捉えていないが、商売人としても詐欺師としてもこの男は能無しだ。そういう人間に限って、己の失敗を他人の責任や外部要因に転嫁して、恬として恥じるところがない。こんな人間を館長に据える奨道館は、今回のことがなくても遅かれ早かれ破綻していただろう。

「弊行を血も涙もないと罵られるのは一向に構いませんが、ご決断が遅れれば遅れるほど負担が増えることになります。それは奨道館さんならびに信者の方々にとって不幸なことではありませんか」

「黙らっしゃいっ」

稲尾は大声を張り上げたが、それは進退窮まった債務者が決まってする行為だったので、結城は特に驚きもしない。

だが次の稲尾の言葉には抵抗を覚えた。

「あなたは何故、山賀さんが命を落とされたのか理解されていないようですね」

「何ですって」

「あの人は奨道館を、教祖を愚弄しました。だから当然のごとく神罰が下ったのです。あなたや他の帝都第一行員も例外ではない。奨道館に災いを為そうとする不届き者は一人残らず滅殺される運命なのです」

これ以上、話しても無駄だ。

結城は腰を上げたが、稲尾の激昂はまだ収まらない。

「今すぐ奨道館に対する債権を放棄なさいっ。それ以外に神罰を避ける手立てはありません」

万策尽きたら、最後は神の名を騙っての恐喝とは。使い勝手のいい神様もあるものだと感心する。

「申し訳ありませんが抵当権というものは不動産につくものです。神仏がどれほどお怒りになるのかは存じませんが、名古屋とここの土地建物がこの世から消滅しない限り、債権放棄は致しかねます」

他にもいくつか皮肉を思いついたが、口に出しても後味が悪くなるだけだと気がついた。結城は一礼して踵を返す。

そして背中に捨て台詞を浴びせられた。

「憶えておられるがよろしい」

そちらこそ債務者であるのを忘れるな――胸の裡で返して、結城は奨道館を後にした。

2

翌日、早速神罰とやらが到来した。

午前九時十二分。結城が渉外部で業務をこなしていると、樫山が血相を変えて駆け込んできたのだ。

「結城くん。大変です」

声もいくぶん上擦っており、自他ともに冷静さをもって任ずる樫山には珍しいほどの慌てぶりだった。

「いったい、どうしたんですか」

「シャッターを開けた直後から……いえ、説明するよりも現場を見た方が早いでしょうね」

支店の店頭には六台の監視カメラが設置されており、その映像は渉外部のモニターに映し出すことができる。樫山がモニターのスイッチを操作すると、間もなく六分割の画面が現れた。

展開されていた映像に思わず自分の目を疑った。

カウンター前に人が溢れ返っている。その数、ざっと五十人といったところか。音声は聞こえないが、表情と口の開き方で何ごとか抗議しているのが分かる。対応する行員の様子からも剣呑(けんのん)な雰囲気であるのが一目瞭然(りょうぜん)で、まるで取りつけ騒ぎのように見える。更に剣呑さに拍車をかけているのが、カウンターに殺到している者たちの出で立ちだった。

全員が白装束。それでおよその見当がついた。おそらくこれが稲尾の言っていた神罰だろう。

「身に覚えがある、という顔をしていますね」

「この人たちは奨道館の信者さんですよ。昨日、交渉に臨みましたが、その返事がこれでしょうね」

「返事って……まさか喧嘩(けんか)でも吹っかけてきたんですか」

「とんでもない。来月末で解約になるので抵当権実行の予告をしただけです」

「本当に？　ごく普通の手続きじゃないですか。それでこんな事態になるはずがないでしょう」

「だからこそ山賀案件だったんです」

結城は奨道館を訪問した印象を手短に説明する。

「そんな事情でして、館長の稲尾という人物に難があります。その命令で押し掛けたとなると、この信者たちも真っ当な集団と考えない方がいいかも知れません」

説明を受けながら、樫山はモニターの画面から目を離さない。

「しかしですね、結城くん。真っ当かそうでないかを判断するのは難しそうですよ。この信者さんたちは確かに物騒ですけど、行員に乱暴を働いているようには見えません。警備員に押さえてもらうのが精一杯で、警察を呼べるような段階じゃありません」

促されるように結城も信者たちの振る舞いを注視する。なるほどカウンターから身を乗り出してはいるが、行員に手を触れている者は一人もいない。発言内容に恐喝じみた文言でもあれば別なのだろうが、生憎何を言っているかまでは判然としない。

それにしても樫山の及び腰はもう少し何とかならないものかと思う。

盗難や強盗ならともかく、支店に警察官を招き入れるのはマイナスだ。世間やマスコミの風評を考えれば、可能な限り警察の介入は避けたい——こんな場面で事なかれ主義を発揮しても仕方ないだろうと思うが、万事に波風を立てたくないのが管理職という生き物だ。殊に樫山はその傾向が強い。短期の在任が予想される渉外部を減点なしでやり過ごし、一刻も早く審査畑か営業畑に返り咲きたいという気持ちが滑稽なくらい透けて見える。

「そういうことなら結城くんは顔を出さない方がいいですね。火に油を注ぐ結果にもなりかねませんから」

そう言って、樫山は部屋を出ていった。

すると、それまで傍観を決め込んでいた渉外部の面々がモニター周辺に集まり、口々に好き勝手を言い始めた。

「何々、これが全員新興宗教の信者だって」

「普通、白装束ってのは神聖に見えるもんなんだけどな。こうして眺めているとマジ暴徒だよな」

「そうそう。一気にカルトっぽく見える」

「あー、オウム事件がフラッシュバックするわー」

「しっかし結城よ。とんだ貧乏くじ引いちまったよな。山賀案件って地雷原みたいなもんだろ？　よく引き継ぐ気になったなあ」

そう話し掛けて肩に手を置いてきたのは同僚の矢島(やじま)だった。しかし矢島の同情めいた言葉を聞いても頷(うなず)こうとは思わない。山賀の遺した仕事が難儀な案件であるのは渉外部の人間なら誰でも知っている。そして誰もが密(ひそ)かに山賀を尊敬し、同時に畏怖(いふ)していた。従って山賀の仕事を引き継ぐのは、その尊敬と畏怖をも継承することを意味する。だから最近になって、結城は自分が周囲から観察されているのを感じていた。結城が〈シャイロック〉の異名を継ぐに相応(ふさわ)しいのかどうか、渉外部員が見極めようとしているのだ。

「確かに地雷原だけどさ。まさか避けて通る訳にもいかないしな」

結城は矢島にそう返す。

「何と言っても地雷処理班だからな。渉外部という部署は」

すると矢島は少し驚いたように結城を見た。

「何だよ」

「いや……今のお前の口ぶり、山賀さんにちょっと似ていた」

「ぞっとするか」

「ぞっとしないな」

尚もモニター越しに見ていると、信者たちの表情はますます昂っているようだった。相変わらずの無音だが、表情だけで非難や侮蔑の声が聞こえてきそうだ。

結城の方に落ち度はない。法律に定められた範囲で、定められた権利を主張する。それが人倫に反するというのなら、人倫の捉え方が偏狭に過ぎるだけの話だ。そもそも契約事を無視して構わないなどという教えが邪教ではないか。たとえばイスラム圏でも、契約書にサインをする前に「ビスミラー（アラーのご加護の下で）」と呟くのが慣習になっている。信じている神との約束と契約とが同一視されている実例だ。

他の業界は露知らず、金融を生業とする者の世界では契約書が神となる。契約書に記された一文一文が神の宣託であり、時には現金よりも優先順位が高い。だからこそ、金融業界に身を置く結城はどんな世界の神よりも契約書の約款を信奉している。

翻って奨道館の崇める神に、いったいどれほどの正当性があるというのか。言うなれば、これは結城の信じる神と奨道館の唱える神の闘いでもある。

ここで見ていてやるから、いくらでも主張するがいい。

振る舞いが威圧や破壊に及んだ瞬間、信者たちの行動は暴力としての要件を備える。そうなれば世間体を気にせず警察に通報できる。

さあ摑みかかれ。

手を上げろ。

物を毀せ。

期待してモニターに見入っていたが、なかなか決定的なシーンは発生しない。じりじりしていると、やがて別の行員があっと短く叫ぶのが聞こえた。

その行員は窓の外を見下ろしていた。渉外部のフロアはビルの四階。窓は表通りに面している。

「どうした」

窓に近づいた結城は、外を見下ろしてやはり小さく叫んだ。

支店の外は白装束の人間で溢れ返っていた。

支店前のみならず、表通りを占拠して端が見えない。窓から把握できる限りでも二百人以上はいるだろう。

結城は己の認識の甘さを呪った。窓口に殺到する五十人はほんの一部に過ぎない。稲尾は支店周辺を埋め尽くすほどの信者を動員したのだ。

新宿署に通報しても、彼らだけでこの人数を御しきれるのかどうか。新宿署が何人の職員を擁しているのか知らないので不安になる。量は許容範囲を超えると質の問題になる。これほどの人数に膨れ上がると、ただの白装束もひどく禍々しいものに見えてくる。

どうしたものか──結城が惑い始めたちょうどその時、再び樫山が部屋に飛び込んできた。しかも今度は髪を振り乱している。

「結城くん、緊急です。一緒に来てください」

何がどう緊急なのかも教えられないまま、結城は部屋から廊下へ連れ出された。

「いったい、どうしたっていうんですか」

廊下には二人以外の人影がない。それを確かめるように周囲を窺(うかが)ってから、樫山は徐(おもむろ)に口を開いた。

「やはりあの連中は奨道館の信者たちでした。担当者を出せと息巻いているそうです」

「僕を、ですか」

怯(おび)える前に疑問が浮かんだ。こうした抗議をする場合、普通は責任者を出せと言うのではないか。

「何の権限もない担当者を責め立てて、どうするつもりなんですかね」

「わたしには分かりません。分かっているのは、あの連中が相当殺気立っているということです」

樫山の狼狽(うろた)えぶりは隠しようもない。

「今しがた支店長から要請を受けました。まず結城くんが説得の窓口になってください」

一瞬、自分の耳を疑った。

「それは最前線に立てということですか」

「担当者なら、奨道館の事情を知悉しているでしょう」

「さっきも言いましたが、僕には何の権限もないんですよ」

「権限はありませんが、責任はあります」

手の平を返すとはこのことだ。

「先刻、僕が顔を出せば火に油を注ぐ結果になりかねないと仰いましたよね」

「油になるか消火剤になるかはあなた次第でしょう」

「多勢に無勢ですよ」

「窓口が沢山あったら混乱します。これ以上、通常業務に支障を来す訳にはいきません」

問答を続けるうち、脱力感に襲われた。

事なかれ主義どころの話ではない。

この女上司は部下を生贄に捧げることを恥とも思っていない。業務優先と嘯いているが、要は保身に走っているだけだ。こうして樫山の表情を眺めていると、彼女と支店長の間に交わされた会話まで聞こえてきそうになる。

支店長から、渉外部が窓口になってくれと要請があったのは事実だろう。だが担当者個人に重責を負わせろと提案するとは考え難い。結城を人身御供に差し出すのは、おそらく樫山一人の判断だろう。下手に交渉窓口になり、教団側に言質を取られたら渉外部長の樫山はそれこそ二進も三進もいかなくなる。最悪の場合には債権の一部放棄すら約束させられかねない。

最前の映像が脳裏に甦る。二百人、いやそれ以上の白装束の集団に自分一人が立ち向かう姿は勇猛と言うよりは蛮勇、蛮勇と言うよりは滑稽に近い。

それでもまさか午前中の新宿のど真ん中で集団リンチに遭うこともないだろう。罵詈雑言に耐え抜き、妙な言質さえ取られなければ結城の勝ちだ。

覚悟を決めた。

「奨道館の話を聞き、彼らには退去してもらう。取りあえずのゴールはそれでいいんですね」

樫山は顔中で安堵してみせた。

「ええ。それで結構です」

骨を拾ってくれ、とは口が裂けても言いたくなかった。この女に骨を拾われたら、どこにどう処分されるか分かったものではない。

「途中まで同行します」

それに、いったい何の意味があるのか。骨になる前に背中を弓で射貫くつもりか。

結城は丁重に断ってから一人でエレベーターへと向かった。

一階の店舗に近づくにつれ、信者たちの怒号が大きくなっていく。映像を眺めていただけとは段違いの威圧が肌を刺す。

フロアには怒号と憎悪が渦を巻いていた。カウンターの向こう側では、女子行員たちが顔を蒼くして座っている。こんな時には前に出なければならないはずの男子行員たちも、腰を浮かしかけてすっかり逃げ腰になってしまっている。

「お前たちは拝金主義の使徒だ」

「カネしか信用できないのか。哀れな者たちよ」

「教祖さまに対する悪口雑言、神が赦すとでも思っているのかあっ」

今からあの中に飛び込むのか。

さすがに胃の辺りが重くなったが、ここまで来て引き下がる訳にはいかない。結城はひと息大きく吸ってから叫んだ。

「わたしが担当者です」

効果は覿面で、信者たちはそのひと言でしんと静まり返った。

「担当者の結城です」

するとカウンターの角に張りついていた者も含め、信者たちが一斉にこちらを向いた。

「己か」

どうやらこの集団のリーダーらしき男が、他の信者を押し退けて結城の前にやってきた。スキンヘッドの偉丈夫で、敬虔な信徒というよりは凶暴なレスラーのようだ。

「昨日、教祖さまと館長さまに狼藉を働いたというのは」

「狼藉を働いたという憶えはありません。契約条項の説明を再度させていただいただけです」

「耳障りだ、この神敵。その口ぶりではまるで改心などしていないようだな」

「改心も何も、奨道館さまの担当者として最悪の事態を回避しようと——」

「最悪の事態を回避する唯一の手段はな、債権放棄だ」

やはり稲尾館長の指示を受けて乗り込んできたらしい。ここはあやふやにするべきではない。

「それは不可能です。それではご理解いただくために再度契約内容をご説明いたしましょう。皆さん全員という訳には参りませんが、代表者の方を応接室で……」

「喝っ」

喋(しゃべ)り終える前に、スキンヘッドの男が言葉を遮る。どうやら真っ当な理屈を聞くのがお嫌いのようだ。

「ふた言目には契約契約と、己は人の心の有り様よりも紙切れに書かれた文言の方が大事と見える。館長さまの仰る通り、己は荒(すさ)みきっておる。ゼニという悪鬼に身も心も汚されたからだ」

そして右手で印を作り、結城に向かって突き出す。

「佛説聖不動経(ぶっせつしょうふどうきょう)！」

スキンヘッドの声を合図に、他の信者が一斉に経を唱え始めた。

「爾時大会　有一明王　是大明王　有大威力　大悲徳故　現青黒形　大定徳故　座金剛

石　大智慧故　現大火焔」

「執大智剣　害貪瞋癡　持三昧索　縛難伏者　無相法身　虚空同体　無其住処　但住衆生心想之中　衆生意想　各各不同　随衆生意　而作利益　所求円満　爾時大会　聞説是経　皆大歓喜　信受奉行」

「佛説聖不動経！」

「南無三十六童子　南無三十六童子　南無三十六童子　矜迦羅童子　不動恵童子　制吒迦童子　光網勝童子　無垢光童子　計子爾童子　智慧幢童子　質多羅童子　召請光童子不思議童子　囉多羅童子　波羅波羅童子　伊醯羅童子　師子光童子」

　スキンヘッドの先導に他の信者たちが続く。彼らの目は一様に憑かれたように妖しい光を放ち、結城を射殺そうとしている。

　ここに至って結城は自分が大きな間違いを犯していたことに気づいた。教祖や稲尾はともかく、信者一人一人は真っ当な人間だと思い込んでいたが、どうやら認識を改める必要がありそうだ。教祖と教団を脅かす者は親の仇も同然ということなのだろう。一人残らず夜叉のような顔で結城を睨んでいる。

　狂信者というのは、こういう者たちを指すのだろう。信じる神のためなら良識も理性もかなぐり捨てる。上位者の命令を神の言葉と信じて、見知らぬ他人に平気で牙を剝く。

　いったいどちらが悪鬼かと思う。

　日頃の修行の成果なのか、五十人ほどの読経には一糸の乱れもない。独特の抑揚が音のうねりを生み、結城の身体を包む。悦楽とはほど遠い、船酔いに似た不快な眩暈を覚え始める。

これは声の暴力だ。

呪詛の声に囲まれ、耳が痛む。直結している脳にも響く。

立っていられなくなり、結城は地べたに腰を落とす。

信者たちは徐々に間合いを詰め、やがて結城を取り囲む。読経の声がますます神経を苛む。結城が弱ったのを見計らったようにスキンヘッドが近づき、更に声を張り上げる。

「聖無動の眷属　三十六童子　各々千萬童を領す。本誓悲願の故に千萬億の悪鬼　行人を鏡亂せん時　此の童子の名を誦せば皆悉く退散し去らん」

スキンヘッドの顔がもう眼前に迫っている。半睡状態の結城は視線を逸らすこともできない。

信者たちは結城に指一本触れている訳ではない。だが、これはリンチと同じだ。

「若し苦厄の難　呪詛病患　有らん者は、當に童子の號を呼ぶべし。須臾にして吉祥を得ん。恭敬禮拜する者の左右を離れず、影の形に随うが如く護り、長壽の益を獲得せしむ」

ほとんど耳元で怒鳴られ、側頭部が悲鳴を上げる。三半規管もどうにかなりそうだ。

そろそろ限界だ。

限界が何を意味するのかは判然としないが、意識が朦朧としているのは分かる。失神するのは一分後か、それとも今すぐか——。

「はい、ちょっとそこ退いて」

その時、場違いなほど落ち着き払った声が響いた。読経渦巻く中でも異質だったせいか、経を唱えていた信者は気圧されたように黙り始める。

昏い熱気が急速に冷えていく。そして結城の意識も常態に戻り始めた。

先頭に立っていたスキンヘッドも何事が起きたのかと辺りを見回す。すると信者の群れを掻き分けるようにして数人の警官とキツネ目の男が現れた。

諏訪だ。

「新宿署ですが、いったいこれは何の騒ぎでしょうか」

スキンヘッドは諏訪を一瞥すると、きまり悪そうに作り笑いをこしらえた。

「いや、特に何もしていませんよ。昨日この行員さんが教団を訪れて非礼を働いたというので、抗議しにきたのです」

「抗議自体を禁じるものではありませんが、店舗内を大人数で占拠し大声を上げるのは立派な威迫行為です」

「威迫行為とは心外だ。わたしたちは悪鬼退散の真言を」

「内容は関係ありません。音量とシチュエーションの問題ですな。歌謡曲だって街宣車で流していたら示威行動に取られますから。お分かりなら即刻退去された方がよろしい。それとも署で、もっと懇切丁寧に説明して差し上げましょうか」

スキンヘッドはゆるゆると頭を振ってから信者たちを見渡す。

「我々の読経で、この場所は浄化されました。引き上げましょう」

そして白装束の面々は捨て台詞を吐くこともなく、粛々と店舗を出ていった。

結城は窓口業務をしていた頃、店頭に怒鳴り込んできたヤクザを何度か目撃したことがある。要は因縁をつけに来たのだが、そちらの方がまだ行動原理が明快で可愛げがあった。

助かりました、と礼を言ったが、諏訪は例の冷ややかな視線を投げてくるだけだ。

「あなたを助けようとした訳じゃない。通報を受けたから来ただけの話だ。それにまあ、見方によっては反社会的勢力と言えないこともないですしね」

日中に騒ぎがあったからといって、早退させてくれるほど帝都第一は行員に優しくない。その日も債務者の自宅訪問が続き、ようやく渉外業務が終わる頃には夜の帳が下りていた。

情報漏洩に厳しい昨今、得意先を回った際は必ずいったんは帰社して報告書を作成しなければならない。報告書を書き上げて支店を出ると、既に深夜零時過ぎだ。同僚の中には面倒臭いという理由でカプセルホテルに投宿する者もいるが、やはり結城は自分の部屋に戻った方が落ち着く。

何とか終電に間に合い、最寄駅からマンションに向かう。既に午前一時。今から部屋に帰って夜食を掻き込み、シャワーを浴びたら二時過ぎ。眠れるのは正味五時間といったところか。

銀行員といえば安定職、収入の高さからエリートと持て囃されることも多いが、実態はブラック企業顔負けの勤務形態だ。時間と人格を量り売りしていることに両者の違いはない。

平日は馬車馬のように働き、休日にはそれまでの睡眠不足を補うため泥のように眠り込む。こんな風だから結婚しても家族と顔を合わせる時間は僅少になる。銀行員に社内恋愛と職場結婚が多いのは、主にそれが理由だ。亭主のワーカホリックを真に理解できるのは、自らも銀行事情を知悉している女子行員しかいないだろう。だから将来幹部として期待されている男子行員は、三十を過ぎる頃には周囲からの結婚圧力が強い。その頃までに身を固めておかないと、生涯独身を余儀なくされるからだ。実際、結城の周りにも三十半ば過ぎの独身男は腐るほどいる。あの山賀もその一人だった。

友紀は銀行員の女房になるのに抵抗を感じないのか――正面きって聞いたことはない。彼女の返事を何となく怖れているせいもあるが、それ以上に今朝のような出来事があるからだ。渉外部は債務者から謂れなき恨みを買うことが多々ある。友紀と一緒に暮らすことは、彼女にも間接的な被害が及ぶ可能性を内包している。それを思うと心が挫ける。山賀がバツイチになったのも、今となっては首が捥げるほどに頷ける。

そんなことを考えながらマンションの前に来た時だった。

いきなり両側から人影が現れ、結城の腕を捕えた。

「誰だっ」

誰何（すいか）するが、返事の代わりに脇腹に蹴（け）りが入った。堪（たま）らず結城は膝（ひざ）を折る。街灯の乏しい光の下では人相も服装もはっきりと見えないが、人影が五つあるのだけは確認できた。

攻撃は一発では終わらない。膝を屈した結城を取り囲み、人影たちは殴る蹴るを開始する。

「天誅（てんちゅう）っ」

「天誅っ」

攻撃を加える度に男の声が叫ぶ。それだけで彼らが何者かは見当がつく。

勤め先だけでは飽き足らず、自宅までつけ狙ってきたか。

「これは浄化である」

聞き間違えるはずもない。五人の中で指示を出しているのは、あのスキンヘッドの男だった。

「身体の中に巣食った悪気を、清浄な手と足によって排出してやるのだ。感謝して受けよ」

無茶苦茶な理屈だが声の調子は真面目そのもので、ひょっとしたら本気でそう考えているのかも知れない。もしそうであれば繰り出される拳（こぶし）よりも、思考回路の方がずっと恐ろしい。

「天誅っ」

「天誅っ」

とうとう結城はアスファルトに蹲る。それでも背中、腰、脇腹と彼らの攻撃がやむことはない。まるで治療を施しているような熱心さで結城の肉体を痛めつけてくる。

痛みを明確に覚えていたのは十発までで、その後は朦朧としてあまり感じなくなってきた。相手もこちらを殺そうとまでは考えていないらしく、結城が動かなくなると手を止めた。

「あまり痛みを感じなくなったのは、心が平穏になったからである。部屋へ帰ったら南無妙法蓮華経と三千回唱えなさい。さすれば心の平穏が肉体にも及ぶようになる」

男の声には悪辣さも征服欲もない。ただ使命を遂行したという微かな誇りさえ聞き取れる。思えばスキンヘッドの男は偉丈夫で厳つい風貌をしていたが、暴力を愉しむタイプには見えなかった。他の信者もおしなべてそうだった。

「だがこれで己の中の悪気が根絶された訳ではなく、またしばらくすれば肚の中に蓄積されるであろう。またその時分になったら、わたしたちが祓って進ぜよう」

結城に対する悪罵の洗礼と暴力。それが各人の意思や性格によるものでないとするのなら、全ての元凶は神農教祖の教えと稲尾館長の指導にあると考えていいだろう。

ごく普通の良識と感性を備えていたはずの人間が見えない狂気に駆り立てられる。傍目には被害者としか映らないが、本人たちは自分たちほど幸福な者はいないと信じている。それが彼らの宗教の正体だ。

やがて、五つの人影はその場を立ち去っていった。

しばらく横になっているとやがて痛覚が甦り、身体のあちこちが悲鳴を上げ始めた。痛みは生きている証拠だ。

ゆっくりと立ち上がり、全身を引き摺るようにしてマンションの入り口に向かう。たった今そこから出てきた若い女が、こちらを見るなり仰天していた。

3

「どれだけ長い階段から転がり落ちたのよ」

見舞いにきた友紀は、ベッドの上の結城を見るなり呆れたような声を上げた。

奨道館の信者たちに暴行された直後、自分でタクシーをつかまえて最寄りの病院に駆け込んだ。治療に当たった医者は傷害事件かと泡を食ったが、この時咄嗟に思いついたのが件の嘘だ。専門家が傷の形状を見れば嘘であるのは一目瞭然のはずだが、事情を察したのか医者は信用するふりをしてくれたので、以来それで通している。

一方的に暴力を受けたのだから警察沙汰にするのは容易かったが、結城に被害届を出す気はない。傷害事件が立件されても奨道館には名うての顧問弁護士がいる。良くて示談、悪ければ訴訟だが、勝訴したとしても向こうに相応の刑罰を与えられるだけだ。二十億は更に回収が困難となり、結城自身は骨折り損という結果になりかねない。

「結構、酔ってたからね。陸橋の上で足を滑らせちまった」

「ふうん」

友紀は持参してきた見舞い用の花束を傍らに置き、ベッドの脇からじっと結城を見下ろす。

長年の付き合いで分かる。この目は結城の話を信じていない目だ。

「あたし、銀行員て仕事、誤解していた」

「どう誤解してたのさ」

「いつも皺のないぱりっとしたシャツを着ていると思っていたけど、一日終わると結構しわくちゃになっている」

「それなりに走り回っているからね」

「一日中支店の中で仕事しているから夏でも日焼けせずに真っ白だと思ってた」

「営業でなくても外回りはあるしね」

「オフの日は優雅な生活だと思ってた」

「悪い。大抵、寝てる」

「数字が相手だから、暴力沙汰には無縁だと思ってた」

不意に声が非難めいた調子に変わる。

た」

「精神的にキツくても、病院のベッドで包帯だらけになるなんて想像もしていなかった」

　語尾はすっかり怒っていた。

「ねえ、それって山賀さんから引き継いだ仕事のせい？　だったら、仕事任されるのは光栄だって言ったのは撤回する」

「新しい仕事には新しい困難があるさ。あの人の後を継ぐのが光栄だというのも撤回しなくていい」

「身体や命まで張ってする仕事なの」

「どんな仕事にだってアクシデントはあるさ」

「病院に担ぎ込まれるようなアクシデントなんてそうそうないわよ」

友紀は立ったまま、拳を振るい始めた。彼女が癇癪を起こす寸前に見せる癖だ。

　まず落ち着かせようとした。

「とにかく座りなよ。そんなところに突っ立ってられると圧迫感がある」

　あのね、と不承不承に座りながら友紀は言葉を続ける。

「顧客情報とか機密とか、そういうのを聞くつもりないから。どうして真悟がそんな怪我しなきゃならないのか、おおまかでいいから教えなさい」

「教えなさいって、銀行業務の一環だぜ」

「彼氏が今どんな危ない仕事をしてるのか、はらはらしながら過ごすなんてごめんだから。せめて状況説明くらいはしてよ。でないと」

「でないと？」

「帝都第一銀行はブラック企業だって、ネットで拡散してやる」

彼女なら本当にやりかねない。

怖気をふるった結城は、短い溜息を一つ吐く。

「今担当しているのは、とある新興宗教団体でさ」

奨道館の名前と債権の内容を伏せて、今までの経緯を説明する。信者たちが支店窓口にまで押し掛けたこと、帰宅途中に闇討ちに遭ったことを聞くと、その度に友紀の顔が歪んだ。自分では顧客に嫌われて当然の回収業務だと思い込んでいたのでさほど重大事と捉えなかったのだが、どうやら世間一般ではとんでもない事件らしい。

「そんなの完全な犯罪じゃないの。支店にはお巡りさんも駆けつけてきたんでしょ。常軌を逸してる」

「常軌を逸してるというのは当たっているかもな。周りを囲まれて経を読まれた時には、正直生きた心地がしなかった」

「あたしさ、実家は仏式だけど、クリスマスはお祝いするし、お正月は欠かさず初詣に行く」

「平均的な日本人だ」

「だから特定の宗教には偏見を持っていないつもり。だけど真悟が担当している宗教団体って明らかに変だよ。だって教団が抱えている借金を踏み倒そうとしている訳でしょ」

「借金を踏み倒すことは教義に反していないんだろう。あいつら、教祖と教団の教えに沿うことなら、何をやっても正当化されると思っている」

しばらく考え込んでいた様子の友紀が、徐に口を開く。

「真悟は銀行員だよね」

「言われるまでもない」

「銀行員にとって一番大事なものって何」

「一に契約書、二に現金。命は三番目か四番目だな」

「要するに契約書が神様ってことだよね」

「ああ。商取引、金銭の授受、権利関係は全て契約書に謳ってある。金品や権利のやり取りをする者は契約書記載の文言に縛られる。言い方を変えれば契約書に書かれた条項は神様のご宣託だよ」

「教団信者は生きている教祖さまを神様と崇めて、真悟は契約書こそが神様だと信じている。お互い違う神様を奉っているから、反りが合わないのも当然だよね」

自分と奨道館とは宗教戦争を繰り広げている。それなら信者たちの狂信的な行動にも合点がいく。戦争だから、どちらかが相手を斃すまで終わらない。そして負ければ最後、全てを敵方に捧げて捕虜にならなければならない。この場合なら結城が債権の回収を諦めるか、自ら奨道館に入信してしまうことを意味する。

冗談じゃない。

「反りが合わないとかの理由で殴る蹴るってのは勘弁してほしいもんだ」

「でも、信仰心が強いほど他の宗教への敵対心も強くなるものじゃないの？　真悟の話を聞いている限り、その宗教団体絶対ヤバいって」

「ヤバいのは認める。ヤバくなけりゃ、僕がこんな風になるはずないものな」

「今からでも担当を替えてもらえないの」

「名にし負う山賀案件だからな。少しでも賢いヤツならきっと逃げて回る」

「……替えてもらう気なんて、これっぽっちもなさそうね」

自分に不向きだからとか苦手だからと回避していたら、居場所がだんだん狭くなっていく。スペシャリストとして道を究めるという選択肢もないではないが、このタイミングでそれを言い出すのは敵前逃亡と同義だ。

逃げることが卑怯だとは思わない。スポーツや格闘技の世界ならいざ知らず、商売で命のやり取りをする必要もない。大事なことは勝つことよりも生き残ることだ。奨道館との交渉で撤退しても、別の案件で回収実績を挙げればいいだけのことではないか。

だが、それは誤魔化しのような気がする。己の能力不足を体のいい理屈で糊塗しているだけだ。少なくとも山賀の後継者になると誓った結城に、許される理屈ではない。

「こんなことを言うとガキだと思われるかも知れないけど、誰にでも正念場ってあるじゃないか。それは友紀にだってあるだろ」

友紀は渋々といった風に頷いてみせる。

「僕の場合、今がその正念場だと思う。放り出したい気分もヤバい予感もあるけど、ここで逃げたら一生山賀さんに追いつけないような気がする」

もし結城が危ない橋を渡ると決めたことで友紀が別れたいと言い出したら、その時はその時だ。自分はそれほど器用な人間ではないので、同時に複数を背負うことができない。

じりじりと友紀の口が開くのを待っていると、間もなく出てきたのは意外な言葉だった。

「銀行員に職場結婚が多い理由、分かったような気がする」

「何だい、それは」

「拘束時間が長くて職場しか出会いの場がないのもそうだけど、残業が日常化してるとか、真悟みたいな目に遭うとか、同じ銀行員でないとなかなか理解できないんだろうね」

嫌な流れになってきたが仕方がない、選ぶのは彼女の権利だ。

「あたしじゃなかったら、きっと務まらないだろうね」

「え」

「え、じゃないでしょう。これしきのことで見放すと思った？」

友紀は少し拗(す)ねた顔をする。

「見ているだけっていうのはちょっと辛(つら)いけど、応援はしてあげる」

「それで充分だ」

「今の段階で逃げろなんて言わない。多少の無理も赦す。その代わり無茶はしないで。約束だよ」


若さというのはそれ自体が偉大な能力で、一部包帯を残したまま結城は出社してきた。事前に怪我の内容と数日間の有給休暇を申し出ていたが、予定より早めの職場復帰に樫山が様子を見にきた。

「もう大丈夫なんですか」

絆創膏(ばんそうこう)の貼られた部分はまだ腫(は)れ上がっている。社交辞令にしても、いったいこの女はどこに目がついているのかと思う。

「通常業務には差し支えないという診断でした。こんな有様ですが、窓口に立つ仕事でなければ構わないでしょう」

「結城くんがそう言うのなら……電話では奨道館の債権回収に絡んだトラブルということでしたけど」

樫山への連絡は入院直後という事情もあり、詳しい説明ができなかったのだ。

改めて詳細に経緯を話す。この件で正式な報告書を提出するかどうかは、樫山の判断にかかっている。

説明を聞き終えた樫山は、今まで見たこともないほど深い皺を眉間に刻んでいた。

「被害届、出すつもりですか」

これは結城もまだ迷っているので黙っていた。

「最初に言っておくけど、結城くんが被害届を出したとしても帝都第一としては何の協力もできません。帰宅途中の出来事であり、業務上の事故と認定するにはハードルが高いようです」

「相手は債務者なんですよ」

「いいえ、債務者は奨道館という宗教法人であって信者個人ではありません。だから君が襲撃されたとしてもそれは債権絡みのことではなく、個人的な恨みと取られかねません。また銀行としても現在取引中のお客さまを相手に契約以外の件で訴訟を提起するなんて考えないでしょう。従ってもし訴訟を起こすとしても結城くん個人でやってください」

木で鼻を括るような物言いに、しばらく唖然とする。

「それに話を聞く限り、目撃者のいない場所での乱闘騒ぎだったんですよね」

乱闘ではない。

あれはリンチというのだ。

「目撃者がいないのなら、その信者たちが結城くんに暴行を働いたという証拠が必要でしょう。そんなものがあるんですか」

「いえ……素人考えですが、そういうものはないかも知れません」

「それなら訴えるだけ無駄ということですね」

「僕に泣き寝入りしろというんですか」

「違います。無駄なことをしない方が賢明だと言ってるんです。銀行だって鬼じゃありません。業務時間外の怪我であっても傷病手当以外の補償も考えない訳じゃありません」

聞いているうちに、結城は気分を害してきた。

業務中であろうとなかろうと、健康保険に加入していれば何らかの手当が出るのは当たり前だ。その当たり前を、樫山は恩着せがましく言うばかりでなく、銀行側の指示に従えば補償も考えてやると言う。あんまり有難くて涙が出てきそうになる。

今更ながら友紀の聡明さに舌を巻いた。いみじくも彼女が言った通り、帝都第一銀行はとんでもないブラック企業ではないか。

「つまり普通の怪我と申告すれば、銀行で面倒を見てくれるということですか」

「行員を大事にする銀行ですから」

今度は片腹が痛くて涙が出そうになる。

「渉外部長はそんなに奨道館が怖いんですか」

「わたしは何も……」

「渉外部長」

結城は立ち上がって樫山を正視する。こうして立って並ぶと樫山の方が五センチほど低いため、結城が少しだけ見下ろすかたちになる。

「あなた、足腰が立たなくなるまで殴られたことがありますか。起き上がれないほど脇腹を蹴られたことがありますか」

「いきなり何を言い出すの」

「まあ、女性ですから子供の頃も学生時分も、そして入行してからもそんな経験はないでしょうね。痛いんですよ。笑おうとすると頬と横隔膜が悲鳴を上げますからね」

結城は右頰の絆創膏をゆっくりと剝がす。そこに視線を向けている樫山は、すぐに目を逸らした。まだ痛々しい傷が口を開いているのだろう。

「帝都第一がどう捉えようと、渉外部長がどう判断されようと、債務がなければ彼らも僕を襲ったりはしなかったでしょう。名誉の負傷なんておためごかしはやめてくださいよ。これはれっきとした業務災害です」

樫山は尚も結城から目を逸らし続けている。その姿を目の当たりにして、結城の胸の中で熾きていた火が一気に燃え上がった。

「部下がこんな目に遭っているというのに、直属の上司であるあなたは見て見ぬふりをしようとしている。そんなに部下よりも回収困難に陥った顧客の方が大事ですか。そんなに奨道館が怖いんですか」

「そういう言い方はやめて」

「じゃあ、どんな言い方ならお気に召しますか」

「わたしは渉外部長である限り、あなたの味方なんですよ」

本当に笑わせてくれる。

「とても、そんな風には思えませんね」

「君も担当として交渉の窓口に立ったのなら、そして暴力を味わったのなら、あの宗教法人がとんでもない団体だということは承知しているでしょう！」

ふん、やっと本音が出たか。

「形態は宗教法人であっても、当行での扱いは反社会的勢力のそれとあまり差がありません。真っ当な交渉術が通用する相手じゃない。だからこそ山賀案件なんです。抵当権を設定して金消（金銭消費貸借）を契約した時には、あんな風に変貌するだなんて誰も想像していなかった」

「誰も、というのは審査部のことですか」

「そうです。当行の大口顧客の多くが宗教法人であるのは君も知っているでしょう。宗教というのはいつの世でも需要があり、現在の税制が優遇措置を認めているので宗教法人は不良化の危険が少ない優良顧客だったんです」

「だから易々と審査を通したんですね」

「通したのではなく、通ったんです。審査部の人間はそこまで腐っていません。各申請書類はどれも適正で遺漏も認められませんでした。元審査部のわたしが保証します」

　樫山が保証したところで、誰が得をする訳でも何かが変わる訳でもない。力のない言葉を吐いて、本人だけが悲愴感に酔っている。

「でも支払いが滞り始めてから奨道館は徐々に正体を現し始めました。担当者を折伏しようとしたり、あの手この手で籠絡しようとしたり。とても真っ当に返済する気はなさそうでした」

「それで山賀案件になったんですね」

「山賀さんなら突破口を開いてくれるんじゃないか。きっと渉外部もそう期待したのでしょう。山賀さんだって自分への期待度は認識していたはずです。でも、その志半ばで彼は逝ってしまったので」

　要するに奨道館に唯一対抗できると期待していた守護神が不在となったために、渉外部のみならず帝都第一全体が臆病風に吹かれたということか。

「かのオウム真理教ほどではないにしろ、奨道館を調べれば調べるほどカルト教団の臭いが強くなっていきます。信者獲得の手段や寄進増額の手法も、もはや犯罪すれすれという情報もあります」

　しかし、いくら債務者の素性に問題があろうとも、現在の帝都第一の収益を考えればおいそれと債権放棄も債務減縮もできない。放置しておけば支払い遅滞から六カ月を経過し、不良債権とカウントせざるを得なくなる。まさに帝都第一にとっては盲腸のような債権という訳だ。

樫山が部下の身よりも奨道館の出方を心配するのはそれが理由だった。無理な債権回収をしたり徒に訴訟沙汰になったりすれば、相手からどんなしっぺ返しを食らうか分からない。山賀が聞いたら鼻で笑いそうな話だった。

「……わたしを臆病者だと思っているでしょうね」

「少なくともアマゾネスには見えませんね」

「銀行の仕事には誇りを持っています。でも命を賭けてもいいとまでは思っていません」

不意に既視感に襲われる。これは見舞いに来てくれた友紀と同じような台詞だ。

女であるがゆえの台詞なのか、それとも男女の区別がない真理なのか。いずれにせよ、これまた山賀が聞いたら笑い出しそうだった。

そういう台詞は、一度でも命を賭けてから吐いてみろ――おそらく、あの男ならそう言い放つだろう。

急に馬鹿らしくなってきた。今この場で樫山や帝都第一の弱腰を論って、いったい何の得があるというのか。一時の気晴らしにはなるだろうが、それで結城の仕事が捗る訳でもない。

深呼吸を一つすると、結城は落ち着きを取り戻した。

「渉外部長。一つお聞きしてもよろしいですか」

「何でしょう」

「部長にとって債権回収にはどんな意味がありますか」

「……いきなり本質を聞くんですね」

「帝都第一の利益とか、自己達成とか、社内文書や研修セミナーの資料に書かれていること以外でです。何の哲学も持たない管理職が審査部から渉外部へ異動するはずもないでしょう」

「君に言わなければならないことですか」

「一週間は湯船にも浸かれないような怪我を負いました。今後仕事をする上で直属上司の理念を確認しておくのは、部下にとって非常に重要です」

　樫山はしばらく胡散臭げな目でこちらを見ていたが、直に納得したような顔を見せた。

「山賀さんの哲学に比べたら子供騙しみたいなものですよ」

「子供を騙すのは至難の業って知ってましたか」

「それじゃあ子供騙し以下かも知れませんね」

　樫山は苦笑を洩らす。意外にも自分の上司として迎えてから、初めて親近感を持った。

「口幅ったい言い方になるかも知れませんが、債権回収というのは債務負担を減じることなので、何よりも顧客優先の仕事だと思っています」

　逆説的な言説に、興味を掻き立てられる。

「借金を喜べるのは赤字決算で納税を逃れようとする経営者か、特殊な事情を持つ人だけです。大抵の人にとって借金は、それが必要であったとしても人生の重荷であり、生活基盤の不安材料です。その重荷を減らしてやるというのは救済そのものです。そして借金を無事に返済できれば、債務者は自分に自信を持つことができます。自己の返済能力を証明したことで、自分に誇りを持てます。今この国を動かしている無数の会社、数多(あまた)の経営者は一度ならずあるいは何度も負債を抱えながらも、やがて利益を生み、更に成長し、そして見事に返済していきました」

静かだが熱量のある言葉で、結城は意外な感に打たれる。まさか樫山の口からこんな台詞が出てくるとは想像もしていなかった。

「その規模に拘(かか)わらず、企業にとって資金とは動物に喩(たと)えれば血液のようなものです。そして銀行業というのはそれを一時的に輸血する仕事だと思っています。血液はいつまでも一カ所に留(とど)まるものではなく、絶えず流動すべきものです。融資と回収の両輪は血液の循環を促すもの。だから銀行には二つの業務が課せられているんです」

「驚きましたよ」

「あまりに理想論だからですか」

「生前、山賀さんが似たようなことを言ってましたよ」

それを聞いた樫山の表情こそ傑作だった。驚きと納得、誇りと羞恥(しゅうち)が綯(な)い交ぜになったようなひどく複雑な顔をしたのだ。

だが、結城も吹っ切れた。

債務者の幸福のために回収する。部外者が耳にすればとんだ屁理屈や偽善に思うかも知れないが、どんな職業にも内輪だけの倫理がある。その倫理を共有できるなら、一緒に仕事をしてもストレスは最小限で済む。

「有難うございます、部長。今のお言葉は僕の指針になりますよ」

「からかわないでください」

「いや、冗談とかではなく本気で。それでは部長の理念を踏まえた上で話を戻します。債務者に自己実現をもたらすための融資と回収。諸手を挙げて賛同したいです。でも、それは債務者が生産業に従事し、且つ債務返済に対して真摯であるという前提でよろしいですか」

「あらゆる職業が有形無形に拘わらず、何らかを生産しているという認識であるなら結構です」

「では今回のように徒に盲信者を増やし、且つ暴力行為で債権をチャラにしようとしている者に対してはどうですか。仰った理念をそのまま適用しますか」

「奨道館の教義なるものが邪教かどうか、わたしは知りません。しかし債務者のかたちとしてはアウトですね。奨道館の宗教活動が生産的だとは思えないし、人を幸福にできない仕事は外面がどうであれ、反社会的勢力です」

よし。これで意見の一致を見た。

「では必ずしも債務者の幸福を考慮しない回収でもよろしいですね。成功したとしても後味の悪い結果になるかも知れません」

「どういう意味ですか」

「どうもこうも言った通りです。仕事に私憤を交えるつもりは毛頭ありませんが、債務者に合わせた回収方法というのは歴然と存在します。この場合は我々が無事に債権を回収する一方、債務者には何の救いにもならない方法です」

樫山の目が不安に揺れた。

4

翌日、結城は奨道館本部の門を叩いた。来意を告げて別室で待っていると、間もなく稲尾がやってきた。

「これは結城さん。今日はアポイントもないようですが、急用ですか」

まさか襲撃を受けたわずか数日後、しかも怪我を負った結城自らが参上するとは予想もしていなかったに違いない。青痣と絆創膏だらけの顔をまじまじと眺め、半分呆れているように見える。

「わたしの顔がどうかしましたか」

いや、と答えてから稲尾は咳払いを一つする。

「ひどく怪我をされているようだが、そんな有様で、本当に何のご用ですかな」

闇討ちの抗議に来たとでも思ったのだろうか、稲尾はわずかに身構えたようだ。結城の振る舞いに不審な点があれば、すぐに侍従を呼ぶつもりなのだろう。ドアの近くに待機して、なかなか結城に近づこうとしない。

「可愛げのないことで申し訳ありませんが、わたしがこちらに参上する理由は一つだけ。如何(いか)に現状の債務不履行から脱却し、完済に向かうかをお話しするためです」

「仕事熱心なのは認めますが、生憎一週間やそこらで事態が好転するはずもない。そんなに改善が容易ければ、とっくの昔に苦境を脱している」

それはそうだろう、と結城は内心で相槌(あいづち)を打つ。二進も三進もいかなくなったから、窮余の一策で結城を暴力で脅したのだ。

「早合点なさらずに。返済プランをお客さまに提供するのも銀行の仕事です」

「返済プランは結構ですが、奨道館にはこれといった定期収入もなければ、利益を出せる運用資産もない。営利企業とは訳が違う」

脅しの次は開き直りときたか。全く見上げた根性だ。こういう輩(やから)が館長を務めている時点で、奨道館の出鱈目さが透けて見える。

改めて結城は不思議に思う。およそ債務者の風上にも置けないような人間を館長に押しいただく信者たちは、毎日何を見て何を聞いているのか。おそらく世間の常識やら真っ当な理屈など関知していまい。盲信という言葉が示す通り、何も見ていない。見ようとしていない。

そして結城は救世主ではない。だから信者たちの窮状を救う謂れもない。

「返済には資産が不可欠という訳ではありません。ちょっとだけ見方を変えることと、ほんの少しの手間暇が有効に作用することがあります。手前どもはそうしたアイデアを捻出（ねんしゅつ）するエキスパートだと自任しています」

「ほお。確かに融資のプロだし回収のプロだから、運用のノウハウはもちろん返済のノウハウも習得されているだろう。ただ、それは実行可能ですかな？　信者を労働力として貸し出したり、教団内の法具を売却したりというのは愚策に過ぎますぞ」

「ああ、そういう方法もありましたね。奨道館の信者さんたちは皆さん実直でいらっしゃるから、派遣先でも大層喜ばれるでしょうね」

「まさか本気で言っているのか」

結城は冗談ですよと断ったが、実は満更でもない。怪しげな宗教団体が信者たちに飲食店を経営させたり、分のいい工事現場に派遣したりして日銭を稼いでいるのは珍しくもない光景だ。怪しげな教祖や教義を信奉する信者は大抵が人を疑うことを知らない真面目人間だから、教祖と教団のためと言い含められたらどんな危険な仕事も汚れ仕事も平気でこなす。苦痛であればあるほど自分が殉教者になれるから、いつか倒れるまで働き続ける。

「弊行が奨道館さまにご提案するのは、生産による収益の確保です。もちろん労働力の切り売りなどではありません。れっきとした宗教活動の一環としての生産行動です」

「具体的に言ってもらえませんか」

「出版事業ですよ。神農教祖のお言葉を広く世に伝えるのです」

「結城さん。あなたは人の話を聞いておられたのかね」

稲尾は憤懣を隠そうともしなかった。

「以前、奨道館は出版事業に進出しようとしてひどい挫折を味わった。ちゃんと話したでしょう。教団内の裏切り者の策略で、八十万部もの欠陥書籍を刷り、一億円以上のカネをドブに捨てた。あんな茶番をまたぞろ繰り返せというのか。馬鹿も休み休み言え」

「ちゃんと聞いていましたとも。その茶番の本質は、書籍というものがそれほど利ザヤを稼げないことにあると思っています。執筆に推敲、レイアウト、印刷、製本。予算と手間暇がかかる割にリターンが少ない。だから一度歯車が狂うと莫大な経費のみが残ることになる。また素人意見を許していただけるのなら、現在の読書人口は減少の一途を辿っています。八十万部を出版したところで、奨道館の信者以外に誰がページを開くのか甚だ心許ないと考えざるを得ません」

「……代案があるような言い方だ」

「ありますとも」

そう言って、結城は持参したカバンの中から一枚のディスクを取り出した。

「これが何だかご存じですか、館長」

「CD、ですかな」

「CD―R。つまり書き込み可能な記録媒体です。現在では大容量のハードディスクやネット配信の普及ですっかり影が薄くなりましたが、以前は記録媒体の主流でした。そして今尚、古さという点で存在感があります。相応のパッケージングさえしてやれば商品として、あるいは頒布物として有難みが出てくるからです」

「こんな物に歌でも吹き込もうというのかね」

「歌ではなく、お経を。それも神農教祖自らの読経を解説つきで録音するのですよ」

俄に興味を覚えたらしく、稲尾はわずかに身を乗り出した。

「詳しく」

「現代人は本を読まなくなりました。しかし音楽はずっと聴いている。本を読むには能動的にならなければいけませんが、音楽を聴くのなら受動的でいい。プレーヤーとイヤフォンさえあれば歩行中だろうが食事中だろうが愉しめる。ノーミュージック・ノーライフでしたか。男も女も、老いも若きも関係ない。往来を歩いても電車に乗っても、多くの人が耳にイヤフォンを挿して曲を聴いている。この曲を神農教祖のお言葉と差し替えて考えてみればいい。経堂に足を運ぶ手間も、経本を紐解く面倒もない。信者と入信希望者の方々は、このCD―R一枚で修行の一端を経験することができるんです」

「CD―Rか。確かにモノ自体は古い。今は他に優れた媒体があるでしょう」

「ええ。たとえば配信です。奨道館のサイトからダウンロードできるようにアプリを作ってしまえば簡単だし、スマホを所有している人はすぐに利用可能です」

「そっちの方が広まりやすいではないですか」

「広まりやすいのはその通りですが、アプリ一つ拾わせるのに、何万というカネは必要ありません。所詮は情報のやり取りですから有難みがない。でも、こういうディスクなら一枚に適正な価格を設定でき、しかも一人が複数枚購入することが可能です」

「価格設定はいくらにする計画かね」

「一枚二千五百円。信者一人が十枚買うとして一人当たり二万五千円の出費になりますが、この程度であればお布施としても妥当な値段でしょう。奨道館さんの信者さんはおよそ八万人でしたか」

「二万五千円掛ける八万人で……」

「二十億円。そうです、奨道館さんが抱えている債務を一遍に支払ってしまえる金額なんです」

「二十億円……しかし生産コストはどうなる。音楽CDだってそこそこの経費が掛かっているはずだ」

「まずCD―R一枚の原価は五円程度です。次にプレスですが、ずいぶん前からインディーズバンドの需要があるため、プレス業者が多く存在しています。廉価なプレス価格を申し上げれば、一万枚で十八万円といったところでしょうか」

「八十万枚で千四百四十万円、か」

稲尾は驚くほど計算が速い。宗教団体の館長というよりは金庫番といった印象が強い。

いや、元々そういう才能を持った男が、相応しいポジションに就いたというべきだろう。

「千四百四十万円というのは本体ディスクのみの価格で、初期費用としてはスタンパー（金型原盤）とレーベル製版に四万円程度が必要です。その他ケースやパッケージに凝れば凝った分だけ費用は発生しますが、元より布教用の頒布物という性格ですから多少無愛想なくらいでちょうどいいんじゃないでしょうか。オプションに関わる費用は無視しても構わないレベルと考えます」

「千四百四十万円の投資で二十億のバックか」

そして教祖の声を吹き込むのは実質タダのようなものだ。レコーディングなどという大層なものではない。マイク一本あれば事足りる。

「純粋に布教用と捉えても、書籍一冊よりディスク一枚の方がはるかに気が利いています。たとえ信者以外の人であっても、受け取るのに抵抗がないはずです。場所を取ることもありませんしね。スマホでアプリを開くよりは手間でしょうが、今日びどんなパソコンでもCD—Rは再生可能なので大きなハンデにもなりません」

そしてこれは言わずもがなだが、受け取りやすいものは同時に捨てやすいものでもある。布教用のディスクを迷惑半分に受け取った者も、軽い気持ちでゴミ箱に放り込める。

「聞けば聞くほどメリットばかりでムシのよさそうな話だが、何かデメリットはないのだろうか」

「すぐに思いつくものとしては、簡便に教祖さまのお経なり講話なりが聴けてしまえるので、信者獲得に直結するかどうかという問題があります。しかし浅くても広い範囲で普及する訳ですから、却って効果的かも知れません。軽いノリで奨道館と教祖さまの存在を知り、興味を覚えた方たちが本部の門を叩く。そういった展開も期待できます」

「ライト感覚の布教という訳ですか。ふむ、なかなか面白い」

稲尾はにやにやしながら顎の下を擦る。

「千五百万円程度ならすぐにでも用意できる。録音した素材をわたし自らがプレス業者に渡せば、途中で差し替えられる危険も少ない」

「因みに納期は発注から九日を見込んでおけばいいようですね」

「九日間。それもまたお手軽な話ですな」

稲尾はすっかり乗り気になったとみえ、言葉や態度の端々が浮いている。ここまでくれば、もうひと押しするだけでいい。

「館長。これはテスト販売と考えてもいいんじゃないでしょうか。最初の八十万枚は間違いなく捌けます。その反響や成果を確認した上で、第二第三の布教CDを作製する。次回からの二十億円は全て教団の利益になりますし、もちろん信者獲得の大きなチャネルとしても確立していくかも知れません」

矢庭に稲尾は頬を大きく綻ばせる。破顔一笑とはこのことだ。

「いや、さすがですな。山賀さんは山賀さんで得難い人物だったが、結城さんもなかなかのアイデアマンだ。帝都第一さんは人材の層が実に厚い」

「恐れ入ります」

「早速、布教CDの製作に取り掛かりましょう。ところで結城さん」

「何でしょう」

「あなた、その怪我について何か言いたいことがあるんじゃないのかね」

文句があるのなら機嫌のいい今のうちに聞いてやろう、という意味だろう。

「そんなものはありませんよ。天災以外のアクシデントは八割方本人の責任です。どうぞお気遣いなく」

「齢に似合わず練れたお人ですな。どうでしょう。もし今の職場に不満があれば、別の立場で奨道館の門を叩かれては。副館長不在の今、あなたのような人材を求めていたところです」

この申し出にはさすがに面食らった。交渉過程で債鬼とまで罵った相手を、今度は厚遇で迎えようなどと手の平の返しようにもほどがある。

「有難いお話ですが、それこそ館長の買い被りというものでしょう。第一、わたしは奨道館さんに入信するには致命的な欠格要因があります」

「ほお。それは何ですかな」

「わたしとあなた方では、信じている神様が違うんです。転向するつもりもありませんしね」

言ってしまってから、ふと考え直した。

もし稲尾の実相が拝金主義者だったとしたら、結城の信仰と隔絶したものではない。案外、自分とこの男は似た者同士ではないかと思い始めると、次第に居心地が悪くなってきた。

それから十日後、支店にいた結城は諏訪の訪問を受けた。

「今度は奨道館の回収を担当したそうですね。相変わらずエグい仕事をする」

エグいのが回収対象なのか、それとも結城の手法なのかは確かめる気にもならない。

「奨道館を張っていた人間から連絡がありました。一昨日、十トントラックが奨道館本部の前に横付けされて、中から大量の物品が敷地内に運び込まれた。中身は読経を収録したディスクで、信者一人当たり十枚二万五千円で配布されたらしい。それは借金返済の手段か何かだったんですか」

外で張っていたにしては情報が正確だ。おそらく信者の中に情報を洩らした者がいるのだろう。

「返済プランとして、ちょっとしたヒントを与えてみただけです」

「ヒントねえ。それは有効に機能したんですか」

「お蔭様で。本日、めでたく残債務を一括してご返済いただく運びになっています」

「二束三文のディスクを高値で信者に押しつける訳か」

「弊行が押しつけているのではありませんよ」

「ふん、責任を奨道館に押しつけるんだな。それで確認してくれましたか。関係者の五月二十八日のアリバイを」

「忘れちゃいませんよ」

残債務を完済できる運びになった際、結城はそれとなく稲尾に訊いてみた。一度でも山賀を排除しようと画策したことはなかったのか。そして事件のあった当日、どこで何をしていたのか。

「結論から先に言えば、館長以下他の幹部連中は全員、奨道館本部に泊まり込んでいました。月に一度の修練の場で、二十八日の夕刻から丸半日をかけて出家信者による読経を行うそうなんですけど、幹部連中もそれに付き合うらしいです。だから関係者一同、あの夜は外出していないんですよ」

「幹部や信者たち一人一人に確認したのではないのでしょう」

「全員に訊き回るなんて無理ですよ。しかしあれだけトップダウンが徹底されている組織なら、頷けないこともないです。それに、館長は山賀さんを厄介な交渉相手だとは思っていたようですが、殺害しようとは思わなかったでしょうね」

「どうして、そう言い切れるんですか」

「回収記録を読む限りでは、山賀さんは慎重でした。きっと教団の危険性を嗅ぎ取っていたんでしょう。過激な取り立てよりもソフトランディングによる解決を模索していたようです」

これは本当のことだった。山賀の遺していた回収記録には、奨道館が以前に失敗した出版事業のあらましが詳細に記載されていた。それを見なければ、結城が布教用ＣＤの製作を思いつくこともなかっただろう。

「僕を襲撃した際も、殺してしまうよりも恐怖心を植えつけるのが目的だったんでしょう。本当に邪魔だと判断したら、殴打だけで済むはずがありませんでした。狡猾ですよ。利用できるものは債権者でも利用しようとする」

「その狡猾な相手にカンフル剤を投与したのは、いったい誰ですか」

いきなり諏訪は問責口調になる。

「何か気に障りましたか」

「奨道館は予て公安の監視対象に挙がっている。信者の増やし方と思惑にキナ臭さがある。いつ反社会的勢力に変質しても不思議じゃない。公安としては資金不足から奨道館が自滅していくのを期待していたらしいが、その期待を一人の回収担当者が木っ端微塵にしてくれた。借金で雁字搦めになっていた窮状から救い出し、そればかりか新しい資金調達の方法まで伝授した」

キツネのように細い目が結城を貫く。

「将来、万が一にも奨道館が反社会的勢力になった時、その責任の一端はあんたにある。それだけじゃない。信者一人当たり二万五千円の出費は妥当な金額だとでも思ったのか。出家在家を問わず、信者の中には爪に火を灯すようにして布施を工面しようとする者が少なくない。インチキ教団の常套手段だ。あんたのしたことは、そういう信者たちの首を真綿で締め上げたのと一緒だ」

「それこそ主観の違いだと思いますよ」

「どういう意味ですか」

「僕を襲った信者たちにはわずかばかりの躊躇もなかった。彼らは僕への暴力が本当に正しい行いだと信じていました。布教用CDの購入にしても同じです。一人あたま二万五千円の出費がキツい信者もいるでしょう。しかし彼らは嬉々としてカネを出すでしょうね。生活が困窮している人ほど、これは布教の一部なんだと感激に打ち震えながらカネの工面に奔走する。あなたのように傍から見れば悲劇でしょうけど、当人たちにとってみれば法悦の瞬間ですよ。信者以外に被害が及ばないのなら、彼らの行動に水を差すのは却って迷惑でしょうね」

諏訪は唇の端を歪めてこちらを睨む。どうやら今の言説が、よほどお気に召さなかった様子だ。

「とってつけたような理屈で誤魔化しているが、結局は自分の銀行の利益を優先させているだけだ。立場は違えど、やっていることは奨道館と同じじゃないですかね」

それなら諏訪も同じ穴のムジナだと思った。

「警察もそうではないんですか」

「何だって」

「帰属先の利益を第一に考える。組織で働く人間なら誰でもそう心掛けるでしょう。違っているのは本当に些細なことでしかないような気がしますね」

「ふん、その違いというのは、いったい何ですかね」

「わたしと奨道館信者、そしてあなた方警察がそれぞれ信じているものですよ」

すると諏訪はキツネ目を一層細くさせた。

四　タダの人

1

「結城くん、保管室入るの初めてなんだって？」

「はあ、面目ないです」

樫山が意外そうに聞くので、結城は頭を搔いて恥じ入るふりをした。帝都第一銀行新宿支店の一室は保管室になっており、そこには金庫室に収まらない大きさの物品が収められている。融資した顧客から預かった担保物もその一部だ。

「気にする必要はないんじゃない。役員でも保管室の中に入った人間なんて限られているし。通常業務では、まず使用する機会なんてないから。わたしも渉外部を任されてから初めて入ったくらいで」

渉外部に身を置きながら、保管室に一度も足を踏み入れていないのは確かに恥だ。しかし、結城には結城なりの理由がある。

顧客から提供される担保は不動産か有価証券がほとんどだ。不動産の場合は抵当権を設定しておけば万全だし、有価証券の類いは券面や銘柄さえ記録しておけば、いちいち現物を確認する手間は要らない。保管室のセキュリティは金庫室のそれと同等なので、回収担当者が担保物の管理状態をチェックする必要もない。

だが、顧客の中には不動産や有価証券以外のものを担保に差し入れる者もいる。今回、結城が回収に向かうのが、そういう顧客だった。

本人と面談する前に、差し入れられた担保物を改めて確認しておく必要がある。保管室管理責任者の樫山を伴って保管室に向かっているのは、そのためだ。

保管室は支店の地下二階、大金庫室と同じフロアにある。エレベーターで降りるのだが、エレベーターは物品の搬入出を考慮して十畳分の床面積がある。これだけ広い箱の中、樫山と二人きりでいると何やら寒々しいものを感じる。陽の光は閉ざされ、地下に潜れば潜るほど体温が下がっていくような錯覚に襲われる。

「考えてみれば皮肉な話よね」

「何がですか」

「金庫室と保管室が同じ地下二階に位置していることが。片方は現金という銀行の資金が収められていて、片方は担保物という顧客の資産が収められている。どちらにも価値はあるけど、現金が顧客を救うものであるのに、担保物の方は下手すれば顧客の命脈を奪いかねないものだからね」

箱が地階に到着する。箱の自重と建物自体の古さもあり、到着時にはわずかな軋(きし)みと衝撃を感じる。

地下二階の間取りはひどく単純だった。エレベーターを降りて右側が大金庫室、そして左側が問題の保管室。

樫山は扉横のリーダーにICチップ内蔵の行員証を翳(かざ)す。たとえ支店の中でも、限られた行員しか入室権限のない部屋が存在する。保管室はそうした部屋の一つだった。セキュリティの確かさを誇るかのように扉の厚さは三十センチ以上、樫山一人では開けられないので結城も手を貸す。

保管室の中は温度と湿度が一定になるよう管理されていると事前に知らされていた。その時は何も思わなかったが、中に入ってみると合点した。

中はまるで美術館の倉庫のようだった。

ひと抱えもある陶器に漆器、掛け軸に彫像、その中には美術関係には不案内な結城ですら知っている著名な作品も見受けられる。気のせいか、何やら抹香臭くも感じる。

「こうしてみると、ちょっと壮観よね」

樫山は感に堪えないように呟(つぶや)く。

「ここに置いてあるものをガラスケースに入れてライトアップするだけで美術館と見紛(みまが)うくらいにはなるでしょうね。贋作(がんさく)なんて一つもないし」

結城も同感だった。

真っ当な金融機関ならどこでもそうだが、本来美術品を担保に融資することはない。ただし、不動産なり有価証券なりが値下がりして担保率が下がった場合に、追加担保としてこうした美術品を差し入れてもらうことがある。そういった債権は元本分が何十億円単位なので、追加担保とされる美術品も自ずと時価換算が億超えする逸品が並ぶ。従ってこの保管室に転がっているものをまともに展示すれば、そこいらの美術館にも見劣りしないという寸法だ。

正直、門外漢の結城にとっても、美術品の数々が単なる質草として放置されている光景は胸に刺さる。まるで自分が美術という分野を汚しているような気分にも襲われる。

しかし一方では、所詮美術もカネで換算できてしまうのだと失望する。カネを扱う商売でありながら、全てを呑み込み、価値基準の頂点に立つカネに近親憎悪じみた感情を抱く。

「ここにある美術品、いつかは持主の許に戻ればいいんですけどね」

「希望的観測ね。それを一番分かっているのは、山賀さんの薫陶を得たあなたじゃないかしら」

樫山の口調がどこか気怠そうなのは、彼女自身が一番絶望しているからだろう。そして、現状樫山が把握している債権は不良債権か、その手前にあるものでしかない。質草の持主の債務内容を知悉している人間なら、これらの美術品の時価が差し入れ時より下落していることも承知している。

追加担保といいながら、その実態は単に顧客からの要望で預かっているに過ぎない。要するに人質のようなものだ。所有権も移転していないのに、帝都第一が担保物を売却したら窃盗か横領になってしまう。

理想的なのは、ここぞという場面で債務者である持主が売却を指示してくれることだ。銀行のネットワークは広範で稠密だ。美術品の売却先やブローカーの情報も豊富にある。

しかし追加担保をとられるほど追い込まれた債務者の心理は誰しも同じで、不動産や有価証券が高値だった時の記憶が強烈だった分、損切りができない。美術品も高いカネを出した思いから、なかなか付け値で手放すことができず、結局は売り時を逃して塩漬けとなる。保管室で埃を被っているこれらの逸品たちは、全てそうした経緯を辿っていた。

従ってここにあるものが日の目を見る可能性は、よほどの奇跡が起きない限り皆無に等しい。樫山が絶望するのは、つまりそういう意味だ。

「結城くん、美術品に詳しい？」

「いえ、全くの素人です」

謙遜でも何でもない。しかし担保物となれば話は別だ。慌ててにわか勉強を始め、専門書を買い込み、美術品に詳しい者から話を聞き、山賀のノートを貪り読み、ようやく保管室に眠る美術品の正体を知った。

「でも、この絵画や陶器やらが愛情で購入された訳じゃないのも知ってるわよね」

「ええ」

ここにあるのは美術品のかたちをした投機対象に過ぎない。持主である債務者たちは有価証券を見るのと同じ目でこれらを鑑賞していたのだ。

一般に美術品の価格は景気動向に大きく左右される。好景気になれば市中にカネが余り、そのカネは効率のいい投資対象に向かう。買い手が多くなれば需給関係から当然、対象物の価格は上昇する。

十年ほど前、日本経済はミニバブルと言っていいほどの活況を呈していた。前述の通り、余ったカネは投資先として美術品に向かう。これはいつか来た道で、はるか昔バブル経済の際も同様なことが起きていた。空前のカネ余り時代、投資家たちは画商やオークションを通じて海外の有名アートを買い漁った。サザビーズ、クリスティーズといった舞台で日本人の名前が飛び交ったのもこの頃だ。

ところがミニバブル期の美術品市場はバブル期のそれといささか趣を異にしていた。購入対象が海外有名アートから現代アートへと移行したのだ。

門外漢である結城には現代アートこそ理解不能な代物だった。構成や色使いが独特というのは何となく分かるが、それをいくらで買うかと問われたら答えようがない。既に評価されている作者の作品を観ても、その価格と己の価値観に埋めようのない乖離を覚えてしまう。評価の定まっていない新人作家のものなら尚更だ。

評価が定まっていないということは高騰する可能性を裡に秘めている。そういう理由でここ数年、投資マネーは現代アートに向かった。市場の需給原理がここでも働き、しばらくの間現代アートはアートバブルとも言うべき暴騰が続くことになる。たった数年で市場価格が数十倍、数百倍になった作家も珍しくない。あまりの暴騰に一部のギャラリーでは、購入後何年かはオークションなどに出品しないと念書を書かせる動きさえあった。更に大口の投資家だけでなく、現代アートを対象としたアートファンドなるものも出現し、これに小口投資家が群がる事態も発生した。

「大体、日本のアート市場というのは海外に比べて異質なのよね。向こうのオークションに出品されるものは何世代も前から所有されてたとか、短くても十年以上は愛でられていたのに、日本市場ではすぐ右から左に所有者が移ってしまうのよ」

結城は頷く。それこそがこの国におけるアート市場の特質だ。長期的展望に立って作家と作品の成長を見守るなどという姿勢ではない。それこそ株取引と同様、値ざや稼ぎに売買を繰り返しているだけだ。そういう取引は投資ではなく、投機としか言いようがない。

「同感です。だからミニバブルが弾けると、アート市場も一気に弾けましたからね」

きっかけは言わずと知れたリーマン・ショックだった。手持ちの資産価値がみるみる激減し、アート市場に資金を回す余裕がなくなった。ところがアートバブルで現代アートと名のつくものは子供の落書きまでが出回り、ここに需給の逆転が起きる。

アートバブルの崩壊だ。

しかも市場を牽引していたのが評価の定まっていない作品群だったので、弾け方も豪快だった。暴騰時よりも速いスピードで相場が下落して数十分の一、数百分の一、中には文字通り紙切れになる絵画まで出てきたのだから笑えない。

　そして今回、結城が現物を確認したいと申し出たのが、まさにそういう作品だった。

「問題の絵はこっちよ」

　樫山の誘導で、結城は奥へと移動する。他の美術品が隙間なく並べられているため、奥に行くほど影が濃くなっていく。

　目的のものは部屋の端に、無造作に立て掛けられていた。

「ずいぶん奥まった場所に保管されているんですね」

「場所だけ見れば価値がありそうだけど、当分処分できる見込みもないし、この図体だからね」

　小さく嘆息してから樫山はキャンバスを覆っていた布を剝ぎ取る。

　現れた絵を見た結城は一瞬、言葉を失う。樫山の言う通り、大した大きさだ。所謂Fサイズの100号、1620㎜×1300㎜の大作。だが言葉を失ったのは大きさにも増して、キャンバス一杯に描かれた絵そのものによる。

　タイトルは〈葛藤〉。目が痛くなるほど原色が爆発し、結城には風景画とも抽象画とも判別できない。隅に東山桃李とサインがしてあるが、もちろん有名画家ではない。結城が美術年鑑で検索して、ようやく見つけ出した名前だ。

「結城くんはこの絵、どう思う」

「どうって……僕は素人ですから、価値なんて分かりません」

「わたしもよ。まだラッセンの方が分かる。美術の世界は訳の分からないところがある。この絵が十億なんてね」

そうだ。

この訳も分からない絵は、担保として差し入れられた当時十億もの価値があると査定されていた。だが最新の美術年鑑を参照してみると東山桃李の作品は1号あたり一万円、つまり〈葛藤〉の時価は百万円そこそこという計算になる。キャンバス代に絵具代、そして管理費用を考慮すればこの絵もまた紙切れ同然だ。

十億と百万、余りの差額に開いた口も塞がらないが、こんな馬鹿げた話にも相応の理由がある。

「部長。十億というのは帳簿上の数字でしかありません。取引していた関係者たちだって、この絵にそんな価値があるとは思っていなかったでしょう」

「そうかもしれないわね。わたしたちが行員だからかしら。数値化できないものは、どうにも扱いづらくて」

樫山は憎々しさを隠そうともしない。言葉には皮肉以外に被害者意識も聞き取れる。無理もない。前任者から業務を引き継いだだけの樫山にしてみれば、無理やりババを引かされたようなものだ。しかもこの債権の問題は担保物と債務者両方にあるときている。

「これで債務者に甲斐性なり決断力があれば、少しはマシなのにねえ」

本人がこれを聞いたらどう思うことやら。

債務者というのは、与党の幹事長まで務めた前国会議員・椎名武郎だった。

保管室を出た結城は、その足で椎名の個人事務所へと向かう。結城にはこれが初の面談だ。担保物は確認済み、今度は椎名という債務者のキャラクターと返済能力をこの目で確かめなければならない。

どういった経緯で帝都第一が紙切れ同然の絵画を預かる羽目になったのか。それについては山賀のノートに一切合財が記されていた。

話は三年前に遡る。相次ぐ不祥事により与党国民党は国政選挙で惨敗、代わって政権を奪取したのが永遠の野党と揶揄されていた民生党だった。

威勢のいいスローガンと清新な公約で船出した新政権だったが、世間知らずと実務経験ゼロの政府はメッキが剝げるのも早かった。実効性のない経済政策に場当たり的な国会運営、弱腰外交に批判が集まれば動揺のあまり閣僚たちは失策と失言を繰り返し、挙句の果てにはお家芸の分裂騒ぎをやらかし、二年後の衆院選で目も当てられないほどの歴史的大敗を喫する。

この時、党の幹事長だったのが椎名武郎だ。党の幹事長は選挙対策の責任者を兼任する。政権を奪還された責任は重大だが、それを問われる前に椎名自身が対抗馬に大差をつけられて敗れたのだから話にならない。政権政党に返り咲いた国民党と有権者たちは椎名を憐れんだが、慌てふためいたのが帝都第一の管理部だ。実はこの時点で椎名は帝都第一に対して十億円の債務を抱えていた。分裂騒ぎを起こす直前、民生党は総裁選挙を断行していたが椎名はこれに立候補し、選挙工作にとんでもない資金を投入していたのだ。

帝都第一が十億円もの資金を椎名に融資した経緯も、やはり山賀のノートにあった。ただし、こちらは管理部に残っていた記録ではなく、もっぱら山賀が独自に収集した材料による推測だったが、結城が目を通した限りではほぼ真実に近いのではないかという感触がある。

元より銀行の貸付先として外部に知られたくないのは一にヤクザ、二に政治家だ。一は反社会的勢力に金銭的な便宜を図るのかと世間から追及されるし、二は銀行と政治権力の癒着を取り沙汰（ざた）される。言ってみれば銀行にとってヤクザと政治家は似たような存在ということになる。

そういう事情もあってか、椎名への融資については不透明な部分が多い。その最たるものは東山桃李の絵に十億円の査定を下した理由だった。しかし、これも山賀は納得のいく推理を展開している。

椎名に融資された十億円の主な行き先は、同じ民生党の派閥の領袖（りょうしゅう）の懐だった。絵に描いたような実弾攻撃であり、これは以前椎名が徹底的に批判してきた国民党の体質そのものであったため、永田町（ながたちょう）周辺からは失笑が洩（も）れた。

だが当選したならまだしも敗けてしまったのではどうしようもない。それでも帝都第一が回収を急がなかったのは、次の総裁選があると楽観視したからだ。しかしその甘い見通しも、国政選挙における落選で画餅と化した。議席を大幅に減らした幹事長としての責任、加えて自身の落選を考えれば、これから先椎名が政治の表舞台に立つことは甚だ困難であり、それは同時に債権回収も難航することを意味していた。

椎名の個人事務所は市川市行徳の住宅地にあった。事務所と言っても自宅の一部を改修したものであり、これが前幹事長の城だったと思うと、何やら諸行無常の鐘の音が聞こえてきそうになる。

アポイントなしで急襲したが、本人は在宅していた。もっとも山賀のノートに記載されていた在宅時間を狙っただけなので、これは運でも何でもない。

「帝都第一？　ああ、だったら山賀とかいう人の後任か」

のそりと姿を現した椎名は、まるで道端の糞を見るような視線を投げて寄越した。

ごましお頭、猜疑心に凝り固まった目、不機嫌に曲がった唇。高級な背広に身を包んでいるものの、いかんせん着古しているのか膝の辺りがすり減っている。

国会議員という衣を剥ぎ取られたせいだろうか、テレビで見掛けた椎名武郎であることに間違いはないが、こうして本人を目の当たりにすると別人ではないかと思えてくる。

「前任者が死んだのは聞いたが、それでもひと月と空けずにやってくるのは、さすが銀行屋だな」

前言撤回。傲慢さと皮肉屋なのは幹事長時代からいささかも変わっていない。

「前任者急死では、碌に引き継ぎもしていないのだろう」

「いえ。山賀は几帳面な男で、椎名さまとの面談記録を余すところなく残していました。交渉の継続は可能です」

「これから支援者への挨拶回りがある。忙しいんだ」

「お忙しいのも結構ですが、一日外出していらっしゃる間にも金利は増え続けますよ」

「……立ち話も何だ。ま、座ってくれ」

勧められたソファは本革で、さすがに座り心地がいい。ただし仔細に観察すると、背もたれの目立たない部分が、これも摩耗して剝げている。何気なく事務所の中を見回してみると壁には賞状やら感謝状やらが所狭しと掲げられているが、絵画の類いとなるとリトグラフ一枚とて見当たらない。

「元利金の支払いが、もう五カ月も滞っていらっしゃいます」

「そんなことは重々承知している。こっちだって気にはしておるんだ」

弁解口調ではあるものの、胸を反らせて傲然と言い放つのだから恐れ入る。これが延滞の言い訳をする態度だろうか。

「しかしね、銀行屋のことだからもう調べとると思うが、今のわしには十億どころか日々の食費を議員年金で賄うのが精一杯だ。この家も借家だし、他の議員のように隠し財産がある訳でもない。ま、そんな財産があるんだったら総裁選で銀行屋を頼ることもなかったんだが」

「失礼ですが、今のお仕事は何を」

「何もしとりゃせんよ。わしのプロフィールを見たなら分かるだろう。初当選するまでは公務員だったから、潰しも利かん。七十歳過ぎの老いぼれなんぞ雇うところがあるものか」

仮にも一度は政権政党の幹事長を務めた男の言葉とは思えなかった。そういう世の中をよくするための政治ではないのか。

たちまち当時の民生党政治に対する不満と皮肉が五つほども浮かんだが、もちろん口に出すことはない。代わりにこんな男が幹事長を務める政党に、一時でも国の舵取りを任せた自分たち有権者が恥ずかしくなった。

「官僚は辞めても天下りで食っていけるが、議員は落選してしまったらタダの人だからな」

違う。今のあなたはその上に十億円もの借金を抱えている。タダの人以下だ。

「大体だな、わしの仕事は誰かに雇われることではなく、雇用を創出することだ。そのためにはこの椎名武郎、老骨に鞭打ってでも闘う準備がある」

「そう言えば、支援者への挨拶回りと仰っていましたね」

「そうさ。もう次の選挙は始まっておる。有権者には分からんだろうが、公示日の時点で既に大方の決着はついておる。投票および開票というのは、その確認作業みたいなものだ」

前回の選挙の投票数で椎名本人と民生党の不人気ぶりは証明された。それでもこの男は出馬する意欲満々と見える。

もう、国会議員に返り咲く以外に余生を送る道は考えていないようだ。議員を辞めればタダの人と明言するからには、よほどタダの人が嫌なのだろう。

復活して、議員としての収入で借金を返済する。そういう趣旨なら好感を持てるのだが、どうやらそんな殊勝な考えも持ち合わせていない。それはこのわずかなやり取りで理解できる。

「次の選挙まで、弊行は待てません。正確に申し上げればあと一カ月がリミットです」

「待てんのならどうする。いっそこの首でも持ち帰るか」

椎名はおどけるように己の首を差し出す。

「言っておくが、今この首には何の価値もない。どうせ持ち帰るのなら、わしが政界に返り咲いてからの方が上司に褒められるぞ」

「上司に褒められるために伺ったのではありません」

「ほう、そうか。君くらいの世代は他人から褒められなければ歯も磨かんという話だが。若い議員にもそういうヤツらが沢山いた。あいつらは上から命令せんと、何もできんかったしなあ」

「椎名さま。昔話も興味深いのですが、そろそろ現在の話をしませんか」

「現在の話に興味などない。語るべきは未来だ。そうは思わんか」

こんなに堂々と逃げる債務者は珍しい。心臓に毛でも生えているのか、それとも長年政界にいるうちに誰もが厚顔無恥になってしまうのか。

そして椎名の厚顔無恥は次の台詞で極まった。

「いっそのこと、帝都第一が債権を放棄するというのはどうだ」

一瞬、何かの聞き間違いかと思った。

「帝都第一に担保として差し出しているのは、あの二束三文の絵だけだ。売ったところで百万がいいとこだろう。だったら債権を放棄してしまった方が、お互い後腐れなくていい」

「お言葉ですが、弊行も十億単位の債権を平気で損金処理できるほど景気がよくありません」

「しかし個人が利払いに汲々としているのに比べれば余裕綽々だろう。こういう時は立場の強い方が折れるものだ。それで秩序が保たれる」

ご高説を伺っている最中に思い出した。椎名は幹事長時代、債務超過に陥った政府系金融機関の問題解決に際し、債権放棄を提案した張本人だった。結局その案は国民の反感があまりに大きいという理由で流れたが、後になって椎名とその金融機関の癒着が噂された。マスコミの後追いが途絶えたために追及も中途半端に終わったが、以来椎名には借金踏み倒しのイメージが色濃く残った。

議員を辞めさせられても、その体質には微塵も変化がないということか。

「お言葉ですが、徳政令を連発した政府は大抵長続きしません。これを椎名さまに告げるのは心苦しいのですが、借りたものは返すというのが、日本人の美徳であり、経済を支えていた原理だったのではないでしょうか」

「ふん、さすがに銀行屋の理屈は筋が通ったように聞こえるものだな。しかし、あの二束三文の絵に十億円もの値がついた事情を君は知っているのか。知っているのなら、今更そんな綺麗事は口にできんはずだが」

「生憎末端の行員です」

「だろうな」

「しかし、末端であっても推察することはできます」

ほう、と椎名は興味を覚えたように片方の眉を上げてみせる。

「あの〈葛藤〉という絵は約束手形のようなものではなかったんですか。手形自体に価値はなくとも、その約束された内容に価値があるように」

「続けて」

「椎名さまはあの絵を都内のギャラリーから買い受けていらっしゃいますね。その時の購入金額は確か二百二十万円」

「詳しく憶えておらんが、まあそのくらいはしたかな」

「失礼ですが、椎名さまは美術品コレクターでいらっしゃいますか」

「いいや。しかし特に愛好家でなくても、家の飾りに絵の一枚くらいは買うだろう」

「１６２０㎜×１３００㎜なんていう代物を、ご自宅のどちらに飾られるおつもりだったんでしょうか」

「君には関わりのないことだ」

「元々、どこにも飾る気はなかった。あの絵が約束手形というのはそういう意味もあります。手形は持っていればそれで事足ります。わざわざ額に入れて飾る必要はありません」

次第に椎名の顔つきが険しくなってきた。少し喋り過ぎたかと後悔し始めた時、事務所のドアを開けて男が闖入してきた。

「遅くなって申し訳ありませんでした」

客がいるというのに、椎名に向かって九十度のお辞儀をしている。それだけでこの男が椎名の飼い犬であるのが知れる。

「玉ちゃん、ちょうどいいところにきた。この人は帝都第一の回収係だ。代わりに相手をしておいてくれ。わしは支援者の家を回ってくる」

「畏まりました」

客であり債権者代表である結城に気遣いは不要と判断したらしい。椎名は男に後を託すと、そのまま事務所を出ていってしまった。

「申し遅れましたが、私こういう者です」

条件反射のように名刺交換しようとするのは勤め人の習性だ。差し出された名刺には〈椎名武郎第一秘書　玉置幸三〉とある。

見た目は四十代前半、髪をびっしりと後ろに撫でつけ、シャツやジャケットには皺一つない。いくぶん腹が出ているのはご愛嬌か。

「秘書の玉置です。帝都第一さんのことは常々椎名から話を伺っております」

「弊行からの融資の件もですか」

「秘書は議員の影ですから。椎名の存在する場所には必ず私が同席いたします」

「椎名さんの代理ということですね」

「はい。代理ですので椎名が口にしないことは、やはり喋れません」

最初にそういう布石を打っておくのは、交渉事に慣れた人間の常道だ。結城はわずかに居住まいを正す。

「第一秘書ということは、他にも何人かいらっしゃるんですか」

いやあ、と破顔して玉置は頭を掻く。

「幹事長時代には公設秘書三人の他、私設秘書が五人いましたが、今では私一人ですよ」

議員でなくなった瞬間、国からは秘書に給料が支払われなくなる。自ずと私設秘書を自腹で雇う羽目になるので、これも椎名の負担になっているはずだ。

「先生も玉置さんも大変でしょう」

「剣が峰には間違いないですよ。しかし椎名は過去にいくつもの剣が峰をしのいできましたからね。今回も信じてついていくだけです。険しい山を制覇する度にクライマーは腕を上げていく。あれと一緒です」

今回は谷底に滑落したではないか――揶揄の言葉が浮かんだが、それを玉置に言うのは酷というものだろう。

「先ほどはお預かりしている東山桃李の〈葛藤〉についてお話を伺っていました」

「ああ、あの絵」

「わたしには、とても融資額に見合う価値があるようには見えません」

「どうでしょう。それこそ美術品の価値というのは我々には窺い知れないところがありますから」

「美術年鑑には作家ごとの相場が記載されていますよ」

「不動産だって似たようなものでしょう。歴然と公示価格とかはあるのに、実際の売買事例が公示価格を反映しない例はいくらでもあります。第一、あの絵の価値を十億円相当と査定したのは帝都第一さんじゃありませんか」

「弊行にも貸付責任があると？」

「私の口からは何とも」

「都合の悪い話は往々にして記録から洩れるものです。十億円を不良債権にしてしまうのは当方にとって痛手なのですが、椎名さんからはいっそ債権放棄してみればと提案されました」

「それは失礼しました。椎名はそういった経理関係に疎いところがあり、時折失言めいたことを口にしてしまいます」

「とても失言には聞こえませんでした」

「では、一度真剣にご検討いただけませんか」

あの男にしてこの秘書ありか。

「検討するも何も、当時のことを何も知らされていない末端の担当者ではどうすることもできません」

「都合の悪い話は記録から洩れるんでしたね。帝都第一さんの側で記録から洩れるような話なら、それは封印しておくべきではありませんかね」

「玉置さんは事情をご存じなんですか」

「先ほど申しました。秘書は議員の影です。議員と同じものを見聞きしていたとしても、影が勝手に話すというのは不条理でしょう」

なかなかに口が堅い。債務者側の人間だが、結城はこの男に好感を持った。

「なるほど。それなら動く、というのはいかがですか」

「仰る意味がよく分からないのですが」

「影は喋らないまでも、本体の動きに合わせて上下左右に動きますよね。わたしが今から推論を勝手に話します。玉置さんは、ここに椎名さんが座っているという仮定で反応してみてくれませんか」

「……面白いことをお考えになる人ですね。しかし、それは本体に許可なくできる行為ではないでしょう」

「パントマイムの意図をどう判断するかは、見る者の勝手でしょう。それに最前の椎名さんを見ていると、弊行を共犯者とでも考えておられるのか、秘匿事項についてはさほど心配しておられないようでした。違いますか」

玉置は少しの間考えている様子だったが、やがて薄く笑ってソファに身を沈めた。とにかく話してみろという合図だ。

「あの〈葛藤〉は念書の代わりなんですね」

玉置は笑みを崩さない。

「多分、こんな経緯だったと思うんです。民生党総裁選の際、当時幹事長だった椎名さんには工作資金として十億が必要だった。しかし野党時代が長かった民生党議員には蓄財のテクニックがなく、十億を工面するにはどこかから引っ張ってくるしかない。ただ総裁選ともなれば現金が飛び交うのは自明の理で、東京地検の特捜部辺りは終始目を光らせているので迂闊な真似はできない。そこで登場するのが現代アートです」

結城はいったん言葉を切り、玉置の反応を窺う。表情に変化は見られないので、ここまでは大きく間違っていないのだろう。

「現代アートというのは投機の対象になるくらいで、無名に近い新人作家の作品は値段があってないようなものです。そこでどこかにいる利口な人がこんな計画を立てた。まず椎名さんがギャラリーで〈葛藤〉を買い付けます。〈葛藤〉を選んだ理由は作者の東山桃李がまだ評価の定まった作家ではなかったことと、絵の大きさにあります。Ｆサイズの１００号となれば億単位の金額がついていても意外な感じはしませんからね。さて、購入された〈葛藤〉ですが、実は次の買い手はもう決まっている。おそらく椎名さんに繋がりのある政府系金融機関ではなかったのですか。件の金融機関が債務超過に陥った際、結果的に報われなかったが、仮に椎名さんが総裁つまり総理になっていたら間違いなく流れは変わっていたはずです。第一ラウンドで辛酸を嘗めた件の金融機関は、椎名さんが総理総裁になってくれるのなら十億なんてはした金だったでしょう。そこで椎名さんと金融機関はこんな取り決めをします。〈葛藤〉を売りに出せ。それを自分たちが十億円で買うからと。二百二十万円で購入したものを十億円で売却。差額はそのまま椎名さんの懐に入ります。値段があってないような絵だから、十億円で取引したと帳簿上で処理しても誰も疑わない」

思いついたように、玉置が口を差し挟んできた。

「失礼します。大変に興味深いお話ですが、それなら件の政府系金融機関が椎名に直接十億円を渡せば済む話ですよね。そこにどうして帝都第一さんが絡んでくるんです？」

「これは身内の恥を晒すようで気が進まないのですが、帝都第一は火中の栗を拾わされたのですよ。同じ銀行マンとしてこの心理はよく分かりますが、いくら政府系金融機関でも百パーセント確実でない博打にカネを賭けようとは思わない。万が一椎名さんが総裁選に敗れたら十億円をドブに捨てるようなものですからね。そこで間に帝都第一を嚙ませて迂回融資のかたちを採ろうとしたんです。つまりまず椎名さんが〈葛藤〉を担保に帝都第一から十億円を引っ張り、無事に総裁になった暁には政府系金融機関は〈葛藤〉を十億円プラス利息分で買い上げ、椎名さんがその代金で帝都第一への借入金を完済するというかたちです。〈葛藤〉は政府系金融機関と椎名さん、それに帝都第一の間で取り決められた約束の手形だった」

「ますます興味深いですが、それだと帝都第一さんだけがリスクを負うことになりませんか」

「身内の恥というのはここからです。帝都第一は件の金融機関の天下り先になっているようなのです。役員の何人かはそこの出身ですからね。元々逆らえる関係ではないし、椎名さんが総理総裁になれば資金援助した帝都第一にもいずれ何かの果実が落ちてくる。そんな風だったんじゃないでしょうか。もっとも帝都第一が何か別の弱味を握られていた可能性もありますけど」

玉置は再び黙り込む。先を続けろということだ。

「ところがいざ蓋を開けてみれば椎名さんは総裁選に敗北。しかも直後に起きた向かい風で民生党そのものが政権政党の座から転落してしまった。そこで政府系金融機関は逃げの一手を打ちます。正式な契約書が存在する訳じゃない。あるのは絵画のかたちをした約束手形だけ。たかが十億円なら、今回は帝都第一に泥を被ってもらおうと負債を押しつけたのです。そして一方の帝都第一にしても判断を誤った責任の一端があるので、渋々この理不尽な仕打ちを受け入れなければならなかった……こちらの推論は以上です」

再び玉置の反応を待つ。今披露した推理は全て山賀が立てたものだった。確たる証拠はないものの、当時椎名と政府系金融機関、そして帝都第一が置かれていた背景を考慮すれば、〈葛藤〉に十億円の査定がなされた理由にも合点がいく。

玉置は相変わらず微笑んでいたが、徐に口を開いた。

「大変面白いお話でした。後で椎名にも伝えておきます。しかし仮にその仮説が正しかったとしても、現状は何も変わりませんよ。椎名には十億円の返済能力なんてありませんし、その融資に別の金融機関が絡んでいたとしても責任を問うことができない。責任追及を始めたら、帝都第一さんの中にも迷惑をこうむる方が出てくるでしょうしねえ」

気の毒そうに話しているが、その目はひどく冷淡な色をしていた。

「これはお怒りにならずに聞いていただきたいのですが、先ほど椎名が提案したという債権放棄。つらつら考えてみると、さほど的外れな提案でもないように思えてきました」

やんわりと、しかし相対するものに覆い被さるような響きがあった。

「我々庶民にとって十億円はとんでもない大金ですが、大手銀行さんにとってはどのくらいの価値なのでしょうね。身内の恥を晒したり、関係の深い同業さんを不快にさせたりしてまで回収しなければいけないような金額なのでしょうか。もし私が結城さんの立場なら、それら諸々の便宜を十億円で買い取ったという捉え方をします。そうすれば関係者全員が幸せになります」

「幸せ、ですか」

「はい。現段階においても、その十億円が焦げつくことで誰か不幸になるのですか？　誰にも迷惑なんてかからないじゃないですか。だったら放っておくのが一番いい。徒に藪を突いたら、それこそ出てくるのはヘビだけじゃ済まなくなるかもしれません」

結城は相手に気づかれないように唇を嚙んだ。

2

支店に戻ってからも結城の心は晴れなかった。いや、時間が経てば経つほどやり場のない怒りが身に巣くう。

椎名本人も食えない男だが、秘書の玉置はそれ以上だった。おそらく椎名のしてきた悪事や不祥事の後始末をずっと続けてきたに違いない。そうとでも考えなければ、あの厚顔さと居直り方が理解できない。

殊にこたえたのが最後の台詞だった。

『十億円が焦げつくことで誰か不幸になるのですか』

椎名の案件に限らず、これは回収業務を担当する全ての行員に突きつけられた疑問符でもある。

その債権を回収しないことで、いったい誰が困るのか——。

玉置がいみじくも指摘した通り、十億円という金額は帝都第一にとって致命傷になるような金額ではない。予算計上している貸倒費用とのバランスを考慮しても許容範囲として認定される金額だ。

下手に藪を突いたらヘビ以外のものが飛び出してくるという警告も、あながち的外れではない。椎名の件は不良債権である以前に不正貸付だ。表面上は帝都第一が被害者になっているが、山賀の推理が正しければそもそも穴を掘ったのは帝都第一だ。当時の審査部か融資担当者が穴と知りつつ〈葛藤〉を引き受けた。滑稽なのは自分で掘った穴に落ちたことで、椎名と政府系金融機関はそれを横目で眺めていたことだ。

何とお粗末な話だろう。この案件を任された山賀の渋面が目に浮かぶようだ。

目に浮かんだついでに考える。山賀はこの案件をどう解決するつもりだったのか。そもそも解決するつもりだったのか。

生前、山賀は言っていた。

『貸したカネをきっちり回収し、そのカネをまた必要な顧客に利用してもらう。それが金融の本来あるべき姿だ』

そして、こうも言った。

『バブル崩壊の責任の一端はその時々の回収担当者にもある。そいつらが自分に課せられた仕事をこなし、先送りになんかしなかったら、あんな崩壊の仕方はしなかった。金融に身を置く者の無責任さと他力本願が日本経済を壊滅させたんだ』

甘い汁だけを吸いたがり、苦い薬には手を伸ばそうともしない行員たちがまだ残っている。自分たちの甘々の見立てにわずかでも罪悪感を抱いていれば、こんな不良債権は早々に損金処理がされていたはずだ。それが為されなかったのは、融資に関係した者全員が苦い薬を忌避したからだ。

考えるだに腸が煮えくり返る。本店の最上階でふんぞり返っている役員、およびその威を借りるキツネたちが垂れ流した糞尿を結城たちが後始末していることになるのだ。そのくせ一方では、東西銀行との合併を控えた今、不良債権の圧縮と貸倒率の極小化が喫緊の課題だと命じる。銀行がトップダウンの組織であるのは百も承知だが、これはあまりに勝手過ぎはしないか。

まずい。

昏い感情で頭の中に靄ができている。

感情は理性の障害だ。そして理性が損なわれればまともな判断ができなくなる。

考えろ。

自分が帝都第一の行員として、また回収担当者としてするべき行動は何なのか。

考えろ。

行動するためには何をクリアしなければならないのか。

自分のデスクに座り、必死に感情を抑えていると、ぼんやりかたちになるものが出てきた。

ああ、そうだった。

どうしてもっと早く気づかなかったのだろうか。銀行マンとしてではなく、真っ当な社会人として考えれば、自ずと見えてくる解答だったのだ。

よし、指針は決まった。次は方策だ——と意気込んだ時、卓上電話が受付からの内線を告げた。

『新宿警察署の諏訪さまが店頭に来られています』

その名を聞いた刹那、嫌な予感がした。諏訪が面会を求める時は大抵ろくでもないことの前兆だ。

無視する訳にもいかず、腹立ち紛れに鼻を鳴らして店頭へと向かう。

「やあ、しばらく」

諏訪は珍しく一人だった。

「今日は時沢さんと一緒じゃないんですか」

「捜査の進捗に関わる話じゃない。別室で話せますか」

密談に適した部屋ならいくらでもある。結城は諏訪とともに一階のお客様相談室へと移動する。

「今日はいったいどんなご用向きですか」

「ちょっとした警告にきました。いや、警告というよりは注意喚起だな」

嫌な予感が増幅する。警告にしろ注意喚起にしろ、諏訪の方から訪ねてくるのは、結城の動向を逐一監視している証左に思えた。

「椎名武郎の事務所に行ったそうだな。あれも山賀案件の一つだったのか」

やはりその件だったか。結城はやむなく首肯する。

「それがどうかしましたか」

「従前と変わらず捜査協力はしてほしい。しかし必要以上に藪を突かない方がいい」

「諏訪さんもですか」

「も、というのは」

「同じ忠告をしてくれた人がいましてね。そんなにおっかない藪なんですか」

「わたしたちは直接関係ない。ついでに言うと新宿署も今回は蚊帳の外らしい。警視庁、それも捜査二課の管轄だ」

警察の役割分担など知らない結城も、捜査二課の仕事くらいは小耳に挟んでいる。知能犯罪に企業犯罪、政治資金に贈収賄、果ては官製談合まで経済絡みの事件を担当する部署と答えれば及第点だろうか。

「あなたが椎名と接触した途端、結城真悟の素性を知らせろと問い合わせがきた」

「待ってください。ひょっとして民生党総裁選について捜査しているんですか。あれはもう一年も前のことで、おまけに民生党は下野しているじゃないですか。何だって今更」

「わたしだって深い事情は聞いちゃいない。今更だからという考え方もある。民生党は今、死に体みたいなものだからな。ここで旧悪を暴露したら更に打撃を受ける」

「でも椎名武郎は落選して、今やタダの人ですよ。彼を逮捕したところで大した打撃にはならないんじゃないですか」

「弱ったところで更に叩く。喧嘩に勝つための常套手段じゃないか。それに総裁選のイメージを悪くすれば、椎名個人ではなく民生党全体のイメージダウンを期待できる」

「それで深入りするなって言うんですか」

「変に突くよりは、相手に油断してもらった方が襲いやすいからな」

「債務は椎名個人の名義です。民生党に関わるつもりなんてないですよ」

「あなたになくても、椎名が党に泣きついたら嫌でも関わることになる。取りあえずあなたがウチに協力してくれているのは報告したが、先方さんは不安がっているみたいだな」

「拝聴していると、二課の人たちは政府の思惑で動いているような印象を受けます」

「印象じゃない。その通りだ」

諏訪は悪びれる様子もなく言い切った。

「時の権力に阿ろうが右顧左眄しようが、違法行為を告発するという一点では双方利害の一致を見ているんだ。向こうの思惑に従って悪い話じゃない。その代わり別の局面で政府側に後ろ暗いところがあれば、これも突く。バランスが取れていい」

たまにはこのキツネ目を翻弄してやりたいと思った。

「本当に、そんな公平な捜査が行われるんですかね。結局は権力の強い方になびくでしょう」

「何ごとも案配だ。阿っているばかりじゃこういう仕事を選んだ甲斐がない。逆らってばかりじゃ、いざという時に連携が取れない。役所なんてのは大なり小なりそんな風だ。民間、しかもあんたたち銀行の世界がどうかは知らないが」

不意を突かれた。

いつもは聞き流せる諏訪の言葉が、この時ばかりは胸に刺さった。

国家権力同士の癒着をいいように揶揄しているが、実際は結城たちも似たような構図の社会で蠢いている。組織の論理の前ではいち個人の主義主張など消し飛んでしまうのも同様だ。

「別に老婆心を発揮する訳じゃないが、二課が動けば椎名もしばらく身動きが取れなくなる。そういう債務者からカネを回収するのは至難の業だ。今回ばかりは指を咥えて見ていた方がいいかもしれん」

政治とカネ。

古くから存在する汚泥に、一介の回収担当者が首を突っ込むこと自体が禁忌だということか。

「捜査二課はどこまで把握しているんですか」

「さあな。ただ話の端々に政策金融公庫とかの名前が出ているようだ。確か帝都第一が役員の受け皿になっているんだろ」

山賀の情報収集能力がいかに優秀であっても、所詮警察のそれに比肩できるものではない。山賀が見抜いた仕組みなら、二課も当然気づいているはずだ。

捜査二課が本格的に腰を上げれば、担保として預かっている〈葛藤〉も押収される可能性が高い。何といっても所有権が移転したのではないから、椎名の政界工作の道具として押収されても帝都第一側に抗弁権は存在しない。その上債務者の椎名が拘束されたら、いよいよ帝都第一は為す術がなくなる。

この辺が潮時か。

だが諦めかけたその時、最前に見つけた解答を思い出した。

危ない。また見失うところだった。

「諏訪さん、ご忠告を有難うございます」

「礼を言われる筋合いじゃない。捜査に協力してもらっている人間が邪魔になられたら困る」

「じゃあ、今回は困らせる結果になるかもしれませんね」

るんです」

「何だと」

「諏訪さんに警察官としての矜持があるように、こちらにも回収マンとしての矜持があるんです」

3

銀座という場所は存外に雑多な街で、高級レストランやクラブが林立する一方、サラリーマン向けの手頃な飲食店や各自治体のアンテナショップなども軒を並べている。結城が訪れた画廊〈ギャラリー苑〉も銀座七丁目、輸入時計店の隣にあった。

午後一時三十分、平日ということもあるだろうが客の姿は見当たらない。壁には同じ作者のものらしい人物画がずらりと並んでいる。最近の流行なのかピカソのように三次元的だが、結城の趣味には合わない。

しばらく眺めているとスタッフと思える女性が近づいてきた。結城よりひと回りは上だろうか、やや厚化粧でも不思議に下品な印象は受けない。

「この作者はどうですか。ウチのギャラリーイチ押しの画家さんなんですよ」

放っておけばこの女性のペースに乗せられそうだったので、結城は慌てて名刺を差し出した。

「帝都第一銀行の結城と申します。実はこちらのオーナーにお会いしたくて参上しました」

「オーナーはわたしです」

女性も名刺を出してきた。ギャラリー名と〈蒲池玲子〉の名前、そしてメールアドレスだけが印刷されたシンプルそのものの名刺だ。

「帝都第一銀行さんとは光栄ですね。わたしのような画廊経営者には、銀行さんというのは是非お近づきになりたい方々の一人ですから」

「ご利用の折はよろしく……ところで今日お伺いしたのは、以前こちらのギャラリーで扱われた作品についてなんです。東山桃李の〈葛藤〉という作品です」

東山の名前を聞くと、玲子は評判の悪い息子の話をする母親のような顔をした。

「あの絵をお探しでしたら、生憎売れてしまい、今ではどこにあるのかウチでは分かりませんよ」

「〈葛藤〉は今、弊行の保管室に眠っていますよ」

椎名が帝都第一に借金があるとは守秘義務上、話すことができない。

「ただし所有者はこちらでお買い求めになった方のままですけどね」

「ああ、そういうことでしたか」

ひと言で事情を察したようなので、手間が省けた。

「政治家というのは色々とおカネが入り用ですからねえ」

「はい。何しろ一時は総理総裁の座を狙っていたほどの方ですからね。百万や千万の単位ではありませんでした」

「あの絵を担保に、いったいいくら貸し付けされたんですか」

「十億円」

途端に玲子は泡を食ったような顔をする。

「十億だなんて、そんな。最初、あの絵に付けられた査定額を知ってるんですか」

「ええ、存じています。現代アートの世界は奥深いものですね」

「現代アートも何も。あの絵を十億に査定するなんて、いったい銀行員さんというのはどんな価値観をお持ちなんですか」

ほとほと呆れたという口調に、結城は居たたまれなくなる。自分で身内の悪口を言うのには抵抗がなくても、第三者から指摘されるとやはり痛い。

「それを言われると行員バッジを隠したくなりますね。ところで作者の東山さんとは、まだお付き合いがあるんですか」

「付き合いも何も、東山桃李はわたしが発掘したアーティストですよ」

「つまりパトロンという意味ですか」

「彼を養っている訳ではありませんけど、作品の取り扱いはウチがやっていますから、この世界での親代わりみたいなものでしょうね」

「親代わり。それなら東山さんがもっと有名になることを願っている訳ですね」

「画廊のオーナー共通の夢と言っていいでしょうね。発掘した新人画家の評価が上がり、やがて画壇を代表するような大物に育っていく。これほど画廊冥利に尽きることはありません」

「東山さんの絵をお預かりしている立場なのでお伺いします。親代わりでもある蒲池さんの目から見て〈葛藤〉の適正価格とはおいくらなんでしょうか」

玲子は少し考え込む素振りを見せる。

「それをわたしの口から聞いてどうするおつもりですか。まさかあの絵を、わたしに十億円で買い戻せと仰るんじゃないでしょうね。いくら親代わりだといっても、それはあんまりひど過ぎますよ」

「買い戻せなんて言いませんよ。あくまでもプロの目から見た適正価格を知りたいだけです」

「商品的な価値というなら美術年鑑に拠った方が正確でしょう。彼の場合は1号あたり一万円。〈葛藤〉は100号だから百万円が適正といえば適正ですね」

「何だかぼんやりとした言い方をされますね」

「市場価格というのはただの目安に過ぎませんから。それこそファジーな話になりますけど、ある人が十万の価値があると思えば十万だし、別のある方が百万円の価値を見出せば百万円の価値がある。絵画に限らず美術品というものは、多かれ少なかれそういう性質を持っています」

「しかし十億は出せないでしょう」

「ですから、その値付けをした方の顔を見たいものです」

連れてこられるものなら、今すぐ連れてきたいと思う。

「画壇における東山さんのポジションというのは、どの辺りですか」

「ポジションというのが順列という意味なら、美術年鑑に記された通りですよ。1号あたり一万円の画家。ただし、いつまでもその位置に甘んじているような画家ではありません。わたし自身は画壇の次代を担う才能の持主だと思っています」

玲子はそう言って、心持ち胸を反らしたように見えた。そのくらいの気概がなければ、若い才能を売り出すことなどできないのだろう。

「実はわたしも最新の美術年鑑を見ました。東山さんの作品は1号あたり一万円のままでした」

「確実に腕は上がっているんですが、やっぱり売れないと評価も上がりません」

「所謂、需給関係というものですか」

「悔しいけれど、そういうことです。人気があれば1号あたりの価格は上がっていくし、それとともに評価も高まります。画壇の評価は別という評論家もいますけど、実際に売れなければ評価のしようもありませんしね」

やや愚痴めいた口調になるのは、玲子も需給関係に振り回されているせいか。

「何が人気を決定づけるんでしょうね。わたしのような美術の門外漢には、さっぱり分からないんですけど」

「それが分かるのなら、わたしたち画廊経営者だって苦労しませんよ」

「過去のモデルケースみたいなものはありませんか」

「俗っぽい話ならありますよ。たとえばタレントさんが余技で描いた絵が二科展で入選するとか、何か美術以外のことで有名になるとか……」

「失礼ですが、本当に俗っぽいですね」

「まずは認知度なんですよ。悲しいかな」

玲子の物言いはどこか冷ややかだった。おそらく理想と現実のギャップには苦笑するしかないのだろう。

「絵をお買い求めいただくのは美術ファンの方が多いのですが、それでは全体のパイが小さ過ぎるんです。美術ファン以外の方にも興味を持ってもらってブレイクする、というのは決して珍しいことではないし、早い話、目立つことは悪いことじゃありません。目立ったのに作品が稚拙というのではどうしようもありませんけど、作品の質がよければ認知度はちょうどいい推進力になります」

「お聞きする限り、美術に限った話ではないようですね」

「マスコミだけではなく、ネットの世界がこれだけ膨れ上がると、その傾向はますます顕著になります。有名なタレントさんがひと言呟いただけで、昨日まで街のパン屋さんだったところが都内随一の人気ベーカリーになったりするご時世ですからね」

「今、東山さんはどこを拠点に創作活動をされているんですか」

「長野県飯田市。限界集落ぎりぎりみたいなところで、自宅をアトリエ代わりにしています」

「ご家族もご一緒にお住まいですか」

「いいえ。ご両親が亡くなって独身ですから、天涯孤独の身の上ですよ。その孤独感が東山さんのライトモチーフになっている側面もあります」

田舎に一人暮らし。今度の計画には都合のいい条件だった。

「本日お伺いした目的はもう一つあります。これは弊行でお預かりしている〈葛藤〉の担保価値を上げることと、東山さんの画壇における地位を向上させることの二つを成就させようとする試みです」

玲子は少し感心するように鼻を鳴らす。

「こっちのメリットだけじゃなく、銀行側のメリットも打ち明けたところに好感が持てますね。でも、その二つは同じことじゃないかしら。絵が高く売れれば画壇での地位が上がるし、画壇での地位が上がれば絵も高く売れる」

「ええ、その通りです。だから画壇サイドと購入者サイドが協力しないと、成功しない試みでもあります」

「あのくだらないウィンウィンの関係とかいうものかしら」

「お嫌いですか」

「ビジネスの世界の流行り言葉って大抵は胡散臭いものでしょ」

「では、こういう言い方はいかがですか。損害をこうむるとしても、帝都第一とこちらのギャラリーではないと」

「……つくづく正直な銀行員さんね」

「お嫌いですか」

「アンマッチというのは黄金比と同じくらい魅力的だと思っています。その試みというのを伺いましょう」

「最初にお断りしておきますが、必ずしも正攻法ではありませんよ」

「正攻法というのは美大の授業並みにつまらないものだと思っています」

これは共犯者として申し分のない人選だったな——結城は内心でほくそ笑みながら、計画を説明し始めた。

玲子の画廊を出た結城が次に向かったのは、市川市行徳の椎名武郎事務所だった。今回はアポイントを取って面談時間を決めてある。

午後四時、事務所を訪れると秘書の玉置が出迎えてくれた。椎名本人が出掛けていて玉置が代わって対応するのは、既に了解済みだ。

「本当に椎名本人でなくてよろしいんですか。例の十億円の返済に関しての相談なのでしょう」

結城にソファを勧めながら、玉置は気遣わしげに訊ねてきた。落選議員の秘書に落ちぶれたとはいえ、相応の社交辞令を忘れないのはさすがだった。

「却って玉置さんがお相手してくれた方が助かります。そのためにアポイントを入れたようなものですからね」

「どういう意味でしょうか」

「椎名さんはおカネについてはいささか疎くていらっしゃる。そう仰ったのは玉置さんじゃないですか」

軽いジャブのつもりだったが、玉置には少々意外だったらしい。おやという風に片方の眉を上げてみせる。

「帝都第一さんがそれでいいと仰るなら結構ですが……十億円の債権放棄をご検討いただけましたかね」

「検討はしましたが、やはり無理筋でした。お二人がどうお考えかは存じませんが、帝都第一にとっても十億円というおカネは決してはした金ではありません」

「そんなことはないでしょう。何といっても天下の帝都第一なのですから」

「帝都第一であるのなら十億円なんて、損害のうちには入らないと？　それは幹事長を経験された椎名さんの金銭感覚と受け取ってよろしいのですか」

慇懃だが失言や揶揄の類いは許さない。最初の面談では玉置のいいようにあしらわれたが、二度目も同じ轍を踏むつもりはない。こちらの提案を呑ませようとするのだから、油断も弱気も見せてはいけない。

「いえ、決してそんなことは」

「お忘れかもしれませんが、満足なお取引をいただけなくなってから五ヵ月が経過しておりまず。契約の約款上は契約解除ですから弊行は債権者、椎名さんは債務者という位置づけです。ついでに申し上げておけばあとひと月で全額をご返済いただくか通常のお取引に戻していただかなければ、KSCへ六ヵ月延滞の事故情報を流さざるを得ません」

本当に知らないのだろう。玉置は怪訝そうな顔を近づけてきた。

「恐縮ですがKSCというのは何なのですか」

「失礼しました。全国銀行個人信用情報センターの略でして、その名の通り銀行をご利用いただいたお客さまの取引内容など個人信用情報を登録している機関です。取引内容の中には当然延滞や法的処置などが含まれ、センターに加盟している業者であればいつでも照会可能です。目的は言わずと知れた与信判断の情報を照会するためです」

「……つまり帝都第一さんで焦げついた顧客は、他の銀行さんで融資をお願いしても門前払いを食う、ということですか」

「間違ってはいませんが正確でもありませんね。正確には銀行はもちろん、真っ当な金融機関では全て謝絶されるでしょう。このKSCというのは別の個人信用情報機関と提携していますから、いったんKSCで事故情報が登録されれば、情報機関に加盟しているカード会社にもノンバンクにも流れます。そういうところはまず融資を断ってきます。

相手をしてくれるのはヤクザ紛いの街金くらいのものでしょう」

「まさか、そんな」

「こんなことで玉置さんに嘘を吐いてもしょうがないですよ。表現はキツくなりますが、椎名さんは多重債務者と同じ扱いを受けることになります」

「債務者に多重債務者。今日はえらく居丈高な言い方をされますね。前回のわたしの対応が不愉快だったのならお詫びしますが」

「居丈高ではなく事実です。折角弊行をご利用いただいたのですから、お客さまの利益になることも不利益になることも全て情報を開示しますよ」

　ちらりと嗜虐欲が頭を擡げたが、すんでのところで抑え込む。先方より精神的優位に立つのはあくまで交渉を優位に進めるためであって、債務者いじめをするためではない。椎名がどんな議員であったのかは、債権回収とは何の関係もない。己の仕事にかこつけて鬱憤を晴らすなど、天上の山賀に冷笑されるのがオチだ。

「次の国政選挙で返り咲くおつもりなのでしょうが、資金集めには苦労されるでしょうね。椎名さんの後援会も以前ほどの隆盛はないようですし、資金を提供してくれそうな団体の多くは他の候補者に流れていると聞きました」

　事前に結城が仕入れていた情報に大きな間違いはなかったらしい。玉置は不味いものを舌に載せたような顔をする。

「結城さん。あなたがお怒りになる気持ちも分かりますが、池に落ちた犬に石を投げるような真似はやめてくれませんか。真実であったとしても気分のいいものじゃない」

「では夢のような絵空事を並べ立てて椎名さんのご機嫌を伺えばよろしいのですか？　十億の借金は返済しなくてもいい。前回の選挙で大敗したのは全部運が悪かっただけで、椎名さんの集票能力に問題があった訳ではない。次の選挙では必ず大勝する。民生党が政権を奪還し、今度こそ椎名総理が誕生する」

「いや」

玉置は苦笑しながら制止の手を突き出した。

「絵空事というのはあんまりだが、それでも聞いていると辛い。まるで褒め殺しみたいなもので、一番タチの悪い揶揄です。そんな話を聞かされるくらいなら、まだ辛い現実を思い出させてくれる方がいい」

「しかし現実は更に厳しいかもしれませんよ」

「今以上に厳しい現実なんて有り得ませんよ」

「いいえ。大変心苦しいのですが、現在弊行は椎名さんに対して破産申立の検討をしているところです」

「何ですって」

さっと玉置の顔色が変わる。まさかそこまで帝都第一が踏み込むとは予想もしていなかったのだろう。

椎名の破産申立を帝都第一が検討しているというのは虚偽ではない。渉外部長である樫山と一度はそういう話をしたのだから「検討した」ことに偽りはないはずだ。

「ご承知かもしれませんが、本来破産申立というのは、債権者が債務者の破産財産を確保するために行う法的手続きです。この場合、裁判所は中立書の中に記載された資産と負債のバランスで破産の是非を決める訳ですが、負債が十億となれば、まあ間違いなく破産決定になるでしょうね」

「あなた方はいったい何を考えているんですか」

玉置の声は心なしか擦れて聞こえた。

「破産なんかになったら、もうどうしようもなくなる。ニワトリの首を絞めるようなものだ。もう二度とタマゴが手に入らなくなるんですよ」

「現状でもタマゴなんて産んでないじゃないですか。それならまだ健康なうちにささ身にして食べてしまった方がいい。まともな債権者ならそう考えるでしょうね。もっとも十億円のささ身というのは、とんでもないプレミア感がありますけど」

ちょっとしたジョークのつもりだったが、玉置はもう笑うゆとりもない様子だった。

「しかし破産なんてことになったら……」

「もちろん破産手続き中であっても被選挙権や政治活動が制限されることはありません。その点だけ挙げても、日本は素晴らしい国だと思います。ただしそれはあくまで制度上の話であって、告示時点で破産の過去がある候補者を有権者がどう見るかは別の問題でしょう。長らく椎名さんの秘書をされていた玉置さんはどうお考えですか」

「……以前、同じ民生党の議員で破産していることを党本部に告げないまま当選した議員がいた。何やかんやで結局は離党したが、選挙区の有権者や党の支持者からは相当反感を買った。その反省もあって、民生党は破産の前歴がある者については公認を出さない方針でいる」

「そうらしいですね。ですから椎名さんが破産ということになれば、公認なしで選挙を戦わなければならないのです」

無理だ、と玉置は呻いた。

「今でさえ剣が峰だというのに、公認まで取り消されてしまってはどうしようもなくなる。ねえ、結城さん。それは少し待っていただく訳に参りませんか」

遂に玉置が下手に出た。今までの畳み掛けで退路を一つずつ潰していった結果だった。

「玉置さん。前回あなたは十億の債権が焦げついても誰も迷惑をこうむらないと仰った。確かに表面上はその通りです。十億を取りはぐれても、わたしが即座にクビになることはないし、わたしの上司が処分されることもない。債権放棄された十億円は損金として計上され、経費の一部となって決算書に記載されるだけです。しかし、その考えはやっぱり間違いです」

結城は玉置を正面から見据える。

「十億円の債権放棄が経費に組み込まれたら、当然帝都第一の財務内容は悪化します。財務内容が悪化すれば、それだけ融資に回せる資金が欠乏します。つまり本来なら融資可能だったお客さまにご利用いただけなくなるのです。そればかりではありません。財務内容の悪化は帝都第一の格付けを下げる要因にもなりかねません。現在の株式というのは各企業の持ち合いになっていますから、弊行の株式を持っている企業の資産がその分目減りすることになる。そうなればその企業も資産の目減り分をどこかで補わなくてはならない。一番手っ取り早いのは人件費の削減でしょう。何人かの社員はリストラの対象となり、彼の一家はそれが原因で路頭に迷うかもしれない。つまりね、玉置さん。誰にも迷惑が掛からないんじゃない。ただ迷惑をこうむっている人間の顔が見えないだけなんですよ」

　玉置は悄然と項垂れる。

「分かった……結城さん、あなたの言い分はもっともだ。しかし破産申立されたら、本当に椎名は終わってしまう」

「弊行の意向と担当者の意向がずれることはよくあります」

　結城は口調を和らげて言う。ここで一つだけ退路を用意しておけば、獲物は必ずそこに向かって走り出す。

「お客さまと直に接触したかどうかの違いでしょうね。決裁権者はデータを見ますが、担当者は人を見ます。椎名さんの人となりに触れたわたしとしては、破産申立は何としても回避したい。しかしこの状況で椎名さんの方から債権放棄などということを持ち出されたら、肩入れしたくともできなくなってしまう。それはご理解いただけませんか」

「その件はどうか忘れてください」

玉置は言下に詫びる。

「わたしは秘書の立場ですから椎名の言葉を重ねただけで、椎名も悪気があってあんなことを言ったのではありません」

「そうでしょうね。それを確認できて有難いです。わたしも返済計画をお話しすることができますから」

「返済計画、ですか」

「知恵を絞って考えました。これなら十億円も何とかご返済いただけるかと存じます」

「それは有難いお申し出ですが、現在の椎名に可能な内容なのでしょうか。椎名も申し上げたと思いますが、現在の椎名は日々の生活をするのに精一杯の状況で、億単位どころか百万単位のカネも用意できない有様で……」

「おカネを用意していただく必要はありません。第一、必要なものは既に椎名さんがお持ちですから。いや、玉置さんもともに、と言った方が適切でしょうか」

「わたしも、ですか。いったい椎名とわたしの何が必要なのでしょう」

「お二人の交渉術です。直接お話しいただいて、さすがに長く政界に身を置いていた方々は一筋縄ではいかないと感じ入った次第です。その交渉術を使わない手はありません」

玉置は居たたまれなくなったのか、しきりに尻(しり)の辺りをもぞもぞとさせる。

「痛いですね。それも褒め殺しですよ。で、わたしたちはいったい何をすればいいんですか」

玉置が転べば椎名が転んだも同然だ。

結城は安堵して計画を説明し始める。玉置の顔はみるみる驚愕していく。

それから四日後、結城が渉外室で報告書を作成していると樫山が飛び込んできた。

「結城くん。見ましたか、この失踪記事」

樫山が手にしていたのは銀行から支給されている個人用タブレットだ。

「この東山桃李って、例の〈葛藤〉の作者の東山桃李でしょ」

半ば強引にタブレットの画面を見せられる。表示されていたのは最新のネットニュースだった。

『四日。長野県飯田市在住の画家東山桃李さん（三七）との連絡が取れなくなったと知人から飯田署に捜索願が出された。東山さんは現代美術の画家。第九十回二科展入選。知人の話によれば、先月末より連絡が取れなくなり、自宅に赴いたところ書き置きを残して本人は家を出ていた。自宅周辺は自衛隊が演習に使用する森林であり、書き置きの内容とともに東山さんの安否が気づかわれている』

「どういうことなんですか、これは」

樫山は当惑したように考え込む。

「ただでさえ〈葛藤〉はアンタッチャブルな案件です。こんなことでもし一般の耳目を集めるようになればウチが迷惑します」

樫山の言い分はもっともだった。新宿支店の地下に眠る十億円の不良債権。作者失踪でその存在が明るみに出ないとも限らない。そうなれば帝都第一の甘い貸付判断に非難が集中しないとも限らない。

「本当にもう、これ以上話がややこしくなるのは勘弁してほしいわ」

「だけど、それも消極的な話ですよね」

「どういう意味ですか」

「放っておいて解決するものなんて感情の問題だけでしょう。カネや借金なんて、放っておいたら悪化するばっかりです。何かのアクションがない限り、事態は動きません」

「それはその通りなんだけど……絵の作者が行方不明になって、それが十億円返済の突破口になるとでも？　悪いけど、わたしには理解できません」

だが更に一週間後、事態は動いた。

この日発売された専門誌〈美術マガジン〉に、失踪した東山桃李についてレビューが掲載されたのだ。執筆者は鴇田寛政、結城は知らなかったが、西洋画の世界では知る人ぞ知る評論家だった。

『新人作家の低迷が叫ばれて久しい。ここ数年のうちにデビューした新人の個展は軒並み低調で、会場の賃借料も碌に払えないケースもあると聞く。

思い出せば十年前の画壇は活況であった。二科展入選の若獅子たちが抜き身の刀のような個性で殴り込んできたからだ。特にひときわ目立った輝きを見せたのは、やはり東山桃李だったろう。彼の出世作〈過剰〉は彼の特長を余すところなく伝える野心作であった。

そう、東山桃李はどこまでも過剰なのだ。伝統絵画の手法の取り入れ方、日常のモチーフとの対照性、主題の否定、全てが既定の枠から逸脱している。重く澱んだ色使いは現実世界との類似を想起せずにはいられないが、その中にも様々な事象が円環的に描かれていて、必ずしも写実への接近を試みたものではないことが分かる。現実を顕現したかのように見えて筆致はおそろしくスローであり、むしろ流動的な現実への否定にも映る。

過剰な行為、過剰な作風が行き着くところは、とどのつまり〈自己崩壊〉か〈停滞〉であるのは異論を俟たないだろうが、評者は東山桃李がいずれの方向へ向かうのかと固唾を呑んで見守っていた記憶がある。

ところが、つい最近（よりにもよってこの原稿の校了間際に）東山桃李の失踪を知らされた。アトリエに残された書き置きには、自分の内面を曝け出すのに疲れた、という内容が走り書きされていたという。さもあらん。あれほど過剰な内面をそうそう表出できるはずもなく、三作四作と描き続けられる方が脅威だ。

東山桃李の作品で〈葛藤〉という１００号の作品を鑑賞する機会があった。これこそは持てる感性の全てをキャンバスに塗り込めた畢生の大作だった。目についた時、購入するかどうか迷ったが、今思い出すだけでも一瞬の躊躇が悔やまれる。購入を決断した時には、既に売約済の札が貼られていたのだ。今、あの100号の大作がどこの好事家の手に渡り、どんな愛で方をされているのか気懸かりで仕方がない。

作者ともども消息が分かれば、と祈る』

4

千代田区丸の内二―一―一、明治生命館四階。クリスティーズジャパン・オークション会場。

午後一時の開場と同時に、結城は会場に足を踏み入れた。債権回収絡みで様々な現場に出向いたが、オークション会場は初めての経験なので、やはり物珍しさがある。同伴した樫山も同様らしく、普段は見せない素顔を無防備に曝け出している。

「オークションって何となくハイソな印象があったけど、予想通りね」

樫山の目はオークション参加者の服装に注がれていた。特に煌びやかなドレスや畏まった礼服という訳ではないものの、一見して仕立てのいいものであるのが分かる。

「それは何百万何千万という単位のモノを競り落とそうとしている階層の人たちですからね。日々の回収業務に靴底を擦り減らしている我々とは住んでいる世界が違いますよ」

他の参加者と違和感が生じないように結城も樫山も相応の服装を心掛けてきたが、普段着ないものはやはり落ち着かない。つい周囲と比較してしまう。

「まあ、いいわ。わたしたちは参加者ではなくて観察者の立場なんだもの。それにしても意外だったわね。まさか椎名さんが〈葛藤〉をオークションに出品するだなんて」

結城はつられたように頷く。

玉置を介して〈葛藤〉を出品したいとの申し出を受けたのは一週間前のことだ。延滞六カ月目が目の前に迫っていたこともあり、報告を受けた樫山は驚きを隠そうともしなかった。

「実際、何の冗談かと思いましたよ。金融機関に質草として預けている絵画をオークションにかけるだなんて」

「しかし部長。美術年鑑で評価されている価格というのは、不動産に喩(たと)えるなら公示価格のようなものです。実勢価格が公示価格を上回るのはよくあることじゃないですか」

「隠れた需要が価格を押し上げるという意味なら理解できます。しかし、あの絵にそんな需要があるとは思えなくて……もちろん価格が上昇すればするほどウチへの返済額が増えるから、喜ばしいことではあるんですけどね」

樫山は煮え切らないように語る。〈葛藤〉の査定額は現在百万円。オークションでどれだけ需要を引き出せたとしても、それほど代わり映えしないと消極的になっているのだ。

「こういうオークションに出品したら売却価格の中から手数料を差し引かれる訳でしょ。それなら結果的に百万円を割り込む可能性だってあるわよね」

「部長。少し弱気に過ぎるんじゃありませんか」

「渉外部に籍を置いていると、自然に慎重になります。結城くんだってそうでしょ」

確かに慎重になった。しかし一方で大胆さも兼ね備えるようになった。従来の自分にはなかった資質なので、これは間違いなく山賀の影響か、業務内容の反映だろう。

「せめて債権者である我々は大いに期待していましょうよ。でないと〈葛藤〉があまりに不憫です」

それもそうね、と樫山は無理やり納得するように二、三度頷いてみせた。

やがてギャラリーが埋まり定刻になると、進行役のオークショニアによってオークションの開始が宣言される。喋り慣れた口上なのだろう。競りのシステムと注意事項を澱みなく説明した後、オークショニアはこう付け加えるのを忘れなかった。

「尚、今回のオークションには東山桃李作、〈葛藤〉が出品されております」

作者名が発表されると、会場の雰囲気に変化が生じた。オークション初参加でもそれが緊張であるのが、肌を通じて分かる。

「それではナンバー1から。ミャンマー翡翠〈獅子火屋獣足香炉〉。四十万からのスタートです。どうぞ」

「五十万」

「五十五万」

「六十万」

「六十五万」

金額を告げる声が会場のあちこちから上がる。いずれも穏やかな声質ながら、競り勝とうという意志が透けているのが面白い。

この会場に詰めかけているうちの何人が美術コレクターなのだろうかと思う。おそらく全員ではあるまい。中には転売を目的としたバイヤーも交じっているはずだ。言い換えればオークション会場は趣味と実益の相克する場所でもある。

「百万」

束の間、声が途切れる。

「百万が出ました。他にございませんか」

「百五万」

「百五万が出ました」

「百十五万」

再び会場が静まる。

「百十五万。他にありませんか。ないようですね。それではそちらの方が百十五万円で落札です。ではナンバー2に参ります。ドガのドローイング。こちらは八百五十万円からのスタートです。どうぞ」

「九百万」

「九百五十万」

「九百六十万」

「九百八十万」

「一千万」

「一千百万」

「一千二百万」

「一千五百万」

「二千万」

「二千五百万」

「三千万」

何だか恐ろしいわね、と樫山が洩らす。

「たまにテレビとかでオークション風景を見るけど、ライブの迫力は段違いね。参加していないのに心臓が跳ね上がるみたい」

昂奮する理由は頭上を行き交う金額にもある。やはり結城や樫山のような門外漢にとって、たった一枚の絵が己の生涯賃金を楽に超えてしまうなど、頭では理解していても感覚がついてこない。

「六千万」

「六千五百万」

「七千万のお声が上がりました。他にありませんか」

「七千万！」

「七千五百万！」

「七千五百万です。他にいらっしゃいますか。いらっしゃいませんね。それではそちらの方が七千五百万円で落札です」

　その後も十六世紀の西洋皿、贋作の可能性が捨て切れない有名画家の小品、物故したロックスターの衣装などが競りにかけられ、およそ結城たちには縁のない価格で落札されていった。慣れというのは恐ろしいもので、オークションも後半になってくると金銭感覚が麻痺(まひ)し始め、一億円という金額さえただの数字の連なりにしか思えなくなる。

　そしてオークショニアがひときわ大きな声で宣言した。

「それでは本日の注目品です。ナンバー8、東山桃李作〈葛藤〉」

　アナウンスとともに現物が壇上に運ばれてくる。シーツが剝ぎ取られて絵の全貌(ぜんぼう)が現れると、期せずして会場から感嘆の声が洩れた。

「二百万からのスタートとなります」

　いきなり二百万という金額に、樫山は目を瞠(みは)る。手数料込みの金額だとしても強気の価格設定であるのは間違いない。

だが樫山を真に驚かせたのは、この後の展開だった。

「一千万」

しょっぱなの大台。しかも声は一瞬も途切れなかった。

「三千万」

「一億」

「一億五千万」

「ちょっと。何これ」

樫山は狼狽(うろた)えたように周囲を見回す。

「二億！」

「二億五千万！」

「きっと鴇田寛政の評論と作者失踪の相乗効果でしょうね」

慌て出した樫山を落ち着かせるために、結城は素人ながらの解説を試みる。

「行方を晦(くら)ました若い才能、著名な評論家が畢生の大作と称賛した１００号の絵。作者本人がいないのなら、これ以上の作品は二度と生まれないかもしれない。そういうスキャンダラスな期待値を込めての競りなんですよ」

「三億！」

「三億五千万！」

「四億！」

「四億五千万！」

「五億！」

「五億五千万！」

競り値が三億円を超えた辺りから競売者は二人に絞られてきた。一人は四十代と見られる中年男性。もう一人は品のよさそうな老婦人だった。

「六億五千万！」

「七億！」

「七億五千万！」

会場の空気が見る間に張り詰めていく。中年男性と老婦人の一騎打ち。他の参加者たちは息を詰めるようにして二人の対決を見守っている。

明らかに異様な雰囲気が会場を支配していた。一枚の絵を巡って、とんでもない金額が二人の競売者の間に飛び交う。競り勝てば悦楽、負ければ失意という単純な構図ではなく、競り勝ったとしてもそれが適正価格を大きく逸脱していれば勝利感以上の後悔が襲ってくる。ところが果てしなく上昇し続ける金額と昂奮が、適正価格を思考の彼方に追いやってしまう。

まるでチキンレースだ、と結城は思った。ゴールの見えない落札金額に向かって、二台のクルマが札束をガソリン代わりに振り撒きながら暴走していく。崖の一歩手前で止まるのはどちらか。ゴールしたはいいが、そのまま谷底に転落していくのではないか。

「八億五千！」

「八億七千！」

「駄目。気分が悪い」

樫山が胸を押さえて弱音を吐く。

「何であんな絵に八億なんて金額が出せるのよ。いくら作者が行方不明になっているからって」

暑気あたりというのはあるが、彼女のそれはさしずめ億あたりとでも言うのだろう。

「部長、ちゃんと見ていてくださいよ。競り値がウチの債権額に接近しています」

「九億！」

「九億五千！」

「九億七千！」

「九億九千！」

「……十億！」

中年男性が振り絞るような声を上げた。

大台に乗った瞬間、会場内が一斉にざわついた。

「お静かに。まだオークションは終了していません。十億、十億が出ました。そちらのご婦人、ございませんか」

問い掛けられた老婦人は束の間競売相手に視線をやったが、すぐに表情を硬くしてオークショニアに向き直る。

「十億五千」

今度は中年男性が追い詰められたように顔を顰める。二人のデスマッチ。参加者たちは既に見物人と化して両者の一挙手一投足から目が離せない。

「……十二億！」

競り幅を一気に超えての十二億。さすがにそれが限界だったのだろう。老婦人は恨めしそうに競売相手を睨むだけだった。

「十二億が出ました。そちらのご婦人、もうありませんか？　ありませんね？　それでは東山桃李作〈葛藤〉、そちらの方に十二億円で落札されました」

その瞬間、中年男性は精も根も尽き果てたように項垂れた。

競り勝った彼を祝福の拍手が包んだが、中年男性は遂に笑顔一つ浮かべずにいた。

「終わりましたよ、部長」

結城が話し掛けても、樫山は未だ呆然としていた。

「拍手が聞こえませんか。これはわたしたちに対する称賛なんですよ」

オークション終了後、玉置を介して元本十億円と六ヵ月分の利子は耳を揃えて帝都第一に返済された。

無事に一件落着したので次の山賀案件をチェックしていると、机上の内線電話が鳴った。

『結城主任、新宿警察署の諏訪さまがご面会の希望です。アポイントはないそうです』

やはり来たか。こちらもそろそろだと予測していたのだ。

「構いません。こちらから伺いますので一階フロアの待合室に案内してください」

何を言われるかも大方の予想がついている。結城は特に慌てるでもなく待合室へと向かう。

「やってくれたな」

顔を合わせるなり、諏訪は凄んでみせた。

「何をでしょうか」

「とぼけるつもりか。先日のオークションで椎名の所有していた絵画が十二億で落札された。全部あんたの差し金だろう。オークションが終わった直後、今まで行方不明だった東山桃李がひょっこり姿を現した。本人はお騒がせしましたとひどく恐縮していたが、絵を描くだけの世間知らずがあんなことを思いつくものか。あの狂言を仕組んだ張本人は他にいる」

そのニュースは結城も確認していた。飯田署に出頭してきた東山は殊勝な態度だったという。そして行方不明となっていた期間、自分の名前がこれほど大きく取り沙汰されていることに驚いたとのことだ。

諏訪の見立ては正しい。全ては結城が玲子に吹き込んだ計画の一部だった。まず東山を失踪状態にし、玲子自らが捜索願を出す。その一方、玲子が昵懇だった鴇田に提灯記事を書かせ、〈葛藤〉にプレミア感を付加させる。こうして修飾を施しておけば、オークションで〈葛藤〉に破格の値が付いたとしても、ある程度違和感は払拭できる。

「それだけじゃない。二課が落札者の素性を手繰っていったら行き着いた先は政府系金融機関、それも民生党総裁選の際、資金提供の噂があった銀行だった」

こちらの話には玉置や椎名が絡んでいる。椎名がやったことは、十億円迂回融資の密約をネタに件の政府系金融機関を強請ることだった。〈葛藤〉をオークションに出品するので十億円以上で落札しろ。拒んだら今すぐ警視庁捜査二課に乗り込んで、密約の内容を全て明らかにする——。

慌てたのは政府系金融機関だ。椎名の申し出を撥ねつければ債務超過に陥った際、当時幹事長だった椎名に債権放棄で便宜を図ってもらったことが露見する。当時の政府との癒着が明らかになれば役員の首が飛ぶだけでは済まなくなる。金融機関としては強請りのネタを十二億円で買ったことになる。

一方、椎名の方は金融機関との蜜月に終止符を打ったことになるが、破産申立によって立候補時に公認をもらえない方が深刻だった。結城の提案を受け入れたのは苦渋の選択だったといえよう。

「あんな絵に十二億もの値が付いたのも道理だ。銀行が出資元なら十二億をドブに捨てても構うこっちゃない。とんだ茶番を考えついたものだな。え?」

諏訪の台詞が胸を抉(えぐ)る。

だが胸奥にまでは届かない。

茶番と言われたらそれまでだ。だが計画には結城なりの配慮があった。今回の十億円の債権も、本を正せば政府系金融機関が約束を違(たが)えたのが原因だった。それならば張本人に責任を取ってもらうのが本筋ではないか。しかもこの茶番のお蔭(かげ)で、今一つ芽の出なかった東山桃李は一躍画壇の寵児(ちょうじ)になった。100号の作品に十二億もの値が付けば、当然の成り行きだ。たとえハリボテであっても、実力があれば即座に潰(つい)えることもなく画壇に留(とど)まれる。玲子からはひどく感謝されたくらいだ。

トラブルの原因を作った者に責任を取らせる——結城が真っ当な社会人として考え直した結論がそれだった。茶番と言えばオークションで〈葛藤〉を競り落とさせる際もそうだ。中年男性も老婦人も揃って金融機関の関係者だった。〈葛藤〉に潜在的価値があり、オークションで具現化したように演出するには、東山桃李の失踪、鴇田の提灯記事、そしてオークションでの競り合いがワンセットだったのだ。

「茶番というのが何を指しているのかは存じませんが、結果的には誰も迷惑をこうむった訳ではないと思います」

「三課はそう思っていない」

諏訪は射殺すかのような視線を結城に浴びせる。

「件の政府系金融機関と椎名の関係を暴ける段になって、両者の縁がぷっつりと切れた。とんだ邪魔が入ったと二課のお偉いさんは帝都第一の結城真悟を戦犯扱いにしている」

「こんな小市民を相手にしてどうするんですか。立ち向かう相手ならもっと別のところにいるでしょうに」

「……あんたは段々図太くなってきているな」

「滅相もない。至って小心な回収担当者ですよ」

「まあ、いい。こちらは頼んだことさえ遂行してくれれば文句はない。で、椎名武郎と玉置幸三の二人は、山賀殺害の容疑者たり得るのか」

「ああ、それはちゃんと確認しましたよ。山賀さんが殺された五月二十八日から翌二十九日にかけて、二人は件の金融機関の担当者と酒席を設けていました。三次会まで続いて解散したのは朝の四時だったそうです。玉置さんが立ち寄った店を全部憶えていてくれましたから、裏付けも簡単なはずですよ」

「ちょっと待て」

諏訪は目を剝いて結城に迫る。

「自分を裏切って融資を止めた相手と懇談だと。何をふざけている」

「裏切られても椎名さんにとっては大切な資金源。金融機関にとっても椎名さんは確率が低くなったとはいえ支援すべき対象。そういう縁というのは、よほどのことがない限り続くものなんでしょうねえ」

半ば呆れ顔の諏訪を前に、結城も自然に溜息(ためいき)が出た。

椎名たちの癒着ぶりに呆れたせいもあるが、次に控える山賀案件こそが最大の難関だったからだ。

そしておそらくは、山賀殺害の最有力な容疑者でもあった。

五人狂

1

『信用貸しは人を見ろ、担保貸しはモノを見ろ』

これは結城が営業にいた頃に言われた言葉だ。研修の場では貸し付けの種類に限らず顧客を吟味しろと教わるが、現場に入れば対応も変わる。億を超えるような融資はどうしても担保優先になりやすい。今回の山賀案件に着手するにあたり、結城がまず担保物件を確認しようと思ったのは、それが理由の一つでもあった。

千代田区富士見一丁目。この界隈は小学校から大学までが建ち並び、さながら学園都市の様相を呈している。早稲田通りを直進し角川書店——いや、今は社名変更してKADOKAWAだったか——の前を通り過ぎ、更に進んで脇道に入ると、街並みに変化が訪れる。まず四〇〇平方メートルほどの空き地が現れ、その先をクルマがやっとすれ違える程度の狭い道路が延びていく。両側には飲食店などの店舗が並び、大通りと交わる手前まで来ると、またもや四〇〇平方メートルほどの空き地が出現する。これを真上から眺めれば、ちょうど鉄アレイのような形状の空白に見えるだろう。

二つの空き地はそれぞれ金網で囲いがされているが、中には大小のゴミが散乱している。空き缶や菓子袋はここを憩いの場と決め込んだ者たちの跡だろうか。それ以外にも旧式の家電製品やら古びた家具の不法投棄場所になっている。管理責任を問いたいところだが、生憎二つの土地は権利関係が錯綜していて責任者もあやふやという有様だ。

ただし登記簿上の所有者は確定している。〈アーカル・エステート〉というデベロッパーであり、今回結城が対峙する相手でもある。

それだけであれば、結城が債務者に会うのを躊躇う理由にはならない。問題は〈アーカル・エステート〉が指定暴力団宏龍会のフロント企業であるという事実だった。

暴力団員による不当な行為の防止等に関する法律、所謂暴対法によってシノギの道を途絶された暴力団だが、彼らはバブル経済以前から表の商売に進出を図っていた。フロント企業はその尖兵ともいえる。会社の重役は揃いも揃って企業舎弟であり、収益は暴力団の懐に流れる。表向きは真っ当な企業活動だから、警察もおいそれと手を出せない。

しかしヤクザであることに変わりはなく、どうしてそんな相手にカネを貸したのだと、結城は愚痴りたくなる。しかも残債務は五十五億円で、返済は半年以上も滞っている。帝都第一ではこの案件を不良債権としているが、額が額なだけに容易く貸倒処理することもできない。

山賀の遺したメモによれば、事の始まりは市街地の再開発だった。この辺りは交通の便もよく、坪単価も高い。ところが小規模店舗と住宅が混在する中、本来の資産価値を活用できていない憾みがあった。そこで持ち上がったのが地上げによる一括開発だ。

地上げというのは煎じ詰めれば住民の追い出し作業だ。言わば憎まれ役であり時には強引な手法も求められるから、これが暴力団の仕事になるのは自明の理だった。

当初の予定では、この付近一帯四八〇〇平方メートルを地上げする予定だった。土地区画整理事業として東京都から認可をもらい、大手ゼネコン数社が共同で大規模な再開発を行う。四八〇〇平方メートルの敷地には総合ショッピングモールを備えた商業ビルを建設するという青写真だ。土地区画整理法に基づく区画整理は、都市計画法に基づく開発認可に比べて手続きも簡素で、しかも広大な土地で容積率も最大で五〇〇パーセントが見込める。高層ビルを建設するにはうってつけの条件が揃う。

加えて周辺住民からの潜在的要望が再開発を後押しした。この辺り一帯は人口減と空き家の増加で防犯・防災の面で不安が生じていたからだ。ここに巨大な商業施設が完成すれば、当面はその危惧から逃れられる。つまり当該地域の再開発は、企業側と住民側両方にメリットをもたらす計画だった。

そこで〈アーカル・エステート〉が名乗りを上げ土地買収の交渉を開始した。地上げした後の広大な敷地を周辺の土地価格よりも相当高い値段で売買する口約束が、〈アーカル・エステート〉と大手ゼネコンとの間で交わされていた。早速買収資金として七十億円を帝都第一から引っ張った。この時、〈アーカル・エステート〉はマンション二棟をオーナーから買い取っていたので、担保にはこの土地を充てた。

ここで帝都第一の立場を説明すれば、更地になる予定の土地八〇〇平方メートルに七十億円の担保設定は無謀とも言えたが、大手ゼネコンへの転売が確実という事情が契約を成立させる要因となった。決裁者の目は胡散臭いデベロッパーではなく、大手ゼネコンの方を向いていたからだ。

出足は順調だったらしい。築年数の経った短期契約型マンション二棟の入居者と話をつけ、まずこの二棟を取り壊して更地にした。それが二つの空き地だ。〈アーカル・エステート〉は虫食い状態を一掃すべくカネと暴力の力で残った小規模店舗を次々と更地にしていく。

ところがそのさ中に大きな壁が立ちはだかった。二〇〇八年のリーマン・ショックだ。商業ビルの中は総合ショッピングモールの他、高額な分譲マンションの建設も計画に入っていたが、先の金融ショックは企業と個人の買い手を消滅させてしまった。施主の側も資金繰りが苦しくなり、何と言っても買い手の望めないビルを建設することに難色を示し出した。〈アーカル・エステート〉とは口約束だったから、ここで降りたとしても何を責められる訳でもない。そういう理由で大手ゼネコンは再開発から手を引いてしまった。

驚き慌てたのは〈アーカル・エステート〉だ。地上げ交渉はまだ中途であり土地は虫食い状態のまま。しかし肝心要のゼネコンが再開発から撤退したのは衆目を集めるところとなり、同社の足元を見た地権者たちは一斉に値を吊り上げ始めたのだ。交渉は長期戦となり、〈アーカル・エステート〉は月々の返済も滞るようになった。やがて残債務が五十五億となった時点で資金は枯渇し、地上げ交渉は事実上破綻した。残ったのは虫食い状態の更地でこれは担保物件になっているものの、売却しても三十億程度にしかならない。第一、債務者が債務者であるだけに、帝都第一も抵当権を実行できずにいるのが現状だった。

こういう債権を押しつけられた山賀が何を思い、どう回収しようとしていたかはメモには記されていない。何とも悩ましい宿題を残していってくれたものだが、東西銀行との合併が周知の事実となった今、指を咥えて見ていることはできない。

合併話を嗅ぎつけたのは経済紙だった。両行のトップシークレットであるにも拘わらず、先週の月曜日にすっぱ抜かれた。その日は両行とも株価が乱高下して他の銀行株にまで影響をもたらした。両行トップが揃って否定コメントを出して事態は沈静化したが、改めて関心の高さに驚かされた一日となった。

両行トップが否定したところで、今後は何かにつけて合併話がちらつくことは間違いない。そうした出来事もあって、帝都第一の不良債権圧縮はますます喫緊の課題となった。いかに相手がスジ者であろうと、このまま放置したのでは合併の詳細を詰めようとした時に必ず障害となる。

学生とサラリーマンの行き交う都心部に出現した、虫食いだらけの異様な空間。これこそは地上げの典型的な失敗例であり、スクラップ・アンド・ビルドでしか成長し得ないこの国の惨状とも言える。

再開発だ、新しい都市構想だと高らかに謳い上げる一方で、土地買収や立ち退きは反社会的勢力の協力に頼らざるを得ない。上手くいっている時には問題ないが、失敗すればたちまち二律背反の醜悪な部分が露呈してしまう。そして今から自分が会いにいくのは、醜悪な部分の象徴だ。

結城は短く溜息を吐いた。

目指す〈アーカル・エステート〉は新宿三丁目にあった。裏通りの雑居ビルなどではなく、堂々たるオフィスビルの中に入っているので、事情を知らぬ者は誰もフロント企業とは思わないだろう。

エントランスに入り、テナント表示板に社名を見つけた時、急に膝が震え出した。会社社長に新興宗教の関係者に元国会議員、債権回収で様々な業種、様々な肩書の人物と膝を突き合わせたがヤクザというのは初めてだった。

学生時代から腕力の方はからっきしだった。もっとも喧嘩自慢のクラスメートたちを見返してやろうと勉強に励んだ結果が、帝都第一銀行への入行に繋がっていると思うと辛い過去に感謝したくもなる。

そういう風に育ったから、暴力にはまるで免疫がない。山賀案件の精査をしていてフロント企業の名を目にした時は、その案件だけ他人に丸投げしたいと思ったほどだ。だが債務者の肩書ごときで逃げていては、山賀の遺志を受け継いだことにならない。債権額も莫大だから、これを処理しなければ渉外部の存在意義が問われる。

結城は自分の頰を両手で叩いた。所詮気休めにしかならないが、何もしないよりはマシだろう。深呼吸を一つしてからエレベーターに乗り込む。

五階で降りて事務所に向かう。アポイントは取ってあるが、不在でいてくれればと願うのは初めてのことだ。

事務所のドアには〈アーカル・エステート〉のプレートが掲げられていた。金看板ではなく、ごく普通の意匠だがやはり緊張感は拭えない。

中に入ると受付に中年女性が座っていた。てっきり強面の若い衆が待ちかまえていると思い込んでいたので、少し拍子抜けした。

「帝都第一銀行の結城さまですね。お約束は伺っております。奥の部屋へどうぞ」

プレートと同様、内装も至って普通だ。訪問前に思い描いていたような提灯や代紋はどこにも見当たらない。

「ようこそ」

奥の部屋で迎えてくれたのは代表取締役を名乗る柳場彰夫という男だった。齢の頃は四十代半ば、長い髪を後ろで束ねて精悍な顔つきをしている。護衛役だろうか、柳場を挟むかたちで二人の社員が立っている。こちらは無表情を決め込んでいるが、屈強そうな体格が口以上に素性を物語っている。

新担当として一礼し名刺を渡すが、柳場は碌に見ようともしなかった。

「山賀さんの後釜ですか。そりゃあ大役ですね。あの人の後任なら誰でも苦労しそうだ」

「山賀とは頻繁にお会いになっていたんですか」

「二回ほど。しかし強烈な印象を残す人でしたね」

柳場は懐かしむように遠い目をした。

「行員さんというのはどうもひ弱なイメージがついて回るが、あの人はえらく肝が据わっていましたね。行員にはもったいないくらいで……おっと失礼」

「いえ。度胸があったのはわたしも知っていますから」

「後任ということは、どうせこちらの出自も債務の事情もご存じなのでしょう?」

「一応は」

「それなら話が早い。債権者相手に格好つけても仕方ありませんから」

真っ当な会社の社長という衣を脱ぎ捨てるつもりになったのか。結城は密かに身構える。

「まあ出自はどうあれ、手前どもは関連法規を遵守して業務にあたっていますので後ろ暗いところなど微塵もないんですけどね。それでもある局面では、肝の据わった人間が必要になる。山賀という人はその点、うってつけの人材でした」

「しかし、二回会われただけですよね」

「結城さん、でしたね。あなたたち行員さんも金貸しなら、目の前にいる顧客の人となりを観察しようとするでしょう。手前どもも同じですよ。こいつがビジネスパートナーになるのか、それとも商売敵になるのか、一瞬で見極めなきゃならない時がありますからね。いや大体、山賀さんの場合はそんな風に観察するまでもなかったなあ」

柳場は愉快そうに顔を綻(ほころ)ばせる。笑うと、意外に人懐こい顔だった。

「何しろ初対面での第一声が『あんたたちは返済する気がないのか、それともカネがないのか、どっちだ』ですからね。あれには面食らった。何故そんなことを訊(き)くのかと訊(たず)ねたら、回答の内容で返済計画を考えるからだと。バックにどんな組織が控えているか承知の上で言ったのなら、大した御仁ですよ」

あの男ならそれくらいのことは言うだろうと思った。

「社長はどう回答されたのですか」

「まさか代表取締役ともあろう者が返済する気はないとは言えんでしょう。今は余力がないと申し上げたら、では一緒に考えましょう、ときた」

「山賀はどんな提案をしてきましたか」

「最初はこちらの財務内容を精査したいから帳簿を出してくれと言われました。表も裏もね。こっちもケツの穴まで見せる訳にはいかないんで追い返したら、しつこくまたやってきた。押し問答がずいぶん続きましたねえ。それで夜も遅くなったんで、いったんお帰りいただきました。それが五月二十七日のことですよ」

　途端に胸騒ぎがした。山賀が殺害された日の前日ではないか。

「翌日にはまたお会いする約束だったんですが、時間がきても山賀さんはやってこない。さすがに匙(さじ)を投げたのかと思いきや、新聞で死亡記事を見た時には驚きましたよ。ま、一方で納得もしましたけど」

「何故ですか」

「腕利きの人間はいつでも嫌われるものですから。敵からも、味方からも」

　我知らず表情が変わっていたのだろう。柳場は結城の顔を覗(のぞ)き込んで、意味ありげに笑ってみせた。

「あ。ひょっとしてわたしが山賀さんを殺したんじゃないかと疑っていますか」

「いえ、そんな。滅相もない」

「事件の後、新宿署のお巡りさんたちがここにもやってきましたよ。いつもと違う面子(メンツ)の刑事さんたちだったから新鮮でしたけどね。アリバイを訊かれたので正直にお答えしたら、そのままお帰りになりました」

　それがどんな内容のアリバイだったのか、後で諏訪に確認する必要がありそうだ。

「ところでご用件は何だったんですか。まさか行員さんが刑事の真似事でもありますまい」

「その通りです。本日は引き継ぎの報告と返済計画の策定についてお話ししたくお伺いした次第です」

「返済計画の策定ねえ。それは山賀さんの原案か何かに立脚したものですか」

どこまで話していいものか逡巡していると、やがて柳場はこちらを憐れむように首を横に振った。

「言わずもがなでしたね。いくら山賀さんが優秀な回収マンでも一日やそこらで五十五億ものカネを返済できるような計画を策定できるはずもない。仮に山賀さんの原案らしきものがあったとしたら、もっと早くに訪ねられたでしょうから」

「それは分かりませんよ」

売り言葉に買い言葉で、思わず反論する。

「我々も金融のプロです。ご融資とご返済はペアと心得ています」

「つまり貸したカネなら、回収できないはずはないというんですか。それはどうでしょうかね。十万百万ならいざ知らず、金額が億を超えると別次元になりますからね」

柳場の笑いに不穏なものが混じる。

「はした金なら、人間一匹踏ん張れば何とでもなる。しかし億を超えるとなればちょっとやそっとじゃどうしようもない。それこそ命をカタにするぐらいでないとね」

初めて垣間見る凶暴さだった。

「あくまでも喩え話ですけどね。一億で一人、五十五億なら五十五人の命をカタにしなきゃいけない。ははっ、まるで戦争ですね」

「物騒な喩え話は別の機会にお聞きするとして……早速ですが決算報告書を拝見できませんか。山賀が申したように表も裏も、全ての書類を」

その時だった。

何の前触れもなく柳場の右足が大きく振り上げられ、テーブルの上の灰皿を蹴った。

クリスタル製の灰皿は結城の鼻先を掠めて飛んでいく。

「ああ、失礼。足を組むつもりが弾みで当たってしまいました」

喉の奥に生唾が湧いてきた。おそらく狙って蹴ったのだ。それでなければ顔面ぎりぎりに飛んでくるはずがない。

「帳簿、いや決算報告書の件でしたっけ。これは山賀さんにも再三申し上げたのですが、ウチはこういう会社ですから確かに二種類の帳簿を作成しています。が、それをご覧になったところで何がどうなる訳でもありません。無駄なことはよしましょうよ」

わざわざ説明されるまでもない。フロント企業である限り、収益の大部分は上部組織の宏龍会に流れているはずだ。従って決算は常に赤字、人件費削減も経費節約も意味がない。

「さっき、融資と返済はペアだと仰いましたね」

柳場は口角を上げたまま話し続ける。

「奇遇ですねえ。実はわたしも以前は貸金業に従事していましてね」

話の流れから、それが闇金融であるのが分かった。

「その時、上司からキツく言われたものです。カネを貸す時には、自分が回収できる自信のある金額までにしろって。けだし名言だと思いませんか。確かにその通りですよ。最初から回収可能な金額を貸してさえいれば、絶対に取りっぱぐれはない。ところがあなたたち銀行員ときたら、担保さえあれば一人の人間には逆立ちしたって返せそうにもないカネを平気で貸す。何が融資と返済はペアですか。わたしたちから見たら与信判断が甘々もいいところです」

「銀行は銀行法という法律に縛られています。貸し付けも回収も野放図にしている訳じゃありません」

「法律に縛られている？　ご冗談を。法律に護（まも）られているの間違いでしょう。帝都第一さんくらいなら法律どころか国が護ってくれる」

それは昔の話で——という言葉は喉（の）の奥に呑み込んだ。この状況で口答えしても碌なことにはならない。

「ま、確かに地上げを始めた頃はウチだって七十億程度のカネは返せる算段だったんですがね。四八〇〇平米の更地はゼネコンが百億で買い取ってくれることになっていた。リーマン・ショックさえなきゃ地上げも帝都第一さんへの返済も再開発も、全部上手（うま）くいっていた。関係者全員が幸せになっていた。ビジネスの世界にifの話は無粋だが、あなたたちだって同じ夢を見たんだ。今更無責任だとは言わせない。七十億ものカネ、易々と貸したあなたたちにも問題がある」

勝ち誇ったような口調に反感を覚えるが、悔しいかな柳場の言い分にも一理ある。都市の再開発は結構、巨大商業ビルで人を呼び込むのも結構。だが見通しの甘さは認めざるを得ない。突然襲ってきた景気悪化は防ぎようがなかったと言うが、そもそもリーマン・ショックの引き金となったサブプライムローンがとんでもない金融商品だったのは、関係者なら気づけたはずだ。ところが誰もその脆弱性を指摘しなかった。

気づけなかったのではない。危険性を充分に知りながら海の向こうの話と、文字通り対岸の火事を決め込んだのだ。そして挙句の果てに破綻の連鎖が海を越えてやってきた。そうなる前に損失を減じる手段はいくらでもあった。そうしなかったのは、下手なことを具申して現状の微温湯から弾き出されたくなかったからだ。

「わたしが言うのも何だが、帝都第一さんも七十億なんて大金を貸す時には、担保物件だけじゃなく五年先十年先の景気動向にも気を配るべきだった。だが絶対にあなたたちはそんな長いスパンで物事を考えない。あなたたち銀行員は大体三年で異動しますからね。自分がその支店に所属している時に予算が達成できれば、それでいい。自分が去った後に債権が不良化しようが貸し倒れになろうが構うこっちゃない。違いますか」

言葉が既視感と綯い交ぜになって耳に響いてくる。これは以前、山賀から言われたことと似ている。その時々の担当者がきっちり責任を取れば、世の不良債権はそんなに深刻にならなかったはずだという箴言。奇しくも債権者だった男と債務者である男が同じ台詞を吐いていた。

「少なくともわたしたちならそこまで考える。だから地上げも一、二年で片付くように計画したんだ。結局間に合わなかったんですけどね」

「……いったい何を仰りたいのですか」

「ウチから回収するのは諦めた方が無難です」

口調はどことなく猫なで声のように聞こえた。

「更地にした二ヵ所の空き地は担保に入っているから好きにすればいい。虫食い地だからそちらの希望価格で売却するのは困難だけれど、上手いことすりゃ三十億程度で売れるかな。そうすれば債権額も二十五億に圧縮できるでしょう。そっから先は貸し倒れにしようが何をしようが帝都第一さんの勝手だ」

響きのいい言葉だが、要は一円も払わないと宣言しているに等しい。手前勝手も甚だしい。ところが柳場は、畳み掛けるようにこんなことを話し始めた。

「結城さん。あなたは信じてくれないかもしれないが、ウチだって元利丸々耳を揃えて返したいんだよ。ビジネス上のルールということもあるが、それ以前にわたしたちに一番大事なのは面子なんだ。借りたカネも返せないなんて、わたしたちの世界じゃ恥晒しもいいところだから可能であれば返済したい。それは真意ですからね」

フロント企業であることの言質を取られるのが嫌なのだろう。柳場は一度として自分のことをヤクザとか企業舎弟とは明言しない。それでも今の言葉はヤクザの本音と思って間違いないだろう。

「時に結城さん。大岡越前の〈三方一両損〉というのをご存じですか」

子供でも知っている。左官の金太郎が吉五郎名義の書きつけと三両入った財布を拾い、正直さから吉五郎の家まで届けに行ったが、宵越しのカネを持たない主義の吉五郎は、いったん自分の手を離れたカネは自分のものではないから持って帰れと言い張る。騒ぎが大きくなって奉行所への訴えになり、越前は自分の懐から一両を出して二人に二両ずつを分け与えたという講談の一節だ。

「今度の地上げ失敗はまさしくそれなんですよ。ゼネコンは大型事業を計画して、ショッピングモールのデザインを発注したり東京都の役人に実弾を使った根回しをしたりしたが水泡に帰した。ウチは立ち退き代金と転売価格の利ザヤを目論んでいたけど、地権者と交渉したのが徒労に終わった挙句に面子まで失う。そして帝都第一さんは貸したカネのうち二十五億程度を取りっぱぐれる。三者がそれぞれ痛い目に遭ってこの話はチャラだ」

「弊行の損害が一番深刻じゃありませんか」

「ウチが失う面子を、たかだか二十五億ぽっちと比べてもらっちゃ困りますね」

柳場は初めてこちらを睨みつけた。紛うかたなきスジ者の目だった。

「そこはさっきの理屈ですよ、結城さん。あなたが渉外部に在籍するのはあと何年ですか。一年？　それとも二年？　その間だけうちの債権が不良債権として目をつけられないように知恵を絞ればいい。話を長引かせるだけなら、ないカネをどこかから工面するよりはよっぽど簡単でしょう。そうすりゃ少なくともあなたの責任にはならない。バブル崩壊からこっち、あなたの先輩たちがみんなやってきたことじゃないですか。ねえ、悪いこたぁ言わないからそうしなさいって」

柳場は顔を近づけてくる。するとそれが合図でもあったかのように、両脇に立っていた男たちも結城に迫ってきた。

三対一。退路は真後ろのドアしかない。三人の目は既に凶暴な光を帯びていた。

瞬時に少年時代の怯懦が甦る。暴力に対する原初的な恐怖で身体が強張る。鏡があれば泣き出しそうな顔が映っているかもしれない。

返事をしないままでいると、最後にこう詰め寄ってきた。

「説明した通り、ウチは何よりも面子を重んじる。いつまでもいつまでも、返せる当てのない借金の督促に来られたら恥の上塗りになっちまう。そんなことをしているとあなただって、どこから何が飛んでくるか分かったものじゃないよ」

数分後、結城は事務所を追い出されて一階エントランスまで戻っていた。

情けないことに膝から下の震えがまだ止まらない。何度か足踏みして抑えようとしても無駄だった。

まさか念書の類いを書かされる羽目には陥らなかったが、気づいてみれば門前払いのようなものだった。柳場にしてみれば、あの程度の恫喝で事足りると思ったのだろう。

それがこの上なく不甲斐なかった。

暴力は最大の武器だ。

肩書も名誉も人徳もカネも、暴力の前では為す術もない。だからこそ肩書も名誉も人徳もカネもない者は暴力で他人を圧倒しようとする。

劣等感と焦燥感が胸を灼く。債権者という立場でありながら主導権を取れないどころか、抗弁らしい抗弁もできなかった。これでは子供の使いと同じではないか。

このままおめおめと支店に逃げ帰るのがひどい恥辱に思える。

何とか一矢報いたい――そう考えながらビルを出た時、背後から声を掛けられた。

「債権回収というのは大変だな、結城さん」

振り返ると、そこに諏訪が立っていた。

「まさか〈アーカル・エステート〉がフロント企業だと知らん訳じゃあるまい。よく単身で乗り込もうなんて思ったな」

「諏訪さんこそ、どうしてこんなところで」

「企業舎弟の根城の前で刑事と話しているのを見られたくないだろう。場所を変えるぞ」

有無を言わさず、諏訪は結城を追い立てる。しばらく歩いて連れていかれたのは、お馴染み新宿署の取調室だ。

「何だってこんなところに。他にも喫茶店とかあるじゃないですか」

「犯罪と借金取り立ての話。どっちにしても他人に聞かれていい話じゃないだろう」

「諏訪さんは何の用であそこにいたんですか」

「捜査上の秘密、と言いたいところだが組対でもない自分が張ってたんだから、おおよその目星はついているだろ」

「山賀さんの件ですね」

「いくら表向きは企業でも所詮ヤクザだ。何十億の借金をチャラにできるのなら人くらい簡単に殺す」

先刻の柳場の台詞を思い出す。一億返済するのなら人間一人分の命をカタにしなければ、という喩えだ。

「お言葉ですが、回収担当者を亡き者にしたところで債権が消滅する訳じゃありませんよ」

「理屈の上ではそうだろうが、実際に殺されたら取り立てる側だって腰が引ける。相手がスジ者だと分かっているなら尚更(なおさら)だ。そうは思わないか」

「確かに恫喝の手段としては有効ですけど……」

「難を言えば、山賀さんの相手は揃いも揃って真っ当じゃないヤツばっかりだったから容疑者を一人に絞り込めていなかった。普通なら柳場が最有力の容疑者になるんだがな」

「一度は事情聴取しているんですよね」

「ああ、犯行当日のアリバイを主張された。五月二十八日の深夜から翌朝にかけて、商売相手と新宿の高級クラブにいたそうだ」

諏訪は面白くなさそうな顔で言う。

「相手は建設会社の担当者だ。接待目的だな。あの柳場という男は、取引相手には結構なカネを使うらしい。こちらの方はちゃんと名の通った会社で、相手からは裏も取れている。店側の証言も同様だ」

「それじゃあ柳場社長は潔白という訳ですか」

「とは限らん。相手は組織だし貸付先だって〈アーカル・エステート〉なんだろ。柳場本人が手を下すよりも下っ端にやらせる可能性の方が高い」

その説明で諏訪の行動が読み取れた。会社で張っていたのは柳場だけでなく、その配下も含めての捜査だったのだ。

「で、どうだった。債権者の立場で柳場を見た印象は」

「返したい気持ちはあるが返せない、と言われました。わたしたちにとっては最悪のケースです」

言葉が、つい溜息交じりになる。

「お客さまの返済意欲を掻き立てる方法なら幾通りもあるんですけど、返済余力となるとそれはお客さま次第なので……」

「そんなことを訊いているんじゃない。山賀を殺害するような人間かどうかって話だ」

ああそうかと、夢から醒めたような気分になる。同じ人間を見ているようで、自分と諏訪では着眼点がこんなにも違う。

「諏訪さんならもう調べていると思いますけど、柳場社長に傷害や殺人の前科はあるんですか」

「前科はある。貸金業法違反に始まって威力業務妨害と傷害。ただし殺しの前科はない。それがどうかしたか」

「僕は暴力が根っから苦手でしてね」

「だろうな。暴力が得意な銀行員は少なかろう」

「だから企業舎弟というものについて偏見があるかもしれません。その目で見れば確かに柳場社長は物騒なお客さまだと思います」

「……どうでもいいが、あんたは穀潰しでも新興宗教でもヤクザでも相手に〈さま〉を付けるんだな」

「お客さまであることに変わりありませんからね」

「お客さまというより、債務者の顔はみんな福沢諭吉に見えるんじゃないのか。まあいい、続けてくれ」

「柳場社長は物騒なお客さまですが、しかし山賀さんを殺したかどうかとなると、積極的な意見が言えません。何と言うか価値観が違うように感じるんです」

「何に対しての価値観だ」

「僕たち銀行マンというのは、何かにつけてカネに換算するようなところがあります。担保価値としていくらになるとか、労力を時給計算するとかです。これは渉外担当に限った話かもしれませんけどね。ところが柳場社長にとって一番重要なのは面子だと明言されました」

「当然だ。ヤクザは面子を潰されたら商売にならないからな」

「自分たちの面子を二十五億円ぽっちと比べるなとも言われました。二十五億円以上の価値のある面子なんて、僕には到底実感が湧きません。まるで異星人の価値観ですよ」

「ああいう連中を絶えず相手にしている俺たちには納得のいく価値観だがな」

「そうかもしれません。ただし企業舎弟というフィルターを外して見ると、柳場社長は非常に計算高い人物のように思えます。そして何事もカネに換算してしまう人間なのでこんな風に考えてしまうんですよ。山賀さんを殺害して、いったいどんな収支が発生するのかと。メリットとデメリットを天秤に掛けてどちらに傾くのかと。個人的には、殺人というのはリスクが大き過ぎるビジネスのような気がします」

「ふん、ビジネスときたか。まあ、ヤクザにしてみれば殺しもビジネスの一つと言えないこともないか……そうだな。確かに殺しというのは割に合わんよ。人を殺す動機は色、欲、それから狂気だが、それで生涯の何分の一かを棒に振るんだ。経済活動としては決して有利な投資じゃないだろう」

　諏訪はこちらの物言いを真似て言う。感心しているのではなく、皮肉っているのは顔つきからも明らかだ。

「だが相手はヤクザだ。あんたたちとは異なる価値観で生きている。実行犯が誰かという問題はあるが、最有力の容疑者であるのは間違いないとこちらは踏んでいる」

2

支店に戻った結城は、その足で樫山の許に向かう。山賀案件最大の債権については、定期的に進捗状況を報告するように指示を受けていた。

「結城くんにとっては最初の面談でしたね。どうでした」

事もなげに訊かれて、少しむっとした。

「手厚い歓迎を受けました。ただしあちらのやり方で」

精一杯皮肉を効かせたつもりだが、どれだけ樫山に伝わっているかは疑問だった。

「進捗は？」

「返済意思と債務の確認に止まりました。当該案件のお客さまは返済意思はあるが、返済余力はないと仰っています」

「返済計画は？」

「本人のキャラクターは把握できたと思いますから、急いで立案に着手します」

「お願いします」

樫山はそれだけ言うと、先刻まで目を通していた書類に視線を落とした。用は済んだので戻っていいとの意思表示だ。

むくむくと反抗心が沸き上がってきた。

「手厚い歓迎の内容はお訊きにならないんですか」

ようやく皮肉が効いたらしく、樫山はこちらに苛立たしげな顔を向けた。

「〈アーカル・エステート〉がフロント企業であるのはご承知ですよね」

「もちろんです。でも結城くんを見る限り、どこも怪我はしていないみたいだし」

「つまり怪我の一つや二つはするかもと予想しておられたんですね」

さすがに樫山は気色ばんだ。

「今回はいやに突っかかりますね。そんなに気遣ってもらいたいんですか。ヤクザ紛いの脅しをかけられて災難でしたとでも言われたら、気が済みますか」

いつにも増して刺々しい物言いに、こちらも引っ込みがつかなくなる。

「ヤクザ紛いではなくヤクザそのものなんですけどね。それから名誉のために言っておきますが、苦痛を味わったとか苦労したとかで仕事を評価してもらおうとは考えていません。銀行マンの評価基準はいかなる時も結果のみと心得ています」

「それなら何が不満なのですか」

「不満ではなく、疑問です。これまで数々の山賀案件を担当しましたが、本案件が一番奇々怪々ではないでしょうか」

樫山はこちらに向き直った。やっとまともな話をするつもりになったらしい。

「〈アーカル・エステート〉への融資について、何か疑念でもあるような口ぶりね」

「疑念というよりはそもそも論です。どうしてウチは〈アーカル・エステート〉がフロント企業だと知っていながら融資の決裁を下ろしたんでしょうか」

「結城くんにしては今更の疑念ね。銀行は顧客を職業で差別しないわ。国会議員だろうと新興宗教の教祖だろうと、返済能力のある顧客には貸すわ」

前所属部署が審査部とあって、樫山の論理は清々しいほどに明快だった。だが、審査部のメンバーが全員樫山のようでは不安を覚える。

「もちろん対外的に特定の職業との関係を疑われて、有形無形の損失が予想される場合は秘匿しますけどね。しかし、そのことと融資を決裁するかは別の問題です」

なるほど、カネには色がついていないという理屈だ。だがそんなことは山賀からも聞いている。

「僕が疑問に思っているのは職業差別じゃありません。融資先の財務内容に関してです。山賀さんが先方に真正の決算報告書を要求したそうですが、叶えられないままです。フロント企業なら当然でしょう。収益の大部分は宏龍会本体に流れますが、そんな事実を記載できるはずもないので、使途不明金や特別損失といった科目で処理していると思われます。言い換えれば、決算上は毎年赤字塗れの企業です。さっきの部長のお言葉を返すようですが、およそ返済の見込めない顧客に、どうして七十億円もの巨額融資が可能だったんでしょうか」

「それも今更……」

「審査部の決裁書類には樫山部長の印鑑もありました。七十億の案件です。内容を見もしないで判を捺したなんて言わないでくださいよ」

樫山の表情に翳りが生じた。やはり、それが汚点であるという自覚くらいはあるらしい。

「決裁に携わった一人だから、わたしにも責任があると？」

「責任云々ではなく、まず理由が知りたいですね」

樫山はしばらくこちらを睨んでいたが、やがて自分を納得させるように頷いてみせた。

「決裁者は当時の部長だったけど、確かに稟議を上げたのはわたしだった。結城くんが指摘した通り、申請書類に添付した決算報告書は碌な代物じゃなかった。返済能力を考えれば無理な融資と言えなくもなかった」

「じゃあどうして」

「愚問ね。〈アーカル・エステート〉に融資しても、早晩再開発が始動して地上げした土地が高値で転売できる見込みがあったからに決まっているじゃない。青写真を見る限りは実現も既定路線に思えた。それからウチの予算管理の問題もあった。この案件に決裁が下りる寸前、新宿支店は予算(目標)達成まで五十億円ほど不足していた。基幹支店の一つである新宿の未達は全体の収支に大きく響く」

「要は予算達成のために片目を瞑ったということですか」

「片目どころか両目を瞑ったと言いたそうね。でも、それだけじゃない」

「……まだあるんですか」

「銀行の使命は時代の趨勢にも応えることです。当時、富士見の再開発というのは官民にとって夢のプランと謳われていた。あの場所に巨大商業施設が完成すれば、たちまち人の流れが変わる。新しい流通と新しい消費。当然、雇用が生まれ、街は更に発展し、人口が増え、税収も増える。遊休土地と防犯の問題も一挙に解決する」

樫山は歌うように語り続ける。聞いてみればなるほど夢のプランだ。喩えれば、薄汚れたカボチャが豪華な馬車に変わるようなものか。

「ゼネコンは言うに及ばず、大手流通と飲食業界、それに東京都の思惑が一致していた。でも地上げを担当するのは手の汚れた者と決まっている。計画を推進するための血液を注入する役目もね。だからこの融資には帝都第一だけでなく、各方面からの目に見えない要請があった。別に責任転嫁する訳じゃないけれど、わたしは稟議書を上げない訳にはいかなかった……どう、この回答で満足した？」

挑むように問い掛けられると、結城もすぐには言葉が見つからない。

「それじゃあ、たまには上司の愚痴も聞いてもらいたいものね。大きな案件を実行して稟議者のわたしが甘い汁を吸ったとでも思っているのなら大間違いだから。〈アーカル・エステート〉が不良債権化するずっと以前、再開発計画が白紙になった時点で、わたしの転属が予定された。部長に昇格されたから分かり難(にく)いけど、審査部から渉外部への異動は明確な降格人事よ」

「部長になったんですよ。降格ということはないでしょう」

「転属の辞令が出る寸前まで審査部の部長として内示をもらっていたのよ。それが異動の発令寸前になって大どんでん返し。事実上の降格というのはそういう理由」

何かが吹っ切れたかのように、樫山は底意地悪そうに笑って見せる。開き直りなのかそれともそれが地だったのか、彼女がこれほど人を見下すように喋(しゃべ)るのを聞いたのは初めてだった。

「わたしがこの部署に来てから、さっきみたいな愚痴は何度も聞かされた。唯一、結城くんだけが何の文句も言わず業務を遂行してくれていたのに……ちょっと残念」

「渉外部員は愚痴厳禁だなんて聞いていませんよ」

「言わずもがなだから明文化されていないだけよ。〈アーカル・エステート〉案件に限った話じゃないけど、現在の高みから過去を非難することほど卑怯なものはないわ。融資の際は、それぞれの担当者が自分の知見を総動員して稟議書を書いている。当初はどんな債権だって優良債権よ。それが外部環境や顧客の事情で不良化するなんてよくあることで、それをいちいち審査部や営業部の責任にされたら堪(たま)ったものじゃない。結城くんも最初は支店営業から始めたんでしょ。その頃に契約した債権がいつの間にか不良化して回収担当者に陰口叩かれたら、いったいどんな気分かしらね」

どこか恨みがましい毒舌を聞きながら、結城は既視感を覚える。しばらくして、この言説は最前柳場から指摘された内容と根が同じであることに気づいた。

自分の担当した契約が将来どうなろうと関心はない。樫山の言い分では、いちいち責任を感じていたら身が保たないという理屈だ。

これは責任転嫁なのか。それとも行員を護る緩衝装置なのか。

「少し喋り過ぎたかしらね」

樫山は気恥ずかしさを誤魔化すかのように取り繕ってみせる。

「そう考えると、やっぱり山賀さんは大した逸材だったわね。あれだけの不良債権を一人で抱え込んだにも拘わらず、愚痴らしい愚痴は一切こぼさず、むしろ嬉々として回収に走っていた」

初めて意見が一致したと思った。

「僕もそう思います。最近、やっとあの人の考えの一端が分かってきたような気がします」

「へえ。たとえば」

「きっと山賀さんは憤っていたんだと思います。顔にも口にも出しませんでしたけどね」

友紀から誘いのメールが入ったのはその日の夕方だった。急に時間が空いたので、久しぶりに会いたいという内容だった。

結城の方に否やはない。それなら常連になっているレストランで——と返信する直前に気が変わった。

終業後、友紀は迷いもせず待ち合わせ場所の表参道駅の改札口に立っていた。すぐに彼女の手を握り、事前に予約していた中華料理店へ連れていく。完全個室制で、ビジネスマンが商談に使うので有名な店だった。

「初めて来た店だけど、真悟は常連なの」

「いや、僕も初めて」

へえ、と友紀は感心したように洩らす。

「そうやって新しい場所を開拓しようとする姿勢、高得点」

「別にそういうつもりじゃない」

「どんなつもりよ」

「いつも行く場所は誰かに見られるような気がして」

「何それ。真悟、芸能人にでもなったつもりなの」

「狙われているという点では同じようなものだな」

「誰に狙われているのよ」

「暴力団」

その言葉を聞いた瞬間、友紀はさっと顔色を変えた。

「……危ないバイトでもしているの」

「違う。債権回収の相手がそっち関連なんだ。神経過敏と思うかもしれないけど、あいつらなら僕を尾行したり、行きつけの店を探っていたりしても不思議じゃない」

「そういう、タチの悪いヤクザ屋さん？」

「新宿署はそいつらが山賀さん殺害の最有力候補だと踏んでいる」

「つまり新宿署お墨付きの容疑者という訳ね」

「そういうことになる。目下の担当者は僕だから、当然同じくらいの危険がある。だから今日は大事な話をしようと思って連れてきた」

友紀は覚悟を決めたように結城の目を覗き込む。

「当分、僕と会わない方がいい」

友紀は眉間に皺を寄せた。結城は言っていることが理解できないのかと思った。

「今手掛けている案件はとても危険だ。僕だけならともかく、君を巻き込むことは絶対にしたくない。だからこの案件が片付くまでの間はお互いに距離を……」

全部聞き終わらないうちに、友紀は盛大な溜息を吐いた。

「あーっ、損したっ」

「えっ」

「期待して損した。大事な話だって言うから覚悟してたのに」

ああ、そういう意味か。

「あのさ、あたしの身を案じてくれる前に、そんなヤバめの仕事を誰かに投げるという選択肢はない訳？」

「あたしと仕事のどっちが大事なのか、なんて言うなよ」

「じゃなくて。命賭(か)けてまでやる仕事なのかってこと」

ああ、そのことか。

「マジで危なくなったら逃げる。だけど最初から逃げるつもりはない。ここで逃げたら癖になりそうな気がする」

結城は前菜に出されたザーサイを口に運ぶ。

「この仕事を続けていけば、ひと癖もふた癖もありそうな客や債権に、これから先何度も出くわす。相手の顔を見る度に逃げ出していたら商売にならない。だから今は、勝てないまでも経験値を上げたい。今勝てなくてもいつか勝てるようになりたい」

咀嚼(そしゃく)しながら話すのはせめてもの照れ隠しだった。そして、気恥ずかしくても口にできる相手は彼女しかいなかった。

「……怖くないの」

「自慢じゃないけど、暴力には人一倍弱い。単身事務所に乗り込んだ時には膝の震えがしばらく止まらなかった」

「それでもやるんだ」

「やらなきゃ勝てない」

「ねえ、さっきから勝つってことを繰り返し言ってるけど、いったい誰を相手に闘っているのよ」

言うまでもないことだった。

今になって山賀の剛(つよ)さの秘密が分かった。山賀には護るべきものがなかったのだ。

自分の矜持(きょうじ)以外には。

3

二日がかりで策定した返済計画を確認すると、結城は自分に言い聞かせるように頷いた。五十五億円の返済計画、細部に希望的観測と資料不足が散見されるが、将来を見据えた計画の数字が不確定になるのは致し方ないところがある。これなら山賀も、満点とは言わずとも及第点をくれるのではないか。

返済計画の骨子は地道なものだった。〈アーカル・エステート〉への融資のきっかけは、官民の思惑が一体となった巨大商業施設というビッグ・プロジェクトだったが、それに比べて小粒の感は否めない。しかし、小粒は現実的でもある。奇を衒(てら)う気宇壮大なプランはロマンチストの夢だが、債権回収はリアリストの行う仕事だ。

早速、返済計画を樫山に説明すると最初のうちこそ渋面を見せていたものの、最終的には溜息交じりで納得しそうな雰囲気だった。

「確かに現実的なプランだと思うけど、お役所はあまりいい顔をしないでしょうね。それに地域住民からの反発も予想される」

「それは問題ありません。施工主の選択いかんでは、彼らも迂闊には声を上げることもしないでしょう」

「帝都第一が反社会的勢力の威力を利用するというのは、ちょっと……」

「〈アーカル・エステート〉に融資を実行した段階で当行のステータスは彼らと同じレベルです。今更、体面を取り繕うなんてムシがいいと思いませんか」

「でも、スマートな回収とは言えないわね。痩せても枯れてもメガバンクの一翼を狙おうとする銀行なのよ。毎年、新卒者の希望企業ではベスト二十に入っている。そういう銀行が荒っぽい回収をして大丈夫かしら。役員や株主の目もあるってことを忘れないで」

この期に及んで尚、銀行のブランドに執着する樫山を見ていると腹が立ってきた。

樫山に回収経験がないという事実には目を瞑ってもいい。だが徒に品行と格式を重んじて、回収行動にまで優雅さを求めるのは虚栄心とエゴによるものでしかない。

貸したカネを返済してもらうのにスマートもドラスティックもない。あるのは遵法であるかどうかと、効率がいいか悪いかの二つだけだ。

「お言葉ですが部長。役員は過程よりも結果を見ます。部長の仰るスマートな回収で貸し倒れを発生させるのと、この計画で無事に五十五億円を回収するのとでは評価が百八十度違ってきます。株主はもっと現実的です。渉外部の動きよりも株価の動きを注視しています。我々の立ち居振る舞いよりも決算報告書の中身が重要なんですよ。それとも部長。部長がこれよりも実効性のある計画案を策定していただけますか」

嫌みでも挑発でもなかったが、言わずにはいられなかった。樫山は痛いところを突かれたように顔を顰(しか)める。

「今回はいやに突っかかるんですね、結城くん」

「突っかかっている訳じゃありません。否定されるのであれば代案を出してほしいと言っているんです」

樫山は返事に窮したのかしばらく不機嫌そうに結城を睨んでいたが、やがて渋々と言った体で一度だけ頷いてみせた。

「渉外部の予算達成を考えればやむを得ない部分があります。今回だけは了承しましょう」

有難うございますと頭を下げながら、結城は内心で失望する。最後の最後になっても、樫山は腹を括(くく)ろうとしない。結城の計画案を了承しても、全部の責任を負いたくないという魂胆が透けて見える。

「では部長。明日の午後イチの予定、空けておいてください」

「え。どういうこと」

「この返済計画の説明には、部長にも同席していただこうと思います」

「どうしてわたしの同席が必要なんですか。今までそんな申し入れは一度もしなかったのに」

「まず五十五億という渉外部でも最高の債権額であること。加えて先方との交渉の立会人になってもらいたいからです」

「交渉の成立不成立に立会人が必要なの」

「債権額と相手のキャラクターを考えた場合、僕と債務者側どちらかの恣意（しい）が働いたのではないかと、後で邪推する者が出るかもしれません。債権が巨額であったり、相手が反社会的勢力であったりした場合、その懸念は払拭（ふっしょく）できません」

「でも一度も会ったことがないんですよ。審査部側の人間はいかなる場合も顧客とは面会しない決まりだから」

そんなことは百も承知している。稟議を上げる者が顧客からの饗応（きょうおう）を受けないための牽制（けんせい）策だ。

「今は渉外部の部長じゃないですか。契約前の顧客ではなく、不良債権の当事者を見てほしいんですよ」

もしや自分は女だから、とでも逃げを打つつもりか。結城に上司いびり、ましてや女性蔑視（べっし）の趣味はないが、役職者は相応の責任を取ってこその役職者ではないのか。

「部長。何度も言うようですが、この案件を無事に回収できるかどうかに渉外部の浮沈および来るべき合併時の優劣が左右されます。僕の力不足をアピールするつもりはありませんけど、これは渉外部長が推移を見守るだけの案件ではないと思います」

自分の主張にはそれなりの正当性がある。言い換えれば上司の器量を試す踏み絵のようなものだ。同席すれば十人並み、拒絶すれば無責任な上司との謗りを免れない。その程度のことは樫山も承知しているはずだった。

「それに僕だって、何の保険もなしに部長と危険人物を対面させようとは考えていませんから」

樫山は表情を曇らせて逡巡している様子だったが、やがて中間管理職の職業倫理が働いたのか、これも渋々ながら承諾した。

翌日、〈アーカル・エステート〉の事務所に向かう途中の喫茶店で、結城は樫山と諏訪を引き合わせた。

「ご無沙汰しています。樫山さんとは山賀さんのことで一度お会いしましたね」

「どうして、ここに新宿署の刑事さんがいるんですか」

「訊きたいのはこちらの方です」

諏訪は今にも因縁を吹っかけるような目を結城に向ける。

「今から最有力の容疑者に会いにいくので、何かあったら駆けつけられるよう待機してくれと言われ、ここまでのこのこやってきた次第です」

「僕一人ならともかく、部長まで危険な目に遭わせる訳にはいきませんからね」

「あんたは警察官をボディガードか何かと勘違いしているぞ」

「ものは考えようですよ。もし話し合いの途中で彼らが暴力に訴えかけたら、現行犯で逮捕できる。そうすれば山賀さんの事件についてもゆっくりと事情聴取できるでしょう」

「別件逮捕か。ふん、結構スれたこと考えてるな」

「諏訪さんとも長いお付き合いになりましたからね。僕がスれたとしたら、それは諏訪さんのせいですよ」

「違うな」

諏訪は結城と樫山の顔を見比べながら否定する。これでも上司に気兼ねしたという体裁を繕ったつもりなのだろう。

「あんたはわたしじゃなく、別の人間の影響を受けている。妙な言い方になるが、真っ当にふてぶてしくなっているよ」

最初の頃に比べれば、諏訪の印象はいくぶんとっつきやすくなっている。これは諏訪の違う面が表れているのか、それとも自分が彼に慣れ親しんだせいなのか。いずれにしろ利用される一方ではなく、利用することを思いついたのは確かにふてぶてしくなった証拠なのかもしれない。

結城は諏訪の眼前に小型マイクと変換ジャックを取り出した。

「何だ、それは」

「簡易盗聴器といったところですね。このマイクで柳場社長とのやり取りを拾って僕のケータイから電波を飛ばしますから、ずっと通話状態にしておいてください」

「こんなモノ、どこで手に入れた」

「秋葉原で一万円も出せば誰でも買えますよ」

「バレるんじゃないのか」

「ケータイの通話機能を利用するだけですから、盗聴発見器では検出できませんよ」

「……前言撤回する。真っ当じゃない方にふてぶてしくなっている」

「お褒めの言葉と受け取っておきます。それじゃあ、僕たちは敵地に乗り込みますので、サポートをよろしくお願いします」

そう言い残して結城は席を立つ。樫山は慌てるように後をついてきた。

「これなら安心でしょ、部長」

「何だか、あなたの方が怖くなってきたわ」

二人でオフィスビルに入り、五階に上がる。前回と同様、受付の中年女性を通して奥の部屋へ向かうと、例のごとく柳場が男たちを従えて待ち構えていた。

「やあ、結城さん。今日はいい話なんでしょうね。やっと債権放棄してくれる目処がつきましたか」

二人が席に着くなり、柳場はそう切り出した。

「これだけ期待させたのですから、落胆させるような提案はしないでほしいものです」

柔らかな恫喝。だが二回目ともなると耐性がついてしまったのか、さほど怖くはない。

「落胆させる結果にはならないと思いますよ。柳場社長の仰る面子を最優先した計画案を立てましたから」

「ほう。どういう計画案ですか」

「残債務五十五億円と利息分を残らずご返済いただく案です」

返事を聞いた刹那(せつな)、柳場は失望の色を露(あら)わにした。つられるようにして、脇に立っていた二人の男も表情を硬くする。

横を見ると、樫山までが剣呑(けんのん)な雰囲気に顔を強張らせていた。

「どんな妙案を出してくれるかと思ったら、きちんと返せ、ですか。真っ当過ぎて気が抜けるな」

「しかし柳場社長。債権放棄よりも残債務を完済する方が、面子が立つんじゃありませんか」

「自信満々に言ってくれるが、カネを工面するのはこっちだ」

「それも柳場社長の人脈をもってすれば、案外容易い気もします」

柳場はこちらの真意を探るように見る。

「計画案とやら、聞こうじゃありませんか」

「奇抜な案ではありません。〈アーカル・エステート〉さんに本来の仕事をしていただくというだけの話です」

「本来の仕事は土地の開発事業ですね。だが今更、あの更地を大手ゼネコンが買ってくれる見込みは皆無に近い」

「こちらも大手ゼネコンに頼ろうとは考えていません。柳場社長。御社のグループ企業に建設会社のお仲間はいらっしゃいますか」

「建設関係なら大小揃っている」

「更地となった二ヵ所に容積率限度ぎりぎりのマンションを建設します。〈アーカル・エステート〉さんはその建設会社に土地を転売してください」

何かと思えば、と柳場は呆れる。

「そんなくだらない案でお茶を濁そうっていうのか。確かに交通の便はいいが、周辺環境を考えればセレブが住むような場所にはならない。仮に２ＬＤＫの集合住宅を建てるとしても、せいぜい七十二世帯。家賃を三十万以上に設定しなきゃ採算が取れん。そんな物件、いくらグループ企業だからっておいそれと承諾するものか」

柳場の話はもっともであり、これは結城も散々試算していた。

「都心だから高所得者向けのマンションを建設するというのは、妥当な考え方です。ただし虫食いになったあの地域では、新築といえど家賃をかなり低めに設定しないと、入居希望者もそっぽを向くでしょうね。高所得者というのは部屋のグレードとともに住環境の高級さも求めますから」

「分かった上で、そんな痴れ事を吐いているのか」

「わたしが提案するのは逆です。高所得者ではなく低所得者、それもフリーターや外国人の不法就労者といった人たち向けのマンションを建設するという計画です」

柳場は興味を持ったらしく、ぴくりと眉を上下させる。

「まさか1Kをすし詰めにするっていうのか。それでも家賃八万円が精一杯だ。採算としては2LDK七十二世帯とそれほど大きく変わらない。第一、フリーターや不法就労者が月八万円の家賃を払えると思うか」

「1Kに一人だったらそうでしょう。しかし複数住まわせればどうですか」

「流行りのシェアハウスというヤツか。しかしあれは家賃を折半するって話で、権利関係が鬱陶しいだけだ」

「いえ、ただのシェアハウスでもありません。1Kの部屋に三段のフロアベッドを二つ持ち込んで六人部屋にするんです。一人当たりの家賃を二万円に設定すれば掛ける六で十二万円。わずか1Kの部屋で家賃が十二万円。ビル一棟なら三百室は確保できるでしょう」

「ちょっと待て」

柳場は展開の早さに面食らっていたようだった。

「新宿にそういう物件があるのはわたしも聞いている。だがあれは中古マンションの部屋を無理やり区分けして拵えた、言ってみれば平成版のタコ部屋だ。あんた、それを新築で売り出そうっていうのか」

「企業が安価な人件費を望み、それに呼応して外国人の就労者が激増しています。彼らとすれば日本に定住する意識はあまりなく、ただ就労期間中のベッドと住所地が欲しいだけというケースもあります。ところが不動産のオーナーの間には偏見が根強く残り、外国人お断りという物件が少なくありません。そこに新築マンション、しかも国籍不問の物件が誕生すれば、たちまち入居者が殺到するでしょうね。場所も富士見の一等地。住民票の取得を考えている入居希望者にしてみれば、それも大きな魅力です」

柳場は難しい顔をしながらスマートフォンを操作し始める。おそらく結城の提案が採算に合うかどうか、改めて計算しているのだろう。

採算という点では結城には自信がある。当該地周辺の住宅事情を調べ上げ、外国人就労者の多くが住環境に悩んでいることも区役所から聴取している。そしてまた、賃貸物件の空きが多い事実も把握した。

そもそも貸す側と借りる側の要望が一致していないのが原因だ。貸主は単価の高い部屋を信用の置ける少人数に提供したい。片や借主は寝るだけのスペースを安価で借りたい。これを解決するには借り手の要望を、可能な限り聞き入れるしかないではないか。

「結城さん。あなたの提案はとても興味深い。今計算してみたが、これなら一棟分の利回りも高くなるから、二棟分で五十五億は不可能な金額じゃない。家賃の回収にしても、担当者にウチのグループの人間を充てれば、そうそうバックレられることもないだろう」

カネの取り立てなら、結城たち回収マンよりもヤクザ者に一日の長がある。債権額による棲み分けもあるが、百万以下の小口回収なら暴力という手段を含めて彼らの方により多くのノウハウがある。

「ただ、これはわたしの言うことじゃないかもしれんが、当初思い描いていたプランとは真逆になるぞ。巨大商業施設の建設で物流が変わり、人の流れが変わる。富士見一帯の再開発にも繋がり、都心の商業地域として発展していく……その青写真は全くの別物になる。短期滞在を希望する外国人が多数流入すれば、どうしたって治安は悪くなる。一時的に人口は増えるだろうが、それもマンション居住者の人数分だ。元からの地域住民は歓迎しないし、治安の悪さを嫌って転居する住民がいるかもしれない。そうなれば逆に人は流出する。下手をしたら、あの辺一帯が無法地帯になる可能性すらある。それでも帝都第一さんはいいというのか」

この辺りから、横に座る樫山は居心地が悪そうに尻をもぞもぞさせている。東証一部上場の銀行に身を置くものとして、フロント企業の人間と座を同じくするのが嫌なのか、それともヤクザ者から志の低さを論われるのが嫌なのか。

どちらにせよ自分には関係のないことだと、結城は白けた気分になる。肩書が通用する仕事とそうでない仕事が存在する。結城のしている回収業務は紛うことなき後者であり、実効性と成果だけが問われる。結城はそれで充分だと思っているし、今や誇りにさえ感じている。

社会的な貢献がどうしたというのか。

大手銀行に勤める者の行儀がどうしたというのか。

そんなものは犬に食わせておけばいい。今、己が大事にしなければならないのは銀行マンとしての責任を果たすこと、回収マンとしての矜持を示すことではないか。

「それにしても帝都第一さんにしては思い切った立案をしてくれる」

内容が気に入ったらしく、柳場は少し浮かれた口調だった。

「都市計画やら何やらお上の意向を無視してまで、目の前のカネを拾おうとしている。わたしたちは面子を何よりも重んじるが、逆に面子などクソ食らえ、地べたを這いずり回ってでもカネを集めるってのもアリだ。あなたのことを所詮エリート行員だと見くびっていた。大したタマだよ」

おだてられて悪い気はしないが、横に座る樫山の体面を保つ上で、これだけは告げておこうと思った。

「弊行は徒に無法地帯を作ろうと思っている訳ではありません」

柳場はおや、という顔をする。

「外国人が多くなるから治安が悪くなる、というのは一種の偏見だと思っています。それこそ国籍の問題ではなく、入居者個人の問題でしょう。役所の描いた青写真とは異なりますが、そもそもグローバリズムを唱える一方で、流入してくる外国人労働者の生活環境を全く考慮しなかったがための歪でしかありません。少子高齢化と格差が続く限り、これからも外国人の流入は増えこそすれ、減ることはないでしょう。柳場社長はタコ部屋と形容されましたが、それがどのような態様であれ、市民が望むものを構築するのも社会の役目です。ですからわたしは、この計画案を提示することにいささかの躊躇もありません」

「よく言った、結城さん。需要があるから供給がある。ヤバかろうがヤバくなかろうが、それは一緒だ。いいだろう、グループの何社かに声を掛けてみよう」

「有難うございます」

「言っておくが、どこからも手が挙がらないことも有り得るぞ」

「その時は、また新しい提案をしますよ」

「いいだろう」

何とか筋道はつけられたようだ——胸を撫で下ろし、結城は一礼してから席を立つ。つられるように樫山も慌てて腰を上げる。

「柳場社長からのご連絡をお待ちしております。では失礼します」

緊張が一気に解けたせいか、一歩目で足が縺れた。樫山に醜態を見られたかと焦ったが、彼女は彼女で表情を硬直させたまま愛想笑いもできずにいたので、これはお互い様というべきだろう。

柳場の部屋を出て受付の前を過ぎると、ようやく人心地がついた。

「何とかプレゼンは成功したようですね」

エレベーターに乗り込んでから話し掛けると、樫山は重荷を下ろしたように溜息を吐いた。

「柳場社長が折よく建設会社に更地を転売できたら、不良債権もめでたく解消。結城くんは担当者として満足でしょうけど、わたしはそうもいかない」

「渉外部の予算が達成できてもですか」

「達成できればいいってものじゃない。そのくらいは結城くんだって承知しているでしょう」

またぞろ体面か。

回収困難と騒いでいた時にはおくびにも出さず、いざ目標が達成されそうになると礼節やら格式やらを持ち出してくる。中間管理職としての立場は分かるが、それを部下に見透かされている時点で、上司としては尊敬できない。

まあ、いい。これで自分も吹っ切れたのだから。

喫茶店では諏訪が元いた席で待っていた。

「諏訪さん。ちゃんと会話が聞けましたか」

「ああ、ばっちりだ。あんたたちが柳場の部屋に入ってからの会話は全て録音させてもらった」

「それはよかった」

「あの柳場彰夫を向こうに回して、大した交渉人ぶりじゃないか。フロント企業と知った上であそこまで言えるヤツは、堅気じゃなかなかいないんじゃないのか」

「微妙な褒め言葉ですね」

すると樫山が割って入った。

「諏訪さん。あまり彼をそんな風に持ち上げないでください。有難迷惑です」

「持ち上げているつもりはない。正当な評価だ」

対する諏訪は引く素振りがない。

「山賀さんの事件に関わった当初、わたしの認識も柳場と同様だった。あんたたちは所詮エリートで、自分の手を汚すことを厭(いと)い、汗も掻かなきゃ涙も流さない。ひたすらお行儀よくして順風満帆に日々を過ごす。そんな風に想像していた。だが、そこにいる男は決してお行儀もよくなければ、汗も大量に流すし、大いに泣きもした。わたしは自分の不明を恥じたくらいでしてね」

「それはそれは、男同士の美しい友情だこと。だから警察官の義務を超えてまで、わたしたちのボディガードを買って出てくれたんですね」

樫山の言葉が不意に尖(とが)り始める。

「わたしたちと柳場社長の会話、全て録音したと仰いましたよね」

「わたしたち、じゃなくて結城さんと柳場の会話だろ。あんたは部屋に入ってから出てくるまでひと言も発してない」

「そんなことはどっちでもいいです。とにかく録音した内容を今すぐ、わたしの目の前で消去してください」

「理由は？」

「帝都第一の行員がフロント企業の社長に、都市計画に逆行するような返済計画案を進言した。こんなことが公になれば必ず責任問題になります。結城くんの将来を思えば」

「結城くんじゃなくて、あんたの将来が心配なんだろ」

諏訪は粘りつくような視線を樫山に浴びせる。自分に浴びせられた時もそうだったが、こうして別の人間に向けられているのを見ると、その執拗(しつよう)さに感心すらしてしまう。

「わたしはただ、銀行の名誉と部下の将来を案じているだけです。その録音をすぐに消してください」

「ああ、消すのは構わない。確認したいことはきっちり確認できたしな」

「確認したいことって何ですか」

諏訪は了解を得ようとするかのようにこちらに向き直る。結城は無言で頷いた。

「樫山さん。あんたは以前審査部に所属していて、その頃から審査対象となる顧客とは一度も顔を合わせたことがないんだってな」

「ええ。行内規程に定められていますから。それがどうかしましたか」

「腑(ふ)に落ちないんだよ。あんたたちが部屋に入ってから、柳場は結城さんだけを相手にして、あんたには挨拶(あいさつ)一つしていない」

そして再びこちらに向き直った。

「なあ、結城さん。現場にいた人間として証言してくれ。柳場は一度でも樫山さんと言葉を交わしたのか」

「いいえ」

「彼女があんたの横に座っていたにも拘わらずか」

「ええ」

「不自然だとは思わなかったのか」

「特に不自然とは思いませんでしたね。以前会ったことを僕に隠しているという前提なら」

この言葉で樫山が顔色を変えた。

「何ですって」

「まだ気づかないのか、樫山さん。今回の柳場との面談はもちろんそちらの返済計画案を提示する目的もあったが、もう一つ、あんたと柳場の関係を確認する意味もあった。わたしに盗聴内容を聞かせたのは、刑事であるわたしを証人にするためだったんだよ」

騙(だま)されていたという衝撃か、それとも恥辱か。樫山は今まで見せたことのない憎々しげな目でこちらを睨んだ。覚悟していたこととは言え、あまりの憎悪に結城は怯(ひる)んだ。

最初に疑念を抱いたのは、諏訪から聞いた柳場のスタイルだった。取引相手には結構なカネを使うという評判だった。取引相手にカネを惜しまない男なら、融資を頼んでいる金融機関に手を伸ばさないはずがない。ところが稟議を上げた樫山は、一度も柳場と会ったことがないという。そこで一計を案じ、今回の面談に樫山を引っ張り込んだという経緯だ。これで二人が初対面として挨拶でも交わせば疑念も晴れたのだが、二人ともそうしなかった。

「はじめまして、という言葉さえありませんでした。本当に初対面なら柳場社長も、同席する人間の素性は確かめようとするでしょうし、樫山部長にしても挨拶の一つくらいなければ逆に変です。だからお二人は初対面ではないと確信した次第です」

「さあ、答えてもらおうか。どうしてあんたは柳場と初対面ではないことを隠そうとした」

「そんなのは、あなたたちの思い過ごしです。証拠も何もないじゃないですか」

「ほう。それならもう一度〈アーカル・エステート〉に出向いて、柳場から事情を聞いてみようか。返済の目処がつきそうな今なら、案外ヤツの舌も滑らかになるんじゃないのか」

「よしんばわたしが柳場社長と面識があったとして、それがどうだって言うんですか」

「面識があったことは重要じゃない。それを隠そうとしたことが重要なんだ」

諏訪は刺すような視線を樫山に浴びせ続ける。

「隠そうとした理由は、ただ面識があったからじゃない。少なくとも他の行員には知られたくない理由があったからだ。そして柳場は取引相手には惜しまず饗応する男だ。樫山さん。あんた、柳場から同僚に言えないような饗応を受けたんじゃないのか。少なくとも業務上責められて然るべき程度の饗応をだ」

諏訪の言葉を、結城は醒めた気持ちで聞く。夢のプロジェクトと謳われた富士見の再開発計画。大手ゼネコンと帝都第一が浮かれたように見た夢だったが、その中にあって夢を見てはいけない人間たちがいた。他ならぬ審査部の行員だ。融資先である〈アーカル・エステート〉の財務内容と会社の素性を考慮すれば、却下も大きな選択肢だったはずだ。それなのに樫山が稟議を上げ、結果的に決裁が下りた。そこに樫山の作為を疑う余地は充分にある。

柳場に脅されたのか、あるいは懐柔されたのか。どちらにせよ、背任行為であることに違いはない。

「あなたに、いったい何の関係が」

「ああ。本来、贈収賄なんて経済事件はわたしの畑じゃない。二課の仕事だ。しかしその贈収賄に絡んで殺人が起きたのなら、俺たちの事件だ。帝都第一の根幹を揺るがす不良債権の山を丸投げされた山賀さんは、もちろん〈アーカル・エステート〉についても調べ上げた。柳場とも面談している。その過程で柳場からあんたが何らかのかたちで饗応を受けたことを知ったんじゃないのか」

それから先は、山賀を知る結城なら容易に想像がつく。山賀のことだ。事が公になる前に、樫山へ忠告したに違いない。受け取ったものを柳場へ返すか、饗応の事実を上層部に打ち明けるか――。

「あんた、五月二十八日の夜から翌朝にかけて、ずっと自分のマンションにいたと証言したよな。独身女がその時間一人でいるのは普通だから、こちらとしてもそれ以上の追及は困難だったが、もう一度同じ質問を繰り返してみようか」

既に樫山は彫像のように固まっていた。これ以上、何を訊いても無駄のように思えた。

「樫山さん、場所を変えよう。こういうやり取りで一番相応しいのはウチの取調室だと思うが、来るか来ないかは任意だ。もっとも来てもらえなかったら、こちらから日参するけどね。さあ、どうする」

しばらくテーブルを見ていた樫山は、やがてよろめきながらのろのろと立ち上がった。

4

諏訪が支店にいる結城を訪れたのは翌々日のことだった。

「樫山がまだ吐かない」

敢えて業務連絡のように事務的に話す口調は、結城の心情を思いやってのことか。見掛けにそぐわない素振りに、つい苦笑が洩れそうになる。

「あんたたちの言う山賀案件の何と五割近くが彼女の稟議で上がってきたものだ。当時の審査部で稟議を上げる担当者は十二人もいた。人数比で考えれば決して無視できない比率だ」

それは山賀の債権を引き継いだ結城も途中から気づいていた。海江田に奨道館、そして椎名武郎に〈アーカル・エステート〉。十億超えの債権の稟議を上げたのは全て樫山だった。稟議を上げた案件の多くが不良債権化したのは運の悪さもあるだろうが、間違いなく樫山の見込みの甘さも起因している。当時、融資残高の伸長に躍起だった審査部の事情を考慮しても尚、樫山の稟議書は誇張の部分が少なくなかった。

結城ですら気づいたのだから、山賀はもっと早く、しかも詳細に知り得たに違いない。

「しかし彼女が金銭的な饗応を受けたのは柳場だけだ。まだ捜査段階だが、彼女には大きな弱味でもあったんじゃないかと思っている」

「弱味って何ですか」

「たとえばカネ。たとえば自慢できない男関係。三十代の独身女には珍しくもない。珍しくもないことだが、殊にカネの問題が行内に知られたら査定にも響くだろう」

「ええ。そういうことはあるでしょうね」

「戦々恐々としていたところに現れた黒衣の騎士が柳場だった。ああいう出自の男だから、樫山がカネに困っている情報を入手するのは簡単だったらしい。ヤツは樫山に稟議書への手心を依頼した。決算報告書の怪しい箇所には目を瞑ってくれという要望で、柳場はその見返りとして二百万円の現金を渡した。それが樫山の、絶対他人に知られてはいけない秘密になった」

「彼女は金銭の受領を認めたんですか」

「ああ。借金云々については否定しているがな」

聞くだに空しくなる話だった。男社会の銀行業界の中、己の才覚だけでのし上がってきた樫山が、たった二百万円で信条も矜持も売り渡してしまったのだ。その無念さは想像するに余りある。

「ここから先は推測だが五月二十八日の夜、樫山は山賀さんから呼び出しを受けた。不良債権を担当する人間から呼び出しを受けたのだから、その理由にも察しがついただろう」

「つまり最初から山賀さんを殺すつもりだったと言うんですか」

「いいや、最初はただ脅かすつもりだったんだろう。彼女が面会場所に深夜の新宿公園を指定したのも、脅迫が前提だった。彼女は凶器のナイフをバッグに忍ばせて公園に向かった。だが刃物をちらつかせれば黙ると思っていた山賀さんは予想外の行動に出た……さて、どうしたと思う」

「刃物を見て怯えるどころか、銀行員のモラルを問い詰めた」

「ああ、俺も同意見だ」

短い間ながら山賀の下で働いた結城に分からないはずもない。

実家の商売が銀行の安易な貸し付けが原因で潰れて以来、山賀は自分なりの哲学で正しい銀行員の在り方を問い続けてきた。山賀の卓越した債権回収は、その哲学の延長線上にあるものだ。

今にして思う。かつて銀行を憎んでいた山賀雄平ほど銀行を、そして回収の仕事を愛していた者はいない。だからこそ自分の回収には絶対の自信を持ち、いつも笑っていたのだ。そんな山賀の目に、穴だらけの稟議を上げる樫山がどう映っていたのかは、本人に訊くまでもない。

「秘密を暴露される恐怖もあって、樫山はそれで逆上した。気がついたら、ナイフで山賀さんの脇腹を抉った、とまあそんなところか」

「刺し傷は一ヵ所だけだったんですよね」

「自分が人を刺したことに動顛して、山賀さんの死を確認しないままその場から逃げ去った。きっと誰かに発見されて病院へ直行、自分は翌日にも逮捕される。そう覚悟していたんじゃないか。ところが山賀は発見される前に死亡。それでこれ幸いとばかり口を噤んだ」

不意に結城も口を噤む。

殺した側にも殺された側にも相応の理由がある。どちらかに肩入れするのは容易だが、それでも違和感が拭えない。この違和感の正体はいったい何だというのか。

以前、一度だけ樫山が開き直ったかのように審査部の真情を吐露したことがあった。債権回収を担当している者として肯えないところもあったが、逆に審査する側の覚悟が垣間見えてどこか凛々しくもあった。その凛々しさと、借金返済のために柳場から饗応を受けるさもしい女性行員の姿がどうしても重ならない。

「どうした。上司が犯人と被害者両方だとさすがにしんどいか」

「しんどいとか、そういうんじゃないです。ただ、彼女が山賀さんを殺したのかどうかとなると納得できない部分があって」

「納得できる殺人なんて、そんなに多くはない」

諏訪のキツネ目が一瞬緩んだ。

「誰だって普通の人間だし、普通の生活がある。殺人享楽者でない限り人を殺したい、殺さなきゃならないなんて局面にぶち当たることはない。しかしある時、どうしようもなくなって相手を手に掛けちまう。そんなもの、納得できるはずがない」

諏訪の言葉はもっともらしく聞こえる。おそらくは結城が手掛けた不良債権の数よりも多く、殺人事件を担当している諏訪だからこその説得力なのだろう。

「そう言えば彼女が知りたがっていた。例の〈アーカル・エステート〉の件はどうなったってな」

「あの後、柳場社長から連絡がありました。グループ企業の何社かが賛同して、合同でビルを建設する運びになったようです」

「五十五億円は回収できそうなのか」

「柳場社長の話ですと見通しは明るいんですが、こればかりは現金を見ないと安心できません」

「俺の立場でこんなことを言うのも何だが、あのテのヤクザは払うと言ったらきっちり払うぞ」

「ヤクザとか堅気とか関係ありませんよ。わたしにしてみれば同じ債務者です」

「支払いが滞ればヤクザも堅気も一緒か。つくづく大したタマになったな」

なったんじゃない。

山賀の遺した仕事が、自分をそういう回収マンに育ててくれたのだ。

「樫山ときたら、事件以外に話すことは五十五億円の債権回収が上手くいくかどうかだけでな。仕事熱心と言うか何と言うか。いや、あれは銀行員の業というヤツかもしれんな」

諏訪にしてみれば何気ないエピソードのつもりだったに違いない。

だが結城にしてみれば違和感を重ねるエピソードだ。それほどまで案件に執着した人間が、たかが二百万円の現金で己の矜持を売りとばすだろうか。

何かがおかしい。どこかでボタンを掛け違えている。

「おい、さっきからどうした」

諏訪の推理には無理がない。ただし一点だけ引っ掛かりを覚えたのは、山賀が樫山を呼び出したという動機だ。確かに手心を加えた稟議は山賀の容認できるものではない。だが契約は決裁があって初めて締結される。樫山がどんな稟議を上げたところで決裁さえ下ろさなければいいだけの話であり、言い換えれば契約締結の責任が稟議の起案者にある訳ではない。そして山賀は責任のない者を責め立てるような男ではなかった。

「おいったら」

ぼんやりとした考えが次第にかたちとなっていく。諏訪の推理は半分以上が状況証拠で成立している。それなら全て逆に設定してみればどうだろうか。

樫山は柳場から二百万円のリベートを受け取ったが、山賀はその事実を知らなかった。もしくは知っていても追及しなかった。

山賀は稟議の件で樫山を非難しようと思わなかった。

従って山賀が樫山を公園に呼び出す理由はない。

そして一つの仮説が浮かぶと、結城は夢から醒めたような気分になった。

「諏訪さん」

「何だ」

「調べてほしいことがあります」

＊

「樫山くんが殺人の容疑で聴取を受けたと聞きましたが、彼女に限ってそんなことは有り得ませんよ」

新宿署の取調室に呼び出された男は、腹立たしげに言った。

「彼女のことは誰よりも知っている。たかが二百万やそこらのリベートの授受が知られたからといって、同僚を殺すなんてそんな」

「ええ。ですから警察も、こうして彼女の関係者から事情を聴取しているんですがね」

諏訪は相手の昂奮（こうふん）を鎮めるかのように、両手を突き出してみせる。

「実際、我々も樫山さんを重要参考人の一人としているだけで、犯人と決めつけている訳ではありません。それどころか、あなたをわざわざお呼び立てしたのは、彼女の嫌疑を晴らしたいためです」

「そういうことでしたら喜んで協力させていただきますよ」

「確か、以前は彼女の上司でいらっしゃったんですよね」

「ええ、当時は審査部に所属しておりましてね。彼女が配属された時にはトレーナー役を仰せつかりまして。それからの付き合いですよ」

男は懐かしむように目を細める。

「刑事さんは与信という言葉をご存じですか」

「信用を与える。つまりその人物の経済的な信用度を測る言葉ですか。金融の世界の用語ですよね」

「そうです。与信判断という言い方をしますが、利用者にいくらまでの融資が可能かを判断する作業です。年収・職種・勤務先形態・勤務年数・住宅種別。そういった要因を全て数値化して与信額を決定する訳です」

「その組み合わせだけでも膨大な数でしょう」

「昨今は全てコンピューターが自動的に金額を弾き出してくれます。しかしそうは言っても全てを機械任せにすることはしません。必ず人とモノを吟味して判断する。樫山くんにはその判断の確かさこそが審査部に身を置く者のステータスなのだと教えました」

「徒弟制度に近いものですな」

「そうですね」

「ただこの慣習は師匠のやり方を弟子が踏襲すると、師匠の欠点まで受け継いでしまう危険性があります。弟子に師匠以上の才能か修正能力があれば別なんですが」

「否定はしません。そういう悪例をわたしは知っていますから」

「樫山さんはあなたの薫陶を得て、ちゃんとした与信判断者になれましたか」

「それは彼女の肩書が証明しているでしょう。審査部を経て、今や渉外部の部長に昇格している」

「これは樫山さん本人から聞いたことですが、審査部から渉外部へ移るのは左遷人事であることが多いと聞きました。それは彼女の与信判断能力がさほどではなかったことを意味しませんか」

「いや、帝都第一には確かにそういった慣習じみた人事が存在したが、一概にそうだとは」

「彼女の師であるあなたも同様に審査部から渉外部に移った人だ。さっきの話じゃありませんが、それこそ師匠の欠点を弟子が受け継いでしまった悪例じゃなかったんですか」

「……失礼な言い方をしますな」

「いや、今のは言葉のアヤでしてね。ご容赦を」

諏訪は軽く頭を下げておく。

「被害者の山賀雄平という人物もご存じですか」

「ああ、〈シャイロック山賀〉でしょう。彼は有名な男でしたから、もちろん存じてます」

「当初、樫山さんが疑われた殺人の動機は、彼女の上げた稟議で契約に至ったものの多くが不良債権化し、回収を担当した山賀さんがそれを詰ったからだと推測していました。山賀さんの目には樫山さんの上げた稟議が穴だらけに見えたのだと」

「いささか穿った見方ですね。与信というのは時間経過とともに変化します。契約時点で優良であっても、数年後に不良化するのはよくあることです」

「それがあまりにも顕著だったので山賀さんも注目したのでしょう。山賀さんの残したノートには、審査時点で明らかに支払い能力および担保価値を上回る債権がリストアップされていました。従ってそれらは契約してほんの数年で不良債権化している。まるで最初から不良債権化するのを見込んで融資したようです」

男の表情に少しずつ影が差し始める。

「所謂山賀案件と呼ばれる不良債権のうち五割は樫山さんの上げた稟議です。しかし決裁者は全て同一人物でした。その人物は数年後には不良債権化する債権を数多く生み出した後、渉外部に異動。そして間を置かず東西銀行へと転職する。ここで重要なのは、帝都第一銀行と東西銀行の合併話が四年前から水面下で動いていたことです。不良債権が多くなれば自己資本比率が下がり、合併の際には不利になるということですよね。あなたが決裁した案件は合併が予定されている頃にはほとんど不良債権化して、帝都第一側の条件を不利にしている。東西銀行はさぞやあなたに感謝したでしょうね、陣内さん」

陣内は矢庭に目を剝いた。

「わたしが東西銀行へ転職した際の土産として、故意に不良債権を作ったと言いたいのか」

「再就職したばかりだというのに、あなたには渉外部長の椅子が与えられている。まるで成功報酬のような待遇じゃありませんか」

「それはわたしが帝都第一で積み上げた実績によるものだ」

「最後は懲罰人事で渉外部に移されたのにですか。だとすれば東西銀行人事部は節穴揃いですな。それに比べて山賀さんの目は確かだった。不良債権の山が故意に作られたことを嗅ぎつけた。人気のない夜の公園に呼びつけたのが山賀さんだったか、あなただったかは分からない。しかし最初に連絡を取ったのは間違いなく山賀さんだったでしょう。

事の次第を明らかにするには、決裁者本人に問い質すのが一番でしょうからね」

「馬鹿馬鹿しい」

「五月二十八日の午後十時から翌朝にかけて、あなたはどこで何をしていましたか」

「自宅にずっといた」

「嘘ですね」

諏訪は挑発するように笑ってみせた。憎々しさを忘れないのも計算のうちだ。

「事前に奥さんから聞いています。あなたは急に行きつけのバーで酒が呑みたくなったからと自宅を午後九時半に出ている。帰宅したのは深夜零時を少し過ぎた頃だったらしい。急に行くのを思いついたバーの名前、教えてもらえませんかね」

「新宿公園なんか行っていない」

陣内の膝が細かく震え始める。

「ほう。わたしは公園としか言っていませんが」

「……新聞で読んだ」

「新宿公園には足を踏み入れていない？」

「自宅からも勤め先からも離れている。数年行ってない」

「それではあなたが事件当夜に履いた靴をお借りしましょうか。山賀さんの死体の周辺からは不明下足痕が山ほど採取されたが、今のあなたの証言が本当だとしたら、その中にあなたのものがあってはいけないことになる」

ぐびり、と陣内が喉を鳴らす音が聞こえた。

「陣内さん。話すなら今のうちだぞ」

十分後、陣内は犯行を自供し始めた。

エピローグ

銀行の人事は迅速だ。樫山が任意同行に応じた翌日、突然の辞令で渉外部長が交代した。新部長は習志野という男で、奇しくも樫山と同じ審査部の人間だった。

渉外部全員との顔合わせを終えてから、習志野は結城を自分の部屋に招き入れた。結城は訳も分からず後についていく。

「改めて、よろしく頼みますよ、結城くん」

差し出された手は大きく、そしてとても柔らかだった。

「こちらこそよろしくお願いします。しかし習志野部長、何故わたしだけをお呼びになったんですか」

「一つには、あなたが〈渉外部のエース〉と謳われているからです」

初耳だった。

「意外そうな顔をしていますね。まあ、そういう称号は身内からではなく、他の部署から上がるものです。客観的に評価できるのは常に外部です。そして樫山くんが渉外部長に任命されたのも、一つにはそれが理由です。樫山くんが渉外部行きをどう捉えていたのか。彼女のことだから、部下であるあなたにもきっと愚痴ったんでしょうね」

柳場との関係は褒められたものではないが、元の上司の欠点を論うつもりはない。信条の相違はあったものの、樫山も帝都第一のこと、銀行業務のことを一心に考えていた仲間だ。

黙っていると、習志野が満足そうに頷いた。

「彼女は君以外の人間にも愚痴っていた。謙遜と愚痴では広まる速さも広さも格段に違う。愚痴は目上の者にこぼせというのは、そういう意味です。少なくとも上司にこぼした愚痴は何らかの教訓を獲得して本人の許へ返ってくる。また、そういう教訓を与えないようでは上司と言えない。その意味で、彼女は部長になるには時期尚早だったのかもしれない」

「樫山前部長が渉外部行きをどう考えていたか、それがそんなに重要なことなんですか」

「本人は〈アーカル・エステート〉の案件で責任を取らされたと考えていたそうだが、人事部と審査部長の思惑はそうじゃない。もっと早い段階、彼女の上げた稟議で決裁された案件の多くが不良債権化している事実が明らかになってからです」

山賀以外にも気づいていた者がいたのか——意外な感がしたが、よく考えればそれも道理だ。東西銀行との合併を控え、不良債権の回収は渉外部の仕事だが、大本の審査実態が看過されるはずがないではないか。

「不良債権になった原因は何だったのか。それを探りもせず、回収を渉外部任せにするほど審査部もボンクラじゃない。案件を精査するうちに樫山くんの見通しの甘さが確認できました。彼女を渉外部に行かせた真の理由は、回収の実状を見聞きすることで彼女の経験値を上げることでした。これは当行の慣習みたいなもので、審査が甘いと判断された部員は一定期間渉外部で勉強させられる不文律みたいなものがあるんですよ。わたしも入行当初はよく言われたものです。手前が回収できるだけの金額を貸せとね。融資だけでも駄目、回収だけでも駄目。両方知ってこそ一人前の銀行員だ。彼女は運悪く回収経験がなかった。それも含めての親心だったんだが、どうも彼女は曲解していたようです」

今更な話だと思った。もし樫山が上層部の思惑を知っていたのなら、もっと真摯に回収業務に向き合い、ひょっとしたら柳場からの饗応を自ら打ち明けてくれたかもしれないではないか。

陣内の自供により山賀殺害の容疑は晴れたものの、柳場からリベートを受領したことが明らかになったため、樫山は自宅待機のまま懲罰委員会にかけられている。結論はまだ出ていないが、現場復帰はまず不可能だろうという意見が大勢だった。

「樫山くんに山賀くん。それぞれに資質は違えど、帝都第一にはなくてはならない人材だった。それを二人とも失うことになりそうで、甚だ遺憾だ」

習志野は無念そうに言う。まだ顔を合わせたばかりの上司をどこまで信じていいか分からないが、少なくともその無念さは真実だと思いたい。

「だが二人は君という逸材を残していってくれました。それが今は救いだ」

「僕はそんなに立派な行員ではありません」

「あの山賀案件を一人で片付けてくれたのですよ。お蔭で自己資本比率はずいぶんと向上しました。このまま推移すれば東西銀行との合併も劣後にならずに済むでしょう。そういう性分ではないかもしれませんが、組織を救った男ならせめて胸の一つも張ってください。それが他の行員への励みにもなります」

習志野は柔らかな手を結城の肩に置く。じわりと温かさがシャツを通して伝わってくる。

「これからも己の信じる道を進んでほしい。だが一つだけ注文がないこともない」

「何でしょうか」

「君には〈渉外部のエース〉とともに、もう一つ別の異名がある。そっちの方はいささか外聞が悪いので、何とかならんかと悩んでいます」

「どんな異名ですか」

「〈シャイロック結城〉。ね？　外聞がよくないでしょう」

いいえ、と結城は言下に否定した。

「それは最高の褒め言葉ですよ」

結城は口角を上げてみせる。

その笑みが山賀に似ていれば、少しは彼への手向けになるのではないかと思った。

解説

杉江松恋

何が間違っていて、何が正しいか。

答えをだすことは容易ではないが、一つの信念を貫き通せば見えてくるものがある。

中山七里『笑え、シャイロック』はそうした生き方についての小説だ。

帝都第一銀行に勤務する結城真悟は、勤続三年目の春に異動の内示を受けた。それまでは都内の大型店舗で営業部に属し、自分では出世競争で同期に一歩先んじていると認識していた結城は落胆する。移動先が新宿支店の渉外部だったからである。債権を回収し、そのカネをまた融資に回す。営業部が銀行の表道だとすれば、渉外部は裏道である。どちらも必要な業務だと頭で理解はしたものの、心で納得するには程遠い。

そんな挫折感を覚えながら渉外部での仕事を始めた結城だったが、山賀雄平という先輩社員との出会いによって蒙を啓かれる。彼は役職こそ課長代理だが、債権回収に関しては右に出る者のない腕前で、ウィリアム・シェイクスピアの戯曲に登場する金貸しに因んだ〈シャイロック山賀〉なる異名を奉られているほどなのだ。

「この世で一番大事なものはカネだ」と言い放つ山賀は、利息支払いを滞らせた債務者に対して破産申し立てを進めるなど、容赦ない態度に出る。結城の目にもその姿はあだな通りの守銭奴と映ったが、やがて山賀の行動は金融業務についての確固たる思想に貫かれていることを理解するようになる。だが、師として山賀を仰ごうと結城が決意を固めたとき、銀行に関連したある人物が殺されるという事件が起きるのである。

『笑え、シャイロック』は「文芸カドカワ」二〇一六年十月号〜二〇一七年七月号に連載され、加筆修正の上二〇一九年五月三十一日にKADOKAWAより単行本として刊行された。今回が初の文庫化である。五章とエピローグで構成された物語だが、第一章の終わりで事件発生が告げられた時点で、ミステリーとしての特色が明らかになる。結城の前に現れたキツネ目こと新宿署の諏訪公次という刑事が、彼に捜査協力を持ちかけてくるのである。事件の背景に、帝都第一銀行の隠れ不良債権の問題があることが予想されるからだ。

バブル景気が崩壊した一九九〇年代以降、邦銀各行は急速に国際競争力を落としていた。大規模な銀行合併によってメガバンクを誕生させるという荒業によって息を吹き返したものの、本質的な経営体質の改善は完全には進んでいなかったのである。本来は融資を行うべきではない取引先への不良債権は負の側面の最たるもので、帝都第一銀行には表にでていないそれが百億円単位で存在しているのだという。水面下で東西銀行との合併話が進んでいる折、問題が解決できなければ自己資本率低下を招き、不利な交渉を強いられる。ゆえに不良債権回収は喫緊の課題であった。殺人を選択するほどに犯人が追い詰められたのもそこに遠因があるのかもしれない。人を逮捕する権限がない銀行員と、カネに関する正確な情報がない捜査員が裏で手を組むこと。それが諏訪から結城への提案であった。

各章で結城は巨額の債務者たちと交渉する。それぞれが殺人事件の容疑者でもあるのだ。金を回収する案を立てるためには、結城は相手について深く知らなければならない。それが容疑者の可能性を探ることにもなるという趣向だ。東西銀行との合併交渉という事件解決のデッドラインも設けられており、構成には隙がない。

中山七里には「どんでん返しの帝王」の異名があるが、ちゃぶ台返しでそれまでの話を逆転させればいいのならどんな凡庸な作家にもできる。この作家が真に優れているのは登場人物を追い込むやり方なのだ。選べる道が少なければ少ないほど登場人物は憔悴し、物語のスリルは高まる。また、すべての可能性が封じられたところでそれまで検討されていなかった仮説が浮上してくるからこそ、驚きが生じる。中山はこの、見かけ上の選択肢を少なくする技巧が実にうまい。本作においても、真犯人は実に意外なところから姿を現す。一見奇手のようだが、注意深く読めば伏線はきちんと呈示されているのである。

五つの章で結城はさまざまな債務者と出会う。第一章に登場する土屋公太郎は、高級スピーカーのユニットを製造する町工場の経営者だ。まさに土屋のような職人たちによって日本のモノづくりは支えられてきたと言っていい。だがその職人を山賀は「今の世の中、市場にどう受け入れられるかを考慮した上で商品開発するのは当然。それを怠った時点であなたは技術屋としてはともかく、経営者失格なんですよ」と厳しく断罪するのである。日本の技術は世界一という工業神話が存在する。だが、世界市場における日本製品のシェアが落下の一方であるのは紛れもない事実だ。折り畳み式携帯電話をガラケーと呼ぶ俗称があるが、ガラとはガラパゴス諸島のことで、地理的に孤立しているために生物が独自進化を遂げたかの地になぞらえて、日本製携帯電話の特殊さ、世界標準との交換性の無さが揶揄されている。山賀の言葉は、携帯電話事業に代表される日本産業の孤立化を象徴的に表現したものだろう。

各章に登場する帝都第一銀行の債務者たちは、このように日本の社会経済が抱え込んだ負の側面を代表する人々なのである。あるときは山賀の導きを得ながら、別の場合は結城が自分一人の力だけを頼りに、こうした問題ある人々と対峙していくことになる。第二章「後継者」の海江田大二郎は創業者から会社を受け継いだ凡庸な経営者で、確固たる理念もなくそのときそのときの餌に食いついて企業の資産を目減りさせてしまった。第三章「振興衆狂」で戦わなければならない相手は新興宗教法人で、自身の教義以外の声に耳を貸さない彼らは、平然と禁じ手を使ってくる。その視野の狭さは、社会の分断が進む現代人の縮図のようだ。続く第四章「タダの人」で結城は、落選した衆議院議員から十億円もの金を回収しなければならなくなる。その政治家がかつて、債務超過に陥った政府系金融機関の問題解決に際し、債務放棄を提案した張本人だった、というのはなんという悪い冗談なのだろうか。信用経済のルールを無視し、それが成り立たなくさせた主犯と結城は対峙するのだ。

「タダの人」は無価値な担保しか持っていない債務者との知恵比べの話でもある。このように、毎回何もないところから金を絞り出さなければならない羽目に結城は陥るが、そのたびに意外な突破口を見つけていく。一章ごとに結城が成長する教養小説の要素も本作には備わっており、第五章「人狂」ではついにいわゆるフロント企業、つまりは任侠の看板を掲げない暴力団員をも相手取って闘うことになる。結城の上司である渉外部長の樫山美奈子は、もともとは審査部から異動してきたため回収の現場に出た経験はなく、自分の部下がシャイロック山賀に感化されていくことに生理的嫌悪に近い拒否反応を示すようになる。彼女の口にする建前に一定の理解を示しつつも結城は、正義の本質は自身の側にあると確信するのである。

作者である中山七里のデビューは第八回「このミステリーがすごい！」大賞を授与された『さよならドビュッシー』（二〇一〇年。現・宝島社文庫）で、同作に始まる〈岬洋介〉シリーズから作家生活を始めたのち、旺盛な創作意欲をもって現在まで途切れず執筆を続けている。二〇二〇年はデビュー十周年にあたり、著作を毎月刊行するという難事にも挑んだ。ノンシリーズも含め厖大な作品数があるが、本作から連想したのは『贖罪の奏鳴曲』（二〇一一年。現・講談社文庫）などの弁護士・御子柴礼司ものだった。山賀の教え子として力をつけた結城は、虚を衝くような交渉術によって相手を意のままに動かしていくようになる。その姿が、意外な法廷戦術を駆使する辣腕弁護士と重なるのである。本書の読みどころの一つが会話場面で、信用ならない相手と言葉で切り結ぶ場面の一つひとつに緊張感が漲っている。価値観の違う樫山部長の意見もただ退けるのではなく、汲み取るべきものは受け入れていくし、結城にとって相手からぶつけられる言葉は養分の一つであるようにも見える。

山賀が教え、結城が受け継いだものは反骨の精神だ。場当たり的な運営が続いたために強度が著しく損なわれた日本の経済活動、誰も責任を負わないという倫理観の欠如がもたらした腐敗の構造に対する強い反発がその根底にある。周囲の者がみな間違っていても、自分はそれに倣わないという矜持、信念を貫こうという勇気が描かれた小説なのである。

まっとうなことをまっとうなやり方で主張し、実現するのは難しい。その難事に挑んだ男たちの物語として本作を読んだ。怪しげな言説が囁かれることが多く、心を惑わせようとする者が後を絶たない時代だ。まさに今こそ必要とされる一冊だと思う。

本書は、二〇一九年五月に小社より刊行された
単行本を加筆修正のうえ、文庫化したものです。

笑え、シャイロック

中山七里

令和2年 10月25日　初版発行
令和5年 1月15日　10版発行

発行者●山下直久

発行●株式会社KADOKAWA
〒102-8177　東京都千代田区富士見2-13-3
電話　0570-002-301（ナビダイヤル）

角川文庫 22374

印刷所●株式会社KADOKAWA
製本所●株式会社KADOKAWA

表紙画●和田三造

ISBN 978-4-04-109955-1　C0193

◆◇◇

角川文庫発刊に際して

角川源義

第二次世界大戦の敗北は、軍事力の敗北であった以上に、私たちの若い文化力の敗退であった。私たちの文化が戦争に対して如何に無力であり、単なるあだ花に過ぎなかったかを、私たちは身を以て体験し痛感した。西洋近代文化の摂取にとって、明治以後八十年の歳月は決して短かすぎたとは言えない。にもかかわらず、近代文化の伝統を確立し、自由な批判と柔軟な良識に富む文化層として自らを形成することに私たちは失敗して来た。そしてこれは、各層への文化の普及滲透を任務とする出版人の責任でもあった。

一九四五年以来、私たちは再び振出しに戻り、第一歩から踏み出すことを余儀なくされた。これは大きな不幸ではあるが、反面、これまでの混沌・未熟・歪曲の中にあった我が国の文化に秩序と確たる基礎を齎らすためには絶好の機会でもある。角川書店は、このような祖国の文化的危機にあたり、微力をも顧みず再建の礎石たるべき抱負と決意とをもって出発したが、ここに創立以来の念願を果すべく角川文庫を発刊する。これまで刊行されたあらゆる全集叢書文庫類の長所と短所とを検討し、古今東西の不朽の典籍を、良心的編集のもとに、廉価に、そして書架にふさわしい美本として、多くのひとびとに提供しようとする。しかし私たちは徒らに百科全書的な知識のジレッタントを作ることを目的とせず、あくまで祖国の文化に秩序と再建への道を示し、この文庫を角川書店の栄ある事業として、今後永久に継続発展せしめ、学芸と教養との殿堂として大成せんことを期したい。多くの読書子の愛情ある忠言と支持とによって、この希望と抱負とを完遂せしめられんことを願う。

一九四九年五月三日

角川文庫ベストセラー

切り裂きジャックの告白
刑事犬養隼人
中山七里

七色の毒
刑事犬養隼人
中山七里

ハーメルンの誘拐魔
刑事犬養隼人
中山七里

ドクター・デスの遺産
刑事犬養隼人
中山七里

Another (上)(下)
綾辻行人

臓器をすべてくり抜かれた死体が発見された。やがてテレビ局に犯人から声明文が届く。いったい犯人の狙いは何か。さらに第二の事件が起こり……警視庁捜査一課の犬養が執念の捜査に乗り出す！

次々と襲いかかるどんでん返しの嵐！『切り裂きジャックの告白』の犬養隼人刑事が、"色"にまつわる7つの怪事件に挑む。人間の悪意をえぐり出した、傑作ミステリ集！

少女を狙った前代未聞の連続誘拐事件。身代金は合計70億円。捜査を進めるうちに、子宮頸がんワクチンにまつわる医療業界の闇が次第に明らかになっていき——。孤高の刑事が完全犯罪に挑む！

死ぬ権利を与えてくれ——。安らかな死をもたらす白衣の訪問者は、聖人か、悪魔か。警視庁VS闇の医師、極限の頭脳戦が幕を開ける。安楽死の闇と向き合った警察医療ミステリ！

1998年春、夜見山北中学に転校してきた榊原恒一は、何かに怯えているようなクラスの空気に違和感を覚える。そして起こり始める、恐るべき死の連鎖！名手・綾辻行人の新たな代表作となった本格ホラー。

角川文庫ベストセラー

深泥丘奇談（みどろがおかきだん）　綾辻行人

ミステリ作家の「私」が住む〝もうひとつの京都〟。その裏側に潜む秘密めいたものたち。古い病室の壁に、長びく雨の日に、送り火の夜に……魅惑的な怪異の数々が日常を侵蝕し、見慣れた風景を一変させる。

深泥丘奇談（みどろがおかきだん）・続（ぞく）　綾辻行人

激しい眩暈が古都に蠢くモノたちとの邂逅へ作家を誘う。廃神社に響く〝鈴〟、閏年に狂い咲く〝桜〟、神社で起きた〝死体切断事件〟。ミステリ作家の「私」が遭遇する怪異は、読む者の現実を揺さぶる——。

深泥丘奇談（みどろがおかきだん）・続々（ぞくぞく）　綾辻行人

ありうべからざるもうひとつの京都に住まうミステリ作家が遭遇する怪異の数々。濃霧の夜道で、祭礼に賑わう神社で、深夜のホテルのプールで。恐怖と忘却を繰り返しの果てに、何が「私」を待ち受けるのか——!?

Another エピソードS　綾辻行人

一九九八年、夏休み。両親とともに別荘へやってきた見崎鳴が遭遇したのは、死の前後の記憶を失い、みずからの死体を探す青年の幽霊、だった。謎めいた屋敷を舞台に、幽霊と鳴の、秘密の冒険が始まる——。

濱地健三郎の霊（くしび）なる事件簿　有栖川有栖

心霊探偵・濱地健三郎には鋭い推理力と幽霊を視る能力がある。事件の被疑者が同じ時刻に違う場所にいた謎、ホラー作家のもとを訪れる幽霊の謎、突然態度が豹変した恋人の謎……ミステリと怪異の驚異の融合！

角川文庫ベストセラー

民王　池井戸　潤

なぜ総理大臣は、突然、漢字が読めなくなったのか——？「国家の危機」に挑む、総理大臣とそのバカ息子。波瀾万丈、抱腹絶倒の戦いがここに開幕！解説・高橋一生（ドラマ「民王」貝原茂平役）。

輝天炎上　海堂　尊

碧翠院桜宮病院の事件から1年。医学生・天馬はゼミの課題で「日本の死因究明制度」を調べることに。やがて制度の矛盾に気づき始める。その頃、桜宮一族の生き残りが活動を始め……『螺鈿迷宮』の続編登場！

アクアマリンの神殿　海堂　尊

未来医学探究センターで暮らす佐々木アツシは、正体を隠して学園生活を送っていた。彼の業務は、センターで眠る、ある女性を見守ること。だが彼女の目覚めが近づくにつれ、少年は重大な決断を迫られる——。

遠い唇　北村　薫

コーヒーの香りでふと思い出す学生時代。今は亡き、慕っていた先輩から届いた葉書には謎めいたアルファベットの羅列があった。小さな謎を見つめれば、大切な事が見えてくる。北村薫からの7つの挑戦。

起業闘争　高杉　良

リーダー・碓井優の下、大企業・石川島播磨重工業を集団で辞めた80人の男たち。苛烈さを増す情報処理産業を舞台に、寄らば大樹の陰を良しとせず、信じる道を貫いた者たちの果敢な行動を描いた実名企業小説。

角川文庫ベストセラー

生命（いのち）燃ゆ　　高杉　良

大分での巨大石油化学コンビナート建設及び完全制御、中国の大慶との技術交流——。多くのプロジェクトを完成し、45歳で白血病に冒されて散ったエンジニアの生涯を描いた感動の長篇。

骨の記憶　　楡　周平

貧しい家に生まれた一郎。集団就職のため東京に行った矢先、人違いで死亡記事が出てしまう。一郎は全てを捨てるため、焼死した他人に成り変わることに。運送業で成功するも、過去の呪縛から逃れられず——。

ドッグファイト　　楡　周平

物流の雄、コンゴウ陸送経営企画部の郡司は、入社18年目にして営業部へ転属した。担当となったネット通販大手スイフトの合理的すぎる経営方針に反抗心を抱き、新企画を立ち上げ打倒スイフトへと動き出す。

生首に聞いてみろ　　法月綸太郎

彫刻家・川島伊作が病死した。彼が倒れる直前に完成させた愛娘の江知佳をモデルにした石膏像の首が切り取られ、持ち去られてしまう。江知佳の身を案じた叔父の川島敦志は、法月綸太郎に調査を依頼するが。

ノックス・マシン　　法月綸太郎

上海大学のユアンは、国家科学技術局から召喚の連絡を受けた。「ノックスの十戒」をテーマにした彼の論文で確認したいことがあるというのだ。科学技術局に出向くと、そこで予想外の提案を持ちかけられる。

角川文庫ベストセラー

最後の証人　柚月裕子

弁護士・佐方貞人がホテル刺殺事件を担当することに。被告人の有罪が濃厚だと思われたが、佐方は事件の裏に隠された真相を手繰り寄せていく。やがて7年前に起きたある交通事故との関連が明らかになり……。

検事の本懐　柚月裕子

連続放火事件に隠された真実を追究する「樹を見る」、東京地検特捜部を舞台にした「拳を握る」ほか、正義感あふれる執念の検事・佐方貞人が活躍する、司法ミステリ第2弾。第15回大藪春彦賞受賞作。

検事の死命　柚月裕子

電車内で痴漢を働いたとして会社員が現行犯逮捕された。容疑者は県内有数の資産家一族の婿だった。担当検事・佐方貞人に対し不起訴にするよう圧力がかかるが……。正義感あふれる男の執念を描いた、傑作ミステリー。

蟻の菜園　―アントガーデン―　柚月裕子

結婚詐欺容疑で介護士の冬香が逮捕された。婚活サイトで知り合った複数の男性が亡くなっていたのだ。美貌の冬香に関心を抱いたライターの由美が事件を追うと、冬香の意外な過去と素顔が明らかになり……。

臨床真理　柚月裕子

臨床心理士・佐久間美帆が担当した青年・藤木司は、人の感情が色でわかる「共感覚」を持っていた……美帆は友人の警察官と共に、少女の死の真相に迫る！　著者のすべてが詰まった鮮烈なデビュー作！